나의 완벽한 가족

나의 완벽한 가족

애덤 크로프트 지음 | 서윤정 옮김

마카롱

줄리언에게

1장

라일리 마컴은 흘러내리는 콧물을 닦으며 축구공을 바라보았다. 공은 지면에 난 바퀴 자국을 따라 친구들에게로 굴러갔다.

"내일 나올 수 있냐?"

그중 한 명이 라일리 쪽으로 공을 차면서 물었다.

"아마도. 엄마한테 물어볼게."

라일리는 공을 집어 들어 겨드랑이에 끼우고는 걷기 시작했다.

아마도 엄마는 언제나 그랬듯이 외출을 허락할 것이다. 라일리가 종일 방에 틀어박혀서 컴퓨터 게임만 하는 것보다는 밖에 나가는 편이 낫지 않느냐고 엄마가 아빠에게 말하는 것을 종종 들었다. 엄마는 혼자만의 평화와 고요함을 만끽하면서 집안일을 하고 싶어 하고 라일리는 친구들과 어울려 노는 걸 좋아한다.

라일리의 축구 실력은 나날이 늘고 있다. 두 살 때부터 정원에서 아빠에게 축구를 배웠는데 처음에는 형편없었지만 5년 정도 지났을 때부터는 공을 좀처럼 놓치지 않았다. 머지않아 스카우트 제의도 받게 될 거라고 기대하고 있다. 아스널이나 맨체스터 유나이티드에서 제의가 올지도 모른다. 그러면 라일리는 엄청나게 유명해지겠지만, 사실 라일리는 크리스털 팰리스 FC에 입단하고 싶다. 그 팀의 멤버십 키트가 마음에 쏙 들었다.

오늘은 무척 더웠다. 해마다 이맘때면 늘 이렇게 덥다. 그래서 라일리는 학교에 가지 않아도 되는 여름방학이 좋다.

라일리는 엄마가 오늘 저녁 식사로 뭘 한다고 했는지 떠올리려고 해봤다. 집에 도착하려면 아직 멀었으니 당장 기억나지 않아도 상관없었다. 피시 핑거fish fingers: 생선살을 막대 모양으로 잘라 튀김옷을 입혀 튀긴 것나 그 비슷한 종류 같은데 어쨌든 그걸 먹고 나면 다 같이 TV를 좀 보다가 라일리는 자러 갈 것이다. 엄마와 아빠는 라일리에게 저녁 8시까지 자지 않아도 된다고 허락해주었다. 그 이후에는 〈홀비 시티〉를 비롯한 재미없는 어른용 프로그램들이 방영된다.

운동장에서 집까지는 멀지 않다. 마을이 작아 어디든 가까운 편이다. 필요한 게 마을에 없는 경우만 빼면 참 좋다. 그런데 그런 경우가 꽤 많아서 그때마다 마을 밖으로 나가야 한다. 마을이 다른 곳에서 멀리 떨어져 있어서 갔다 오려면 시간을 꽤나 잡아먹는데도 엄마, 아빠는 안전하다는 이유로 이 마을을 좋아한다. 너무 멀어서 나쁜 사람들이 귀찮게 여기까지 찾아올 리 없으니 큰 문제가 없을 거라고 말이다.

라일리도 나쁜 사람들은 싫다. 나쁜 사람을 좋아하는 사람은 없다. 다들 슈퍼맨이나 스쿠비 두처럼 문제를 일으킬 리 없는 착한 사람을 좋아한다.

이 동네의 모든 아이들은 운동장에서 논다. 운동장은 멋지다. 축구를 할 수 있고 나무들 사이에서 숨바꼭질을 하거나 자전거를 탈 수도 있다. 라일리만 빼고 다들 운동장 근처에 산다. 라일리는 집에 가려면 징검다리를 건너 개울을 지나 뒷문을 통해 가야 한다.

"울타리 쪽으로 걷고 되도록 물에서 멀리 떨어져서 걸어."

엄마는 늘 이렇게 말하지만 사실 수심이 그다지 깊지 않아서 라일리는 개울을 만만하게 여겼다. 발목 높이를 넘을까 말까 한 물은 라일리의 무릎에도 미치지 못하다가 비가 와야 수심이 깊어진다. 이 동네에서는 비가 오면 가끔 마당이 물에 잠기기도 한다. 그럴 때면 개울도 괴물이 사는 늪지대처럼 멋져 보여서 라일리의 마음에 들었다. 홍수가 났을 때 개울에 들어가도 된다는 허락이 떨어진 적은 없었다. 말도 안 되는 바람일 것이다.

요 며칠간 몹시 더워서 땅이 말랐다. 곳곳에 땅이 갈라진 게 눈에 띌 정도였다. 라일리는 틈이 점점 벌어지다가 마침내 땅이 완전히 갈라져 지하 동굴이 나타나는 것을 상상해보았다. 엄청나게 멋질 것이다! 라일리는 직접 동굴에 들어가 보고 싶었다. 그렇게 되면 다른 사람들에게는 절대 비밀로 하고 비밀 아지트로 삼을 것이다.

친구들과 헤어진 지 10분 정도 지났고 머지않아 집에 도착할 것이다. 개울 위의 작은 다리를 건너 조금 더 걸으면 집으로 가는 길이 나타난다.

순간, 라일리는 눈앞에 나타난 사람이 누구인지 못 보고 지나칠 뻔하다가 신발을 먼저 보았다. 올려다보니 익숙한 얼굴이었다.

"어, 안녕하세요."

"그래." 그 사람이 대답했다.

뭔가 이상했다. 상대는 더 이상 아무 말도 하지 않고 라일리를 보고 있었다. 지나가려면 물가 가까이 걸어야 한다. 엄마가 달가워하지 않겠지만 할 수 없다. 웃기는 상황이 되었다. 라일리는 물가에 가까이 붙어서 다시 걸음을 옮겼다. 그런데 뻗은 팔이 라일리의 허리를 감아 거칠게 들어 올렸다. 다른 팔로 라일리의 입을 틀어막더니 숲으로 끌고 간다.

비명을 지르고 싶어도 마음대로 되지 않았다. 큰 손이 코와 입을 틀어막고 있어서 숨도 못 쉴 지경이었다.

라일리는 갑자기 획 내동댕이쳐졌다. 등이 딱딱한 바닥에 부딪히면서 뾰족한 나뭇가지가 팔과 머리를 찌르는 게 느껴졌다. 머리에서 피가 흐르기 시작했다. 몇 년 전에 그네에서 떨어졌을 때 이후로 처음이었다.

허리를 휘감았던 팔이 지금은 목을 내리눌러 숨통을 끊고 어린 라일리의 몸에서 생명을 앗아가려 하고 있었다.

높은 음의 휘파람 소리가 들려오기 시작했다. 라일리는 눈에 눈물이 차오르는 것을 느꼈다. 순식간에 눈앞이 흐릿해지더니 반항할 힘마저 없어져 버렸다.

그리고 아무것도 보이지 않았다.

2장

–

메건

현관문을 닫았다. 즉시 공포와 두려움이 밀려왔다. 크리스가 집에 돌아올 때까지는 나 혼자 감당해내야 한다. 내가 밀린 잠을 자는 동안 시부모님이 에비를 잘 돌봐주셨지만 어머님이 항상 이 집에 계시지는 않는다. 결국에는 또 나와 에비만 남았다.

에비처럼 어린 아기를 다른 사람의 손에 맡기는 게 탐탁지는 않지만 이게 최선이다. 첫 아이가 태어나면 초보 엄마들은 혼란스러워한다고들 하지만 이렇게까지 끔찍하다니.

에비와 나는 충분히 가까워지지 않았다. 항상 최선을 다해도 모든 일이 너무 순식간에 벌어졌다. 아무리 애써도 에비는 모유를 먹지 않았다. 그렇다고 분유를 먹이고 싶지는 않아서 모유를 젖병에 보관해두었다. 그렇게 에비는 성장에 필요한 모든 영양을 얻고 있지만 그 사실이 내가 에비에게 정을 붙이는 데 도움이 되지는 않았다.

갓 태어난 아기와 엄마는 서로를 보자마자 사랑에 빠지고, 그 사랑은 무엇과도 바꿀 수 없다고 사람들은 말한다. 처음에는 나와 에비의 경우 그런 유대관계가 남들보다 조금 늦게 형성되는 거라고 믿었는데, 6개월이 지나도 내 마음속에는 주체 못 할 사랑이 아닌 부담감만 가득하다.

크리스에게는 이런 얘기를 해본 적이 없다. 입도 뻥긋하지 않았다. 하지만 그는 이 상황을 눈치챘고 그게 우리 두 사람의 관계에도 영향을 주고 있다. 크리스는 내게서 점점 멀어져 많은 시간을 집 밖에서 보내기 시작했다. 방학이 되면 우리 두 사람은 함께 긴 시간을 보내곤 했다. 우리는 같이 하려고 계획했던 일들을 하나씩 실천하는 것에 기쁨을 느꼈다. 같이 산책하고 많은 시간을 함께 보내는 것이 내가 생각한 가족의 모습이었다.

하지만 이번엔 어떤 것도 함께하지 못했다. 방학이 시작한 지 얼마 지나지 않아 크리스는 낚시를 다니기 시작했다. 낚시를 가지 않으면 핑계를 만들어서 외출했다. 자기만의 공간이 필요하다는 이유였다. 집에서는 낮잠도 자기 힘들고 쉴 수도 없다는 것이었다. 하지만 그건 나도 마찬가지다. 그게 육아니까.

항상 낚시를 가고 싶어 하는 크리스에게 에비가 태어났으니 조금 줄이려는 시도라도 해야 하지 않냐고 말해보았다. 하지만 역효과였다. 마을에서 3킬로미터나 떨어진 곳, 개울물이 강에 흘러들기 시작하는 지점에서 크리스는 주말마다 낚시를 했다. 새벽 일찍 나가서 늦은 아침에야 집에 돌아왔고, 돌아와서는 교사로서 할 일을 했다. 귀가 시간은 점점 미뤄지더니 이제는 초저녁에 들어오는 경우도 많았다.

모든 꿈과 희망이 한순간에 무너진다는 건 놀라운 일이었다. 나는 한 가족으로서 누리는 행복을 마음속에 그려왔는데. 우리 셋이 함께 외출해서 즐거운 시간을 보낼 수 있을 거라고 믿었는데. 완벽하게 헛된 기대였다.

벽에 걸린 시계를 보니 4시 30분이었다. 크리스는 한 시간은 있어야 집에 들어올 것이다.

인정할 수밖에 없다. 크리스는 에비와 잘 지내지만 집에 있지를 않는다. 그도 노력하고 있다는 건 안다. 크리스에게는 처음으로 부모가 되는 일도 어렵겠지만 지금의 내 감정 상태를 마주하는 것도 쉽지 않을 것이다. 처음에 나는 에비와 어떤 깊은 관계가 되는 것을 갈망하여 유대감을 형성하려고 필사적이었다. 크리스는 전혀 관여하지 않았다. 지금 생각해보니 그를 그렇게 동떨어져 있게 한 것이 내 잘못이었던 것 같기도 하다.

에비를 주방에 있는 바운서흔들침대에 누이고 나는 빨랫감들을 세탁기 안으로 밀어 넣었다. 아무도 아기가 태어나면 이런 상황에 맞닥뜨리게 된다고 알려주지 않았다. 어른 몸의 절반밖에 안 되는 작은 생명체 때문에 빨랫감이 네 배로 늘었다.

우리 집 세탁기는 구식이고, 빨래를 하고 나면 세탁기를 다시 방

맞은편까지 질질 끌어서 갖다 놓아야 한다. 세탁기 소리도 엄청나게 시끄러워서 나는 에비를 바운서에서 꺼내 안고 세탁기 앞면에 있는 동작 버튼을 누른 다음 재빨리 문을 닫고 거실로 나왔다.

몇 분이 지나자 에비가 칭얼대기 시작했고 나는 애를 달래면서 냉장고에 보관해둔 모유를 꺼내러 갔다. 주방에 들어가자 에비가 더 크게 울어댔다. 세탁기 소리 때문에 우리 둘 다 정신이 없었다. 문을 얼른 닫고 아래층 욕실로 내려갔다. 수도꼭지를 틀고 세면대에 뜨거운 물을 받아서 모유를 데울 준비를 했다.

"옳지, 착하다."

할 수 있는 한 가장 차분한 목소리를 내어 에비를 달랬다.

"조금만 더 참아. 지금 맘마 데우는 중이야. 금방 된단다."

에비는 울면서 기침도 하고 옹알이도 했다. 그것이 내게는 세탁기 소리보다도 크게 들렸다.

얼마 후 우유가 다 데워져서 젖병을 가지고 거실로 나왔다.

에비는 잘 먹었다. 시부모님인 빌과 매기와 함께 있다가 온 후에는 늘 그랬다. 집에 돌아온 후에 내가 젖을 먹여야 하도록 시부모님이 일부러 식사 시간을 이렇게 맞춰놓으신 게 아닐까 살짝 의심스러울 정도였다. 내가 에비와 좀 더 친해지도록 도와주시려는 거겠지. 멋진 생각이지만 효과는 없는 것 같다. 그렇지만 신께서 그렇게 만들어주실 것이다. 꼭 그럴 것이다. 그렇지 않으면 어떻게 해야 할지 모르겠으니까.

3장

–

크리스

이런저런 생각에 집으로 돌아가는 발걸음이 무거웠다. 늘 같은 생각이다. 낚시를 다니기 시작한 것도 바로 이 생각 때문이었다. 혼자서 오롯이 생각에 잠길 때면 마음이 고요해진다. 평화를 느낄 수 있다.

고기가 잘 잡히진 않지만 그건 중요하지 않다. 이 지점에서는 조무래기 물고기들을 잡는 게 고작이고 좀 더 하류로 내려가면 훨씬 많이 잡을 수 있긴 하지만 그만큼 다른 낚시꾼들도 많다. 내가 자리 잡은 곳에는 다른 낚시꾼이 아무도 없다. 지나다니는 사람도 없다. 다들 마을 끝자락, 개울물이 한창 흐르는 지점에 모여 있다. 나는 고독이 좋다. 나의 탈출구, 완전히 혼자 있을 수 있는 나만의 작은 공간을 원한다. 그냥 앉아서 하늘의 태양이 움직이는 모습을 보는 게 좋다. 가끔 미끼를 무는 미세한 느낌이 느껴지면 낚싯줄을 당긴다.

그리고 잡은 고기는 얼른 놓아준다. 줄을 풀어서 다시 개울로 보낸다. 사실 이러고 있는 건 별 의미가 없다. 그냥 나가서 안초비 통조림 하나를 사는 게 시간 절약, 돈 절약이겠지.

난 평화와 고요가 좋다. 낚시할 때만큼은 직장 일이 주는 스트레스, 집에서 받는 스트레스로부터 벗어날 수 있다. 이런 식으로 숨는 게 옳지 않다는 건 나도 안다. 하지만 일단 그 순간을 벗어나고 싶다. 남자에겐 혼자만의 공간이 필요하다.

좀 더 침착해질 필요가 있다. 최근 몇 달 사이에 몇 번 정도 메건에게 소리 지르기 일보 직전까지 갔었다. 산후 우울증인 건지 원래 메건이 그렇게 자기중심적인 사람인 건지 모르겠지만, 어쨌든 메건이 만사를 매끄럽게 해내지 못하고 있는 건 확실하다. 나도 최선을 다해 내 몫을 하려고 하지만 쉽지가 않다. 메건이 집에서 에비를 돌볼 때면 나도 함께 있으려고 하는 편이다. 메건이 잘해나가지 못할 때는 더욱.

메건의 부모님은 모두 좋은 분들이다. 우리만의 공간이 필요하다는 점을 잘 이해해주신다. 일주일에 며칠은 에비를 데려가서 돌봐주시는 덕분에 메건과 내가 우리만의 시간을 가지면서 조금 숨을 돌리고 있다. 장기적인 관점에서는 그게 최선이다. 이러다 에비가 잠도 더 잘 자고 이유식을 먹을 수 있는 순간이 오면 예전의 우리로 돌아갈 수 있을 것이다. 그저 잠시 시간이 필요할 뿐이다.

메건은 내가 낚시하러 가는 게 싫은 모양이다. 그런 티를 낼 때마다 한밤중에 에비가 칭얼대면 일어나서 달래주는 사람은 나라는 사실을 상기시켜주고 싶었지만 혀를 깨물면서 참았다. 그리고 나는 우리 집에서 제일 일찍 일어나는 사람이다. 에비를 목욕시키는 사람은 나다. 그런데 메건의 생각은 나와 다르다. 내가 몇 시간 동안만 에비를 돌봐주는 척한다고 생각한다. 다 그런 거겠지.

어차피 모든 일은 순리대로 풀리게 되어 있다. 언제나 그랬으니까. 메건도 나도 그 사실을 이미 오래전부터 알고 있었다. 우리는 학창시절부터 함께해왔다. 서로에 대해 알지 못하는 게 있다면 그건 아마 평생 모를 것이다. 우리는 그럭저럭 잘 해나갈 것이다. 며칠 전에도 메건에게 알아듣게 얘기했지만 늘 그렇듯 똑같은 표정을 지었다. 내가 의견을 내면 상황이 더 나아질 거라는 표정, 내가 좀 더 단호하고 확고해졌으면 한다는 표정이었다. 하지만 난 그런 사람이 아니다.

누구도 자신이 아닌 존재가 될 수는 없다. 그저 가짜 같아 보일 것이다. 나는 문제에 맞닥뜨리면 일단 나 자신을 그 문제로부터 멀리 떨어뜨린 다음 문제가 해결될 때까지 기다리는 사람이다. 대부분의 문제는 그런 식으로 해결되었다. 나는 논쟁을 좋아하지 않는다. 논쟁에 휘말린 적도 없고 앞으로도 그럴 것이다. 이건 나의 부모님에게서 물려받은 기질이다. 부모님은 두 분 다 무척 온화하시다. 아버지의 경우엔 돌아가셨으니 '온화하셨다'고 해야겠다. 어머니와 새아버지 조지는 만나자마자 급속도로 가까워졌다. 나는 그 사람을 견딜 수가 없지만, 지금까지도 어머니와 새아버지가 논쟁을 하거나 의견이 다른 것을 본 적이 없다. 어머니가 무언가에 대한 의견을 피력하는 모습이 내 기억 속에는 전혀 남아 있지 않다. 어머니는 그런 사람이고 나는 그래서 어머니가 좋았다. 아무런 평가도 받지 않고 그저 어머니에게 의지할 수 있으니까.

그런데 메건의 부모님들은 다르다. 특히 장모님은 자기 의견을 적극적으로 표현하는 사람이다. 아무도 장모님에게 의견이나 조언을 구하지 않았을 때도 자기 생각이 다른 사람들과 다르다고 밝히는 데 거리낌이 없다. 신기할 정도로 적절하지 못한 때에 적절하지 못한 말만 해서 '세상에서 제일 둔한 사람'으로 분류된다는 사실은 더 언급하지 않겠다.

메건의 아버지, 장인어른은 뒤에서 묵묵히 상황을 지켜보는 분이다. 그럴 수밖에 없을 것이다. 나와 비슷한 경우라고 생각한다. 그래서 내가 장인어른과 잘 지내는 것 같다. 장모님과도 잘 지내는 편이지만 장모님을 정말로 좋아한다기보다 참아내고 있다고 하는 게 맞을 것이다.

시계를 보니 4시 30분이다. 어머니가 에비를 집에 데려다주셨을 시간이다. 메건은 도움이 필요할 테고 나도 내 역할에 충실해야 한다. 나는 그저 나만의 공간과 시간이 필요할 뿐이다. 아직 누릴 수 있는 동안에 말이다. 난 점점 참을성이 없어지는 상태고 누군가에게 잘해줄 수가 없을 것 같지만 메건과 에비는 예외다.

낚시하러 나올 때 손전등을 챙길까 했다. 개울 아래쪽으로 내려가면 이런저런 장비들을 한가득 챙겨온 사람들이 있다. 어떤 사람들은 유전이라도 찾는 것처럼 보인다. 하지만 난 순수한 낚시꾼이라서 싸구려 낚싯대와 약간의 미끼, 접이식 의자면 충분하다. 그 이상을 가지고 있으면 이동할 때 불편하다. 낚시터에서 자리를 잡거나 정리할 때도 짐이 적으면 시간이 덜 걸린다. 그만큼 나는 혼자만의 시간을 누릴 수 있고, 그만큼 세상에서 도망쳐 있을 수 있다.

현실 도피는 오랫동안 다양한 형태와 방식으로 존재해왔지만 이를 많은 사람들이 이해하기 쉽게 설명하기는 힘들다. 옳고 그름을 명확하게 나눌 수 없는 것도 있는 법이다. 누군가에게는 잘못된 일, 비도덕적인 일일지라도 다른 누군가에게는 그저 현실 도피일 뿐이다. 사람마다 다른 것이다. 누군가에겐 쓰레기여도 다른 사람에겐 황금만큼 가치 있는 물건일 수 있다.

나에게는 낚시 말고도 또 다른 도피처가 있다. 이것만큼은 메건에게 밝힐 수 없다. 지금으로서는 메건에게 아무것도 말할 수 없을 것 같다. 우리는 언제나 아주 가깝게 지내왔지만 남편은 부인에게 털어놓지 말아야 할 비밀을 가지고 있기 마련이다. 꼭 남편과 부인 사이가 아니더라도 사람에게는 누구나 혼자서만 간직해야 할 일이 있다. 결국 우리 모두 비밀 하나씩은 가슴에 품고 살아가는 것이다.

4장

–

메건

에비가 간신히 낮잠을 자기 시작했다. 이렇게 한바탕 전쟁을 치르고 나면 두세 시간은 곤히 잔다. 나에게도 나만의 시간이 주어진다. 쉴 수 있다는 뜻이다. 물론 휴식은 말뿐이고 실제로는 집안일이 산더미처럼 쌓여 있거나 처리해야 할 서류가 가득하다. 지금은 저녁 식사를 준비해야 한다.

냉장고 문을 열고 식사 비슷하게 만들어낼 수 있는 음식이 뭐가 있을지 머리를 쥐어짜 본다. 전화벨이 울린다. 누구인지 확인하지도 않고 일단 받고 본다. 엄마다.

"너희들 뭐 하고 있는지 궁금해서 걸었지."

어제도 다녀가셨으면서.

"별일 없지 뭐. 이제 막 에비 낮잠 재웠어."

나는 에비에게 정해진 계획표가 있고 그것을 아주 잘 지키고 있는 것처럼 말했다.

"그래, 에비가 해낼 거라고 그랬잖니, 내가."

가끔 이렇게 말하는 엄마를 이해할 수가 없다. 에비를 재우기 위해서 고생한 사람은 나인데, 내가 해낸 게 아니고 다른 아기들처럼 눈을 감고 잠든 에비가 해낸 거라니.

"엄마, 아빠도 별일 없지?"

어제 이후로 큰 변화가 일어났을 리 없다는 사실을 잘 알면서도 물었다. 부모님 집에 변화라곤 없다.

"그럼. 로런이 오늘 아침에 전화했더라. 큰 집으로 이사한다고."

"잘됐네."

엄마가 이제 다른 얘기를 했으면 좋겠는데. 잘나가는 동생 얘기 따위 듣고 싶지 않다. '잘나가는 로런의 모든 것'엔 관심이 없다.

"침실이 다섯 개고 욕실도 세 개나 된대. 정원은 또 어떻고? 600평이 넘는다던데?"

엄마는 또 묻지도 않은 것까지 말한다.

"잘됐네."

"아직 처리해야 할 일들이 좀 남았지만 다 계획이 있대. 특히 아래층의 욕실을 습식욕실로 바꾸려고 엄청 따지고 재더라고. 난 왜 아래층에 습식욕실이 필요한 건지 모르겠더라. 그렇지만 자기 돈으로 한다는데 어쩌겠어. 로런이 어떤지 알잖아."

왜 이런 식으로 대화를 풀어가는 건지 모르겠다. 물론 동생이 어떤 사람인지는 안다. 정말 잘 안다. 욕실을 바꾸는 데 엄청난 돈을 쏟아붓는 것쯤은 일도 아니다. 그런데 왜 엄마는 그런 걸 이야기하면서 나를 위하는 듯한 말투를 쓰는 걸까. 마치 나를 달래기라도 하는 것처럼. 정작 로런과 나는 대화조차 나누지 않는 사이인 걸 알면서도 말이다.

이번에는 아무 대답도 하지 않았다. 하지만 엄마는 그런 건 아무 상관도 없는 것처럼 이야기를 멈추지 않았다.

"너도 가서 구경하렴, 메건. 집이 정말 근사해. 지붕은 짚으로 장식했고 갖출 건 다 갖췄더라고."

"그렇구나. 잘됐네."

엄마가 아주 잠깐이라도 입을 다물어줬으면 좋겠다. 엄마가 내게 자기 말에 대꾸해달라고 강요할 때면 이렇게 대답하는 게 최선이다.

"그건 그렇고 넌 좀 어떠니?"

이제부터 엄마가 로런과 나를 대놓고 비교하는 시간이다. '로런 좀 봐라. 얼마나 야무지니. 부지런히 경력도 쌓고 침실이 다섯 개나 되는 전원풍의 근사한 저택도 샀는데, 넌 집에 들어앉아서 아기 하나 제대로 돌보지 못하고 있잖아.'

"나도 잘 지내지."

엄마가 이미 모든 사실을 알고 있음에도 나는 이렇게 대꾸했다.

엄마와 나의 관계는 약간 우스꽝스럽다. 요즘 나는 엄마의 도움이 없으면 일상생활을 제대로 꾸려갈 수 없다. 내가 도와달라고 했을 때 엄마는 항상 그래 주었고 할 수 있는 한 최선을 다해서 나 대신 에비를 돌봤다. 하지만 마음 한구석에서는 엄마가 가장 좋아하는 딸은 로런이고 나는 항상 들러리일 뿐이라는 느낌이 든다. 요즘처럼 로런이 '잘나갈 때'면 더욱더 그렇다.

내가 로런보다 더 잘나가게 되면, 마음을 추스르고 더 큰 성공을 거두어서 멋진 딸이 되면, 엄마도 내게 지금보다 잘할 거라는 생각이 들기도 한다. 그렇지만 사실 그런 건 중요하지 않다. 우린 지금 충분히 행복하다. 어마어마한 대출을 받고 화려한 휴일을 즐기는 것 따위 관심 없다. 그게 진짜로 '잘나가는' 사람의 일상은 아니니다.

내가 하고 싶은 말은 이거다. 모든 사람이 행복이라는 가면을 쓰고 있지만 그 속을 들여다보면 다들 문제를 안고 있다. 힘든 일을 겪고 있고 마음이 편하지만은 않다. 다들 그렇게 살아간다. 피할 수 없는 죽음을 향해서 조금씩 나아가는 동안 우리는 그 문젯거리를 고치려고 노력한다. 문젯거리는 우리에게 인생에 집중할 수 있는 힘을 준다.

병적이다.

어째서인지는 모르겠지만 엄마는 재미있게 수다나 떨자는 식으로 내게 전화를 걸어서 자기도 모르게 내 기분을 엿같이 만들어버리는 신기한 재주를 지니고 있다. 엄마 나름대로는 나를 위로하려는 의도일 것이다. 잘나가는 사람들의 이야기를 들으면 나도 분발해서 그렇게 되려고 노력하리라고 엄마는 믿는 모양이다. 가족들 간의 정치라는 게 이래서 무섭다. 아무도 진심을 이야기하지 않는다. 모든 게 정보를 끌어내고 시험해보고 반응을 살펴보기 위해 고안된 베일에 가려진 말들이다. 정말 슬픈 일이다. 왜 서로에게 솔직할 수 없는 거지? 그러면 제임스 본드 같은 허풍쟁이가 모두 사라질 텐데.

"미안해. 저녁 준비하던 중이어서 끊어야 할 것 같아."

"그래, 크리스랑 에비한테 안부 전하고. 크리스는 낚시 간 거니?"

"응."

난 정말로 아무렇지도 않은 듯이 대답했다. 그렇게 나도 게임을 하고 있다. 덫에 걸려서 그토록 증오했던 다른 사람들의 행동을 그대로 따라 하고 있는 것이다.

"금방 올 거야."

"그래, 무슨 일 있으면 전화해라. 알았지?"

"알았어요. 고마워."

이쯤 되면 가족들에 대해 진심으로 궁금한 점이 생긴다. 내게 관심이 있는 것처럼 다정하게 건네는 이 수동적 공격이 사실은 사생활을 캐묻고 내 일에 참견하면서 지저분한 소문이나 가십거리를 찾으려는 시도는 아닐까?

그래서 난 항상 가족과 어느 정도 거리를 유지하며 지낼 수밖에 없었다. 감정적으로 거리를 둔다는 뜻이다. 그렇지만 엄마는 에비를 잘 돌봐준다. 이렇게 말하니 좀 그렇지만 엄마가 에비를 기꺼이 돌봐주고 가끔 내가 쉴 수 있도록 아이를 맡아주는 건 하늘이 준 선물이다. 그 덕분에 엄마의 단점을 좀 눈감아 줄 수 있을 뿐만 아니라 내게 정말로 도움이 된다.

문득 타는 냄새가 코를 찔렀다.

“젠장!”

오븐을 끄고 주방 창문을 열어서 연기가 밖으로 빠져나가게 했다.

식탁에 털썩 주저앉아 역시 엄마의 전화를 받지 말 걸 그랬다고 후회했다.

5장

크리스

우리 모두에게는 각자의 비밀이 있다. 가족도 친구도 모르게 혼자만 간직하고 있는 비밀. 그들을 속이고 싶은 게 아니라 위험으로부터 지키고 싶어서 그런 것이다. 진실을 알고 상처받지 않도록 보호하기 위해서.

어쨌든, 다들 그렇게 살고 있지 않은가?

손톱 밑을 후벼 파면서 따뜻한 물이 등줄기에 떨어지는 것을 느꼈다. 타월에 샤워젤을 묻힌 다음 온몸을 일고여덟 번 문질렀다. 머리카락이 다 떨어져 나가지 않을까 싶을 정도로 박박 문질러 감았다. 하지만 이미 내가 최대한 깨끗이 씻었다는 걸 알고 있다.

나는 항상 저녁에, 퇴근하고 집에 왔을 때 아니면 낚시를 마치고 집에 왔을 때 샤워를 한다. 내가 왜 항상 이때쯤 샤워를 하는지 메건은 알 필요가 없다.

메건도 나름의 비밀을 가지고 있겠지. 내가 그 사실을 안다는 건 모르겠지만. 나에게는 눈속임이 잘 통하지 않는다. 메건의 눈빛에 나타나는 이상한 기운이 나를 불안하게 만든다. 메건이 매사에 문제가 된다고 말하려는 건 아니다. 메건은 그렇지 않다. 적어도 내가 아는 메건은 그런 사람이 아니다. 무언가 심각한 내면의 문제가 있는 것 같다.

나의 의심은 에비가 태어나고 얼마 되지 않아서부터 시작됐다. 초보 부모들은 모두 비슷한 종류의 불안을 감지한다고 한다. 일종의 정석과도 같은 과정이다. '나쁜 엄마'가 되고, 기억력이 감퇴하고, 예전만큼 자신을 가꾸지 않게 된다. 언제나 자신만만한 여성이었던 과거의 메건은 이제 어디에도 없다. 가끔은 샤워하는 것도 잊어버려서 내가 알려줘야 한다. 우리는 예전만큼 부부동반으로 친구들을 자주 만나지 않는다. 그리고 메건은 에비와 충분히 가까워지지도 않은 것 같다.

특히 이 문제만큼은 매끄럽게 처리하고 싶은데 메건은 입을 꾹 다문 채로 일이 잘못되어가고 있다는 사실을 부정하고 있다. 언젠가 나아질 날이 오겠지. 요컨대 한 줄기 빛이 비출 거라는 말이다. 그때가 되면 메건도 자신이 나쁜 엄마, 나쁜 사람이 아니었다는 사실을 깨달을 것이고, 우리에게 다시 희망이 찾아오리라 믿는다.

메건이 정말 내가 모른다고 생각하는 건지 아니면 알고 있다는 걸 알지만 그냥 넘어가려고 하는 건지 궁금하다. 하지만 어느 쪽이든 그대로 둘 순 없다. 사람들은 내가 이 문제에 대해 이야기하고 밖으로 드러내야 한다고 말할 것이다. 침묵 속에서 고통스러워해야 할 이유가 무엇인가? 나는 할 만큼 했다. 언제까지나 일방통행이어서는 안 된다. 메건도 마음을 열고 자기 생각과 감정을 이야기해야 한다. 꽁꽁 싸매고 숨기는 건 좋지 않다. 적어도 메건 자신에게는 전혀 도움이 되지 않는다.

그래도 나의 경우, 내 비밀을 나름대로 잘 지키고 있다고 생각한다. 확실히 그렇다고 믿고 있다. 메건은 뭔가가 의심스러울 때 좋게 넘어가는 여자가 아니다. 이런 종류의 일이라면 더욱더 그렇다. 내가 마음을 열고 솔직하게 털어놓으면 모든 걸 받아들일 준비가 되어 있다고 메건은 항상 말하지만, 이 문제만큼은 메건이 말하는 '모든 것'에 해당하지 않는다. 이 문제만큼은 마음을 열고 솔직하게 털어놓을 수 없다. 우리의 인생을 망칠 수도 있기 때문에.

메건에게 진실을 털어놓는 건 현명하지 못하다. 사실 누구에게도 털어놓아선 안 된다고 생각한다. 솔직한 게 좋다고 다들 말하지만 웃기는 소리다. 진실을 모르면 상처받지 않아도 된다. 유일한 위험은 누군가에게 그것을 들키고, 처음부터 솔직하지 못했기 때문에 상황이 더 악화되는 것이다. 그렇지만 그건 일이 벌어지는 동안 아무도 의심스러운 점을 발견하지 못하게 해야 한다는 뜻일 뿐이다. 아무에게도 들키지 않는다면 내가 무언가를 감추고 있다는 사실도 알려지지 않을 것이고, 그래야 아무도 상처받지 않는다. 아무도. 나는 이것을 내 작은 비밀로 간직해야 한다. 영원히.

6장

–

메건

크리스는 5시쯤 집에 돌아왔다. 그에게 밝은 얼굴을 보이려고 애썼다. 에비가 태어난 이후로 매일 의식적으로 지어온 표정이다.

크리스가 밖에 나가고 없으면 외롭다. 그렇지만 적어도 거짓 미소를 지으며 모든 것이 다 잘되어가는 척할 필요는 없다. 잠시만 그러고 있어도 사람을 얼마나 갉아먹는지 놀라울 정도다.

나는 아직까지도 아침에 걸려온 엄마의 전화 때문에 기운이 빠져 있다. 엄마는 거의 매일 전화를 한다. 본인이 밖에 있거나 에비를 돌봐주고 난 다음엔 꼭 한다. 엄마는 언제나 좋은 의도로 그러는 거지만 언제 이야기를 멈춰야 하는지, 언제쯤 간섭을 그만둬야 하는지 잘 모른다. 그리고 오늘도 언제나 그랬듯이 '우연히 생각난 것처럼' 로런의 이야기를 했다.

로런과 나는 4년 동안 연락도 하지 않고 지냈다. 맨해튼 워터사이드 레스토랑에서의 사건이 계기였다. 로런과 제부 제임스가 일요일 점심을 함께 먹자며 온 가족을 초대했었다. 당시에는 두세 달에 한 번꼴로 가족이 모였기 때문에 그다지 특별할 것이 없었다. 그런데 식사를 주문하자마자 로런이 가족을 초대한 진짜 이유를 밝혔다. 로런이 아이를 가졌다는 것이었다.

나는 최선을 다해서 활짝 웃어 보였다. 로런에게 그 소식을 들어 우리 모두가 얼마나 기쁜지 말해주었다. 내 속이 얼마나 타들어 가는지 알고 있던 크리스가 내 무릎을 지그시 눌렀다. 몇 년간 크리스와 나는 아이를 가지기 위해서 갖은 애를 썼지만 소용이 없었다. 우리는 그것을 아무에게도 털어놓지 못했다. 그냥 마음속에 담아두고만 있었다.

메인 요리가 나오는 동안 로런은 나와 크리스도 아이를 가질 계획이냐고 물었다. 로런은 항상 좋은 일이 있으면 숨기지 못하고 얼굴에 그대로 드러내는 사람이지만, 이때는 때가 때이니만큼 유난히 더 그랬다. 로런이 아기방을 무슨 색 벽지로 꾸밀지, 아기 이름은 뭐라고 지을지, 언제 초음파 검사를 받을지 떠들어대는 동안 온갖 감정이 내 마음을 스치고 지나갔다. 자랑은 끝이 없었다. 눈물이 차올랐다. 그래서 그렇다고, 아이를 가질 계획이라고 말했다. 아이를 무척이나 갖고 싶지만 생기지 않았다고 말했다.

순식간에 일어난 일이었다. 말하자마자 후회했다. 그래도 로런이 자기가 한 말들이 얼마나 이기적이고 생각 없는 것이었는지 깨달을 거라고 생각했다. 그렇지만 로런은 그 정도의 머리도 없는 인간이었다. 로런이 내뱉은 대답은 "그럼 체외수정이나 입양을 하는 건 어때?"였다.

다른 사람이라면 이 상황에 어떻게 대처했을지 모르겠다. 나는 내 방식대로 대처했을 뿐이다. 최대한 차분하게 자리에서 일어서서 핸드백을 집어 들고 걸어 나왔다. 크리스가 뒤따라 나왔다. 로런이 한 말에 대해서 가타부타 말하지 않았지만 내가 잘못했다고 하지도 않았다.

소동이 가라앉으면 로런을 용서할 수 있을 거라고 믿었다. 늘 그렇듯 로런의 무신경함 탓으로 돌릴 수 있을 것 같았다. '버릇없는 동생이 늘 그렇지 뭐'라는 식으로. 하지만 로런은 사과 전화 한 통 하지 않았다. 그동안 그 애의 언니로 지내왔던 시간보다 이 사건 하나가 내게 로런이라는 인간에 대해서 더 많은 것을 알려주었다. 그게 로런과 나의 마지막 대화였다.

그래서 나는 로런의 새집에 다섯 개의 침실, 세 개의 욕실, 600평이 넘는 정원이 있는지 따위는 듣고 싶지 않다. 일말의 관심도 없다. 엄마가 나한테서 어떤 말을 듣고 싶은 건지 모르겠다. '잘됐네. 잠깐 들러서 인사나 할까?' 이런 말?

다행히 나의 거짓 미소가 이 모든 생각을 감춰주었다. 크리스는 아무것도 알아채지 못한 것 같다. 알리고 싶지 않다. 지금은 우리에게 에비가 있지만 그렇다고 예전에 로런과 있었던 일이 지워지지는 않는다.

크리스는 낚시하러 갈 때가 훨씬 행복해 보인다. 남자들은 다 그런가 보다. 혼자 앉아서 머리를 식히고 마음을 가라앉힐 수 있다니. 좋겠다.

저녁을 먹고 나서 크리스와 나는 거실에서 뉴스를 봤다. 여느 저녁 시간과 다를 바 없었다. 우리는 국내 뉴스 다음에 나오는 지역 소식을 두고 이런저런 시시한 이야기를 나누곤 했다. 어쩜 저렇게 매일 지루하고 쓸데없는 뉴스만 나오는지 놀랍다는 말을 하며 웃었다. 마을의 어떤 중년 남성이 새로운 호두까기를 발명했다, 케이블 타이를 제조하는 회사가 공모전에서 우승을 했다, 번사이드에 사는 어느 부부가 지난 3주간 가스도 끊기고 뜨거운 물도 안 나와서 엄청나게 고생했다, 같은 뉴스들. 친구한테 지나가는 말로도 얘기하지 않을 것 같은 주제들인데 지역 뉴스에서 다루다니 어처구니없었다.

하지만 오늘은 좀 달랐다.

나와 크리스는 뉴스가 시작할 때 나오는 예고편을 보자마자 얼어버렸다. 기자가 말하는 내용을 이해하기도 전에 그 사람이 서 있는 장소가 어딘지 알아차렸기 때문이다. 기자는 우리 동네에 있는 개울 바로 옆 좁은 길을 걸어서 카메라 쪽으로 다가왔다. 두 손은 배에 모으고 있었고, 말을 하면서 깍지 낀 손가락을 자연스럽게 풀었다.

기자의 목소리가 하나의 커다란 소음처럼 흐릿하게 들렸다. 고작

5초 남짓한 시간에 기자는 '이 한적하고 평화로운 마을'에서 어린 소년의 시체가 발견되었다고 말했다.

"말도 안 돼!"

결국 내가 침묵을 깼다.

"이 동네에서? 크리스, 알고 있었어?"

크리스는 자리에 앉아 TV 화면을 주시했다. 그의 눈가가 촉촉해져 있었다.

"아니, 전혀. 오늘은 핸드폰 볼 일도 없었어. 아무 연락도 없었다고."

말하지 않아도 크리스가 무슨 생각을 하는지 알 것 같았다. 죽은 소년은 그가 지금 가르치고 있거나 과거에 가르쳤던 학생일 가능성이 높다. 크리스는 사실상 이 동네 반경 5, 6킬로미터에 사는 열여덟 살 이하의 청소년들을 모두 가르치고 있었다. 이 동네는 좁기 때문에 사람들이 서로 잘 안다.

크리스가 자기 핸드폰을 들어 번호 몇 개를 누르더니 귀에 가져다 댔다.

나는 궁금한 얼굴로 크리스를 바라보았다.

"레베카에게 전화하는 거야."

크리스가 말했다. 레베카는 크리스의 상사이자 학교의 교장이다.

"레베카, 저예요. 방금 소식 들었습니다. 대체 무슨 일입니까?"

전화기를 타고 레베카의 커다란 목소리가 들렸다. 레베카의 말에 따르면 소년의 시체는 뉴스에 보도되기 한두 시간 전에 발견된 것 같았다. 친구와 친척들에게 알릴 때까지 입단속을 하고 있었는데 어떻게 된 일인지 언론이 냄새를 맡은 것이다.

"죽은 아이가 누굽니까?"

거실을 나가 복도로 간 크리스의 목소리는 떨리고 있었다.

레베카의 대답은 나에게 들리지 않았지만 대답을 들은 크리스가 그 자리에서 멈춰 서는 것이 보였다. 그의 어깨와 등이 순식간에 축 처졌다. 그 순간 나는 무언가 잘못되었음을 알 수 있었다.

7장

–

메건

20분쯤 지나서야 크리스가 침묵을 깼다. 마침내 입을 열었을 때, 그는 내게 라일리 마컴이 어떤 아이였는지 자세히 들려주었다. 학업 성적이 아주 우수한 학생은 아니었지만 그렇다고 심각한 열등생도 아니었다. 라일리는 전형적인 장난꾸러기였고 한두 번 정도 학교에서 크게 혼이 나기도 했다. 몇몇 수업에서는 그다지 집중하지 못했고 점심시간에 하는 축구에 훨씬 더 관심이 많았다. 하지만 사랑스러운 구석도 있어서 선생님 입장에서 미워할 수 없는 아이였다. 그리고 크리스도 그런 선생님 중 하나였던 것 같다.

아직은 레베카가 이번 사건에 대해 기자보다 많이 알고 있는 것 같았다. 다행이었다. 이번 사건에 대한 소식은 지역 뉴스 시간의 마지막에야 겨우 들어온 것 같았다. 그러니 그 전에 나온 국내 뉴스 시간에는 보도될 수가 없었을 것이다. 하지만 10시 뉴스에서는 달라질 거라고 예상되었다. 정말로 그랬다. 이 사건은 국내 뉴스에서 두 번째 소식으로 소개되었다. 일곱 살 소년이 죽은 채 발견되는 일이 흔하지는 않으니까.

크리스는 레베카의 말을 인용해가면서 나에게 이러한 이야기를 들려주었다. 그렇지만 '죽은 채'라는 말은 차마 입 밖에 내지 못했다. 그래서 내가 직접적으로 그 말을 꺼냈는데, 크리스가 내 말을 정정해주었다.

라일리 마컴은 죽은 게 아니라 살해당한 것이다.

레베카도 상황을 자세히 알지는 못하지만 힘들게 알아낸 정보에 따르면 라일리를 죽인 범인은 목을 조르려고 했고 둔기로 머리를 내리쳤다고 한다. 레베카는 사건 현장에 핏자국이 있었다고 말해주었다.

이 끔찍한 이야기에 어떻게 반응해야할까. 한 아이를 둔 엄마의 입장에서 보자면 공포와 분노로 가득 차야 마땅하다. 만약 내 아이에게 이런 일이 일어났다면 어떨지 상상만 해도 끔찍하다며 분개해야 한다. 그렇지만 난 에비가 태어나기 전과 다를 바 없는 반응을 보였다.

이건 비극이다. 분명한 비극이다. 지금 라일리 마컴의 가족이 어떤 심정일지는 어느 누구도 알 수 없을 것이다. 하지만 나는 내가 훨씬 더 많이 공감하지 못하게 만드는 현재 상황이 원망스러웠다 .

크리스는 내게 정신건강의학과 의사를 만나보는 게 어떻겠냐는 뜻을 한두 번 내비친 적이 있다. 나는 그럴 일은 절대 없을 거라고 딱 잘라 말했다. 나는 에비를 방치해둔 적도 없고 아무도 내게 나쁜 엄마라고 말하지 않는다. 대부분의 엄마들이 첫아이를 낳고 마음고생을 많이 한다. 그리고 대부분이 극복해낸다. 대부분이 그렇다.

아이가 태어나면 삶의 방식이 뿌리째 흔들린다. 정말 모든 방면에서 그렇다. 에비가 태어나기 전부터 사람들이 말해주었고, 우리 부부도 그럴 것이라 예상했다. 하지만 이 정도일 줄은 몰랐다. 예전과 같은 게 아무것도 없다.

크리스는 그때부터 멀어졌다. 우리는 가까운 사이였다. 항상 가까운 사이였다. 그런데 에비가 태어나자마자 우리의 친밀한 관계도 끝났다. 아주 약간의 살집을 가진 이 작은 생명체 외에는 크리스와 나 사이를 이어줄 고리가 아무것도 없는 것 같았다. 우리 두 사람은 더 이상 서로 마주 보고 있지 않았다.

어젯밤 라일리 마컴이 죽었다는 소식을 듣고 나서 나는 크리스가 안쓰러웠다. 아이들을 사랑하는 선생님인 크리스는 자기가 가르쳤던 아이들 모두에게 애정을 쏟아부었다. 크리스가 라일리에 대해 이야기할 때면 애정이 느껴졌다. 여러 가지로 신경을 많이 썼던 학생인 것 같다는 생각이 들었다.

크리스는 라일리의 부모님을 찾아뵙고 애도의 뜻을 전하는 게 어떨지 내게 의논했다. 나는 부모님이 마음을 추스를 수 있도록 좀 기다리는 게 어떻겠냐고 답했다. 그분들의 심정이 어떨지 상상이 가진 않지만 온갖 사람들이 찾아오는 게 달갑지는 않을 것 같았다. 그분들에게는 마음껏 슬퍼할 시간이 필요하다.

얼마 지나지 않아서 밀려드는 문자와 전화로 핸드폰에 불이 나기 시작했다. 이 동네는 비밀을 품고 있기엔 너무 좁다. 나쁜 소식은 특히 빨리 퍼진다. 다들 다른 사람의 소식을 당사자보다 더 빨리 알아낸다. 언론에 귀띔해줬을 것이라 짐작되는 사람도 몇 명 있다. 그렇지만 크리스에게는 아무 말도 하지 않았다. 나는 크리스를 위해서 단호하면서도 침착한 마음 상태를 유지하려고 한다.

크리스는 저녁 내내 근심 가득한 얼굴을 하고 있었다. 영화에 나올 법한 백전노장의 모습이었다. 수많은 전쟁과 그 속에서 흘린 무수한 핏방울을 일일이 기억하며 괴로워하는 그런 표정 말이다. 진심으로 괴로워하는 것 같았다.

그는 어젯밤, 오랜만에 잠꼬대를 했다. 평소에는 그러려니 하고 별로 신경 쓰지 않는데 어젯밤 잠꼬대는 고통스럽고 괴로워하는 것처럼 들렸다. 무슨 말인지 정확히 알아들을 수는 없었는데 죄책감과 업보에 관한 내용이었던 것 같다. 내용이 문제가 아니라 크리스의 목소리가 마음에 걸렸다. 심리적 한계에 다다른 사람의 목소리였다. 무슨 꿈을 꾸었기에 그런 건지 모르겠다. 어쨌든 아침에는 평상시와 다른 것이 없어 보였다. 지난밤의 뉴스가 미친 영향만 빼고는.

크리스는 라일리의 부모님을 찾아뵙고 싶다고 다시 한번 말했다. 나는 찬성할 수 없었다. 사건이 일어난 후 시간이 얼마 지나지도 않았는데 괜찮은 걸까. 그런데 크리스가 고집을 부렸다. 그래야 조금쯤 괴로움이 누그러지려나 싶기도 했다.

오늘 아침, 나는 라일리의 죽음 때문에 너무나 심란했다. 어젯밤에 그 소식을 들었을 때는 이런 감정을 느끼리라고 생각지 못했다. 그런데 오늘은 그 사건이 왜 아직까지도 사람들에게 제대로 공개되지 않는지 궁금해졌다. 에비를 보는 시선이 어제와는 달라졌고, 이런 상황에서 아이를 둔 엄마가 느낄 만한 감정을 느끼기 시작했다. 보통의 엄마들 말이다.

나는 집안일에 몰두하려고 노력했다. 주방을 번쩍번쩍 윤이 날 정도로 깨끗이 청소하고 집 안 모든 물건들의 먼지를 털어냈다. 쓰레기통을 비우는 것은 물론이고 찬장 앞쪽까지 모조리 닦았다. 거실 복도에서 머리를 내밀고 에비가 바운서에서 노는 모습, 장난감을 씹는 모습, 천진난만하게 TV를 보는 모습을 지켜보았다. TV에서는 〈오늘의 아침 뉴스This Morning〉가 나오고 있었다.

쓰레기가 든 검은색 봉지들을 챙겨 끝부분을 묶은 다음 뒷문으로 나갔다. 쓰레기통을 여는 순간 불쾌한 기분이 확 느껴졌다. 설명하긴 어렵지만 뭔가 끔찍한 일이 일어나기 직전에 느껴지는 공포 같은 것이었다.

쓰레기통 속에서 검은색 봉지들 사이로 파란색과 하얀색 천으로 된 무언가가 보였다. 잠깐 망설이다가 손을 넣어 그 물체를 꺼내 보았다.

모자였다. 그런데 성인이 쓰기에는 너무 작아 보였다. 어린이용이었다. 파란색과 하얀색이 섞여 있고 앞쪽에 '82'가 수놓인 모자였다. 그런데 모자의 나머지 부분이 온통 빨갛게, 거의 검은색으로 변해버린 빨간색으로 물들어 있었다. 피였다.

8장

–

크리스

10분에서 15분 정도는 차 안에서 가만히 바라봐야만 했다. 차 문을 열고 나가서 라일리의 집으로 걸어갈 용기가 나지 않았다. 말로 하면 무척 간단하지만 나에게는 세상에서 가장 어려운 일이다.

가르치는 학생에게 문제가 생기면 모든 선생이 책임을 느낀다. 자기 잘못으로 일어난 일이 아니어도 그렇다. 주의 의무는 모든 교사의 머릿속에 철저히 주입된 항목이다. 가끔 도저히 납득이 가지 않을 때도 있다. 그 의무의 범위는 대체 어디까지란 말인가? 이 동네같이 좁은 공간에서는 주의 의무가 누군가를 보호하기도 하지만 옥죄기도 한다. 마을 사람들 모두가 서로 얼굴을 안다. 모두가 서로 의지한다. 이 동네는 아주 섬세하게 조율된 생태계이기 때문에 무너지기도 쉽다.

이번 사건이 바로 그런 경우다.

이 동네는 언제나 내게 폐소공포증을 느끼게 한다. 고향이지만 숨이 막힌다. 누구에게도 들키지 않고 길을 걸어가는 건 불가능하다. 나 자신에게 솔직할 수도 없다. 혼자 비밀을 간직하는 것도 허용되지 않는다.

이곳도 좀 바뀌어야 한다. 서로 지나치게 많이 아는 상태가 계속되면 좋지 않다. 아무에게도 도움이 되지 않는다. 가끔은 다른 사람에게 신경을 쓰지 않을 필요가 있다.

이런 사건이 일어나면 제대로 된 사고를 할 수가 없다. 머리가 돌아가지를 않는다. 한동안 멍한 상태가 이어졌다. 정신 차리고 주의 깊게 행동하지 않는다면 나 자신을 망칠 것이다.

말로 하자니 기분이 좀 이상하지만 에비는 우리 가족의 삶에 크나큰 변화를 가져왔고, 그로 인해 나는 주변의 것들을 다시 생각해 보게 됐다. 나는 인생을 전혀 다른 각도에서 바라보기 시작했다. 마음이 열렸다. 모든 상황을 전보다 명확히 이해할 수 있을 것만 같은데, 동시에 아무것도 모르겠다는 심정이기도 했다.

나만의 시간이 간절했다. 낚시를 하면서 생각을 정리해야만 했다. 내 안의 악마와 조용히 대화를 나누고 싶었다. 혼자만의 시간을 가질 수 없다면… 어떻게 해야 할지 모르겠다. 아마도 못 견디고 일탈할 것 같다. 그건 아무에게도 도움이 되지 않을 것이다. 내가 그동안 무슨 생각을 했는지, 어떤 감정을 느끼고 있었는지 알게 된다면 메건은 무너질 것이다. 그것은 에비에게 평생 가는 충격을 줄 수도 있다. 에비는 아버지 없이 어떻게 여기에 대처해야 할까.

이런 생각은 견디기 힘들다. 그러니 평상시처럼 행동해야만 한다. 모든 일이 순조롭게 진행되는 척해야만 한다. 마음속에 어두운 비밀을 간직하지 않은 척, 내 가족을 갈기갈기 찢어놓고 이 마을을 완전히 뒤집어놓을지도 모르는 비밀 따윈 없는 척해야만 한다.

라일리의 집을 한 번 더 올려다보았다. 문 앞에 경찰이 서 있었다. 그는 내가 차에 앉아 있는 내내 한 번도 움직이지 않은 것 같다. 내 쪽으로는 눈길도 주지 않았다. 그때 내가 모르는 나이 든 부부가 그에게 다가갔다. 경찰과 몇 마디 말을 주고받더니 초인종을 눌렀다. 곧 문이 열렸고 두 사람은 안으로 들어갔다. 문을 열어준 사람의 얼굴은 보이지 않았다. 다행이었다. 라일리 부모님의 얼굴에 서린 순수한 고통을 마주한다면 나는 무너져내릴 것이다.

나는 휴식이 필요하다. 나에게는 '그' 휴식이 필요하다.

얼마간 유혹에 시달렸다. 누구나 그럴 때가 있을 것이다. 딱 맞는 사람을 발견하면 당신은 그저… 아니다. 그런 생각은 하지 말자. 옳은 일이 아니니까. 하지만 유혹이 쌓이고 쌓이다 보면 결국에는 참을 수 없게 되고, 결국 일을 저지르게 된다.

그 후의 죄책감은 어마어마하다. 물론 희열을 먼저 느끼지만 그것은 결국 끝난다. 사냥꾼은 먹잇감을 잡기 위해 덫을 놓는다. 하지만 너무 쉬운 먹이는 재미가 없다. 무슨 뜻이냐면 아직 가려운 구석이 남아 있어서 사냥을 처음부터 다시 시작하고 싶어진다는 것이다. 이번엔 더 큰 것을 노려보자. 더 어렵고 더 위험한 것을. 그래야만 내가 원하는 것을 얻을 수 있다.

심장이 쿵쾅거리고 속이 울렁거렸다. 생각만 했는데도 여기서 빠져나가고 싶어진다. 더는 생각하지 말아야겠다. 적어도 여기서는. 나의 행동, 나의 충동이 라일리의 가족에게 영향을 줄 수도 있으니까.

이런 상황에서 과연 견뎌낼 수 있을까? 내 가족에게 그런 일이 생겼다면?

정신을 차리고 나 자신에 대한 생각을 정리하기 시작했다. 의식이 돌아온 기분이었다. 나는 내 가족을 사랑한다. 그런데 왜 굳이 긁어 부스럼을 만들겠는가? 어떻게 동시에 완전히 다른 두 사람이 될 수 있겠는가? 또 다른 나를 굳이 드러내야만 할까?

내가 생각할 수 있는 답은 이것뿐이다. 다른 방법이 없다. 누군가와 의논할 문제가 아니다. 진실을 감춰야만 한다.

차의 시동을 걸고 안전벨트를 맸다. 기어를 넣고 도로를 달렸다.

9장

메건

핏자국이 묻은 모자를 하염없이 바라보고 있었다. 눈앞이 흐릿해졌다. 내 맥박 소리가 귓가에 들렸다. 심장이 뛴다. 심장 속에서 또 하나의 심장이 쿵쾅거린다. 알 것 같다. 누구의 모자인지 알겠다. 한 번도 본 적 없는 모자이지만 본능적으로 알 수 있었다. 누가 이 모자를 여기에 버린 건지도 알 수 있었다. 누가 살해당한 아이의 모자를 우리 집 쓰레기통에 버렸겠는가?

이유는 뻔하다. 하지만 도저히 믿을 수가 없다. 아니라고 믿고 싶다. 그렇게 믿어야 한다.

밖에서 우리 집 정원으로 통하는 길은 없다. 우리 집은 옆집과 굉장히 가깝게 붙어 있어서 쓰레기를 버리는 날이면 주차장을 통해서 쓰레기통을 운반해야 했다. 정말 불만스러운 부분이었다. 집을 고를 때 미처 생각지 못한 이 부분은 골칫거리였다. 크리스는 언제나처럼 '긍정적인 면을 보자' 스타일로 이 점이 '가족의 안전을 위해 좋다'고 결론지었다. 그리고 이제 나는 바로 이 부분이 걱정되기 시작했다.

마당에는 높은 울타리가 세워져 있다. 가지가 뾰족한 나무들도 빽빽하게 심어져 있다. 나는 정원을 잘 가꾸는 편이 아니기 때문에 크리스와 나는 가급적이면 마당 주변을 있는 그대로 두기로 했다. 사람들은 도둑이 작정하고 침입하려고 하면 막을 수 없다고 말한다. 그저 도둑을 옆집으로 보내는 게 최선이라고. 그렇지만 제정신인 도둑이라면 이런 장애물 코스에 제 발로 들어오진 않을 것이다. 들어올 곳도, 나갈 곳도 없다. 적어도 나라면 절대로 여기 들어오지 않을 것이다.

보통 이건 큰 장점이다. 하지만 지금은 아니다. 누군가 마당으로 들어와서 이 모자를 내 집 쓰레기통에 버렸다? 아니다. 말도 안 된다. 모자가 하늘에서 떨어진 것처럼 그렇게 갑자기 나타날 수는 없다. 최근에 쓰레기를 수거해가라고 쓰레기통을 골목에 내놓았을 때도 모자는 없었다. 마지막 쓰레기 수거일 이후로 쓰레기 봉지 한두 개가 우리 집 쓰레기통에 쌓이고 난 다음, 그 위에 모자가 버려진 것이다. 그때는 이미 쓰레기통이 마당에 있었다. 모자가 거기 들어가는 것은 불가능하다. 한 가지 경우만 제외한다면….

초인종 소리가 희미하게 들렸다. 얼른 모자를 쓰레기통에 던지고 옷 앞섶으로 손을 닦아냈다. 아무것도 묻지 않았는데 역겹고 찝찝하고 불결하게 느껴졌다. 전염병에 걸린 기분이었다. 집에 들어가자 에비의 울음소리가 들렸다. 에비를 혼자 두고 밖에 나와 있었던 게 미안했다.

"미안, 아가야. 엄마가 금방 갈게."

거실을 향해 말하면서 현관문으로 갔다. 잠금장치를 풀고 손잡이를 돌려 문을 열었더니 경찰관 두 명이 서 있었다. 남자 한 명, 여자 한 명이었다. 여자 경찰관이 말을 꺼냈다.

"메건 밀러 씨인가요?"

"네, 그런데요."

희미하고 힘없는 목소리로 대답했다.

"저는 스미스 경관이고 이쪽은 로랑 경관입니다. 남편분과 이야기를 좀 나누고 싶은데요."

10장

메건

"지금 집에 없어요."

벌어지지 않는 입술 사이로 떨리는 목소리가 간신히 새어 나왔다.

"어디 가신 겁니까? 언제쯤 오시나요?"

"한 시간 안에는 돌아올 거예요."

어디 갔는지는 밝히지 않았다. 이유는 모르겠지만 크리스를 보호해줘야 할 것만 같았다.

"왜 그러시는데요?"

"어제 있었던 사건에 관해서 몇 가지 여쭤볼 게 있습니다. 소식은 들으셨겠지요."

고개를 끄덕였다.

"네, 라일리라는 아이 말씀이시지요."

"크리스 씨가 라일리를 가르친 선생님이라고 하던데요."

다시 고개를 끄덕였다.

"네, 작년까지요."

경관이 미소를 지어 보였다.

"라일리를 알던 모든 사람을 만나고 있습니다. 작은 정보 하나라도 더 있으면 그만큼 도움이 될 테니까요. 나중에 다시 오겠습니다. 남편분이 그 전에 돌아오시면 저희에게 전화해주십시오."

경관이 건넨 명함에는 이름과 직위, 핸드폰 번호가 적혀 있었다. 글자들 위로 경찰청 마크가 눈에 띄었다.

"그럴게요. 이해해주셔서 감사합니다."

"별말씀을요. 갑자기 찾아와서 죄송합니다. 바쁘신 것 같은데."

경관의 시선은 집 안을 향해 있었다. 거실에서 에비의 울음소리가 들렸다.

"예, 죄송해요. 아기가 잠을 못 자서 칭얼대네요. 어떤지 아시죠."

경관은 미소 지으며 살짝 소리 내어 웃었다.

"아니요. 다행히도 모르겠네요. 사실 알고 싶은 마음도 없고요. 저는 그냥 우리 고양이들이랑 잘 살려고요."

"그러시군요. 크리스가 돌아오면 연락드릴게요."

경관들이 가고 난 후 나는 복도에 한동안 멍하니 서서 마음을 추슬렀다. 순식간에 너무 많은 일이 벌어져서 정신을 차릴 수가 없었다. 이 작은 마을에서 어린 소년이 살해당했고, 피 묻은 모자가 우리 집 쓰레기통에 버려져 있었다. 경찰이 우리 집에 찾아왔고, 저놈의 빌어먹을 울음소리는 계속해서 들린다 .

나는 거실로 성큼성큼 걸어가 소리를 꽥 질렀다.

"뭐야, 대체?"

에비가 놀라움과 두려움이 뒤섞인 눈으로 나를 바라보았다. 입술이 떨리더니 다시 울음을 터뜨렸다. 전과는 다른 울음이었다. 졸지에 나는 세상에서 가장 나쁜 사람이 되고 말았다. 얼른 달려가서 에비를 품에 안고 달래기 시작했다.

"착하지. 엄마 여기 있어. 미안해. 내가 잘못했어."

몇 분 후에야 에비가 간신히 진정한 듯했다. 나는 이런 일로 무너질 수 없다고 생각했다. 에비를 지켜야겠다고 결심했다. 그래서 에비를 다시 눕히고 장난감 한두 개를 쥐여준 다음 부엌으로 갔다.

조리대에 기대서 숨을 고르려고 애썼다. 모든 일이 너무 빨리 일어나고 있다. 혼란스러운 것 같기도 하고, 마음속 깊은 곳에서는 사실 비밀을 알고 있다는 생각이 들기도 했다. 나는 내가 혼란스러워하고 있는 것이기를 바랐다. 말이 안 되는 상황이었으면 좋겠다. 그렇지 않다면 모든 게 완벽하게 들어맞는 상황이기 때문이다.

24시간 전에는 아무것도 완벽하다고 할 수 없었다. 그렇지만 지금보다는 훨씬 나았다. 어린 소년이 살해당했다. 크리스가 가르쳤던 학생 중 한 명이다. 사건이 벌어진 날, 크리스는 낚시를 했다. 혼자였다. 그에게는 알리바이가 없다. 그리고 피에 찌든 모자가 우리 집 쓰레기통에 있다. 이 모든 것이 하나의 결론을 가리키고 있다. 하지만 나는 그것을 차마 받아들일 수가 없다. 내가 어떻게 그럴 수 있단 말인가?

그렇지만 진실을 알아야만 한다. 그래야만 한다. 하지만 라일리의 부모님께 가서 그가 파란색과 흰색이 섞인 모자를 쓰고 있었냐고 물어볼 수는 없다.

이 모든 상황을 설명할 방법이 존재할 것이다. 아이를 살해하는 미친놈들은 많다. 모두 알고 있는 사실이다. 그리고 살해당하는 아이들 모두 수많은 선생님에게서 배웠다. 그 선생님들 모두에게 가족이 있다. 지금 이 경우에는 나와 에비가 그 가족이다.

그렇다면 모자는? 모자에 대해 완벽하게 설명할 수 있을까? 크리스와 나에게는 어린 아들이 없다. 아마 크리스가 밖에서 모자를 주웠을 것이다. 낚시하러 갔다가 발견했겠지. 크리스는 쓰레기가 밖에 떨어져 있는 꼴을 못 보는 사람이니까 집어와서 쓰레기통에 버린 게 틀림없다. 그때는 그게 얼마나 중요한 것인지도 몰랐겠지. 그리고 나서는 잊어버렸을 것이다. 지금 다시 물어보면 기억해내긴 하겠지만. 그 모자가 라일리의 것일 수는 있지만 그렇다고 크리스를 대놓고 용의자로 몰고 갈 수는 없다. 아직은 그저 가능성에 지나지 않는다. 나와 크리스는 이 상황을 설명할 수 있을 것이다. 그리고 이 모자를 경찰에게 넘겨주면 그들이 범인을 찾아내겠지.

그게 논리적이고 말이 되는 행동이다. 그런데 무언가 마음에 켕기는 게 있다. 마음속에서 그러지 말라고 말리는 목소리가 들린다. 우리 가족을 지키기 위해서는 경찰에 모자를 넘기지 말라고 말한다.

촉을 무시해서는 안 된다. 논리적이고 명확한 증거가 정반대를 가리키고 있다고 해도, 마음 한구석에서 솟아오르는 본능적인 느낌이 옳을 때가 더 많다. 지금까지 나는 그런 촉에 의지해서 잘 살아왔다. 그런데 지금까지 내가 지키고자 했던 인생의 모든 것이 무너져버릴 것만 같은 불길한 예감이 든다. 피 묻은 모자에 대해서 크리스에게 직접 물어봐도 안 되고 그것을 경찰에 넘겨줘서도 안 된다. 이런 자각이 두려움과 함께 찾아왔다.

에비가 울음을 그쳤다. 적어도 지금은 그렇다. 주전자에 차 마실 물을 끓여야겠다. 아무 일 없는 것처럼 행동하고 싶다.

물이 다 끓었을 무렵, 핸드폰이 진동하더니 BBC 뉴스의 귀를 찌르는 듯한 알림음이 들린다. 긴급 뉴스가 보도될 때 나는 소리다.

속보의 내용을 확인해보았다.

'경찰의 발표에 따르면 작은 마을에서 살해된 채로 발견된 일곱 살 소년의 이름은 라일리 마컴이라고 한다.'

이제 세상에 알려졌다. 라일리 마컴의 이름이 공식적으로 언급되었다. 소년의 친척과 친한 지인들은 이미 모두 이 사건에 대해 전해 들었다는 뜻이다. 많은 사람들의 일상이 무너지고 그들의 삶 전체가 그 순간 잠시 멈춰버렸을 것이다. 그들에게는 이제 모든 시간이 사건이 일어나기 전과 후로 나뉠 것이다.

팝업 창을 띄워서 뉴스를 읽었다. 기사 내용은 거대한 회색 덩어리처럼 불분명했다.

스크롤바를 내려 어린 라일리 마컴이 웃는 얼굴로 나를 바라보고 있는 것을 보기 전까지는 그랬다. 눈에 띄는 친숙한 그 야구 모자 아래로 소년의 밝게 빛나는 파란 눈동자가 나를 향하고 있었다.

11장

–

5년 전

대기실이 서늘해서 손을 겨드랑이에 넣고 문질렀다. 7월 중순인데도 추웠다. 내 옆에 앉은 중년 여성들은 종이 부채를 부쳤다. 남자들은 반바지에 선글라스 차림으로 다리를 쩍 벌리고 앉아 있었다. 보기 흉한 슬리퍼가 발가락 끝에 대롱대롱 걸려 있었다.

크리스를 바라보았더니 그도 나를 보며 웃어주었다. 걱정하지 말라는 듯이 손으로 내 허벅지를 문질러주었다. 몸이 좀 따뜻해지는 것 같았다.

하지만 온기는 오래가지 않았다. 오늘 좋은 이야기를 들을 것 같지 않다는 느낌이 들었기 때문이다. 크리스와 나는 지난 3년간 끊임없이 노력했다. 이틀에 한 번꼴로 섹스를 했다. 매일 한 적도 있다. 그렇지만 소용이 없었다. 의사에게서 무엇이 잘못되었는지 들을 필요도 없다. 가끔은 듣지 않아도 본능적으로 알게 되는 것들이 있다. 임신이 될 것 같지도 않고, 현실감 있게 들리지도 않는다. 내가 아무리 간절히 원한다고 해도.

책이란 책은 다 읽어보았고 웹사이트도 수없이 들여다봤다. 할 수 있는 시도는 다 해보았다. 명상과 심신 수련도 했다. 스트레스를 줄이려는 목적이었다. 다른 부부들도 임신을 위해서 스트레스를 줄이려고 노력한다는 말을 들었기 때문이다. 요가 클래스도 다녀봤다. 핸드폰 바탕 화면이 명상을 도와준다는 앱으로 도배가 된 적도 있다. 티베트 피리 반주에 맞춰서 웬 얼간이가 쉴 새 없이 떠들어대는 일별 영상이 담긴 앱은 이상하지만 한편으로는 마음을 편하게 해주었다.

그 앱을 실행하면 거들먹거리는 태도의 명상 선생이 짜증 나는 목소리로 '이미지 그리기'의 중요성을 강조한다. 무언가를 원한다면 그것을 머릿속에 그려낼 줄 알아야 한다는 주장을 펼친다. 따라 해봤다. 하지만 크리스와 내가 웃고 떠들며 즐거워하는 아이들에게 둘러싸인 모습을 상상하려고 애쓰면 애쓸수록 말도 안 된다는 생각만 들었다. 그런 이미지는 그저 나의 간절한 바람을 투영한 것에 불과하다는 걸 알고 있었다. 미래를 예견하는 능력은 없지만, 나는 마음속 깊은 곳에서 그런 일이 결코 일어나지 않을 거라고 확신했다.

아마 오늘 의사는 내게 체외수정을 권할 것이다. 이젠 그 말을 꺼낼 차례다. 3년 넘게 임신을 하려고 시도했어도 성과가 없었다. 엄청난 돈도 쏟아부었다. 3,000천만 원 남짓한 돈을 쏟아붓고 나서야 임신 확률이 5%까지 올라갔다. 그다음에는 여기 와서 아이를 가지려고 시도한 사람들 중 어느 누구도 달가워하지 않을 이야기를 들었다. 위탁 양육을 하거나 입양을 해보면 어떻겠냐는.

나는 단순히 아이를 돌보고 싶은 게 아니다. 만약 그랬다면 베이비시터로 일하거나 유치원에서 근무했겠지. 자신의 피와 살을 물려받은 작은 존재와 같은 집에서 사는 기쁨은 그 무엇과도 비교할 수 없다. 내게서 물려받은 DNA와 유전자로 자신의 반을 채우고 있는 존재. 그리고 나머지 반은 내가 사랑하는 사람에게서 물려받은 DNA와 유전자로 채우고 있는 존재다. 그 작은 존재는 말 그대로, 과학적으로 '나의 반쪽'이다. 나의 부모님도 내 아이보다는 중요하지 않다. 나의 부모님은 나의 반쪽이 아니다. 내가 그들의 반쪽일 뿐이다.

내 아이를 키운다는 것은 나의 유전자가 80년에서 90년 가까이 살아 있을 거라는 뜻이다. 요즘 태어나는 아이들의 기대 수명은 100살이 넘는다는 글을 읽은 적이 있는 것 같다. 의료과학의 발전 덕분이다. 9개월 전까지만 해도 세포 덩어리에 불과하던 존재가 100년 정도 NHS영국의 공공 의료 서비스의 지원을 받으며 생존할 수 있다고 한다. 작고 가느다란 살덩어리가 어엿한 성인이 되어 100년의 시간을 살아가면서 증손주까지 만난 후 죽음을 기다릴 수 있다.

그러나 나와 크리스, 그리고 수많은 사람들은 1단계조차 통과하지 못하고 있다. 그 쉬운 일을 못 하고 있다. 정자와 난자가 만나면 되는데. 우연한 만남이면 충분한데. 사소하고 그다지 중요하지 않은 것 같은 이 사건이 앞으로 일어날 모든 일의 출발점이 된다. 탄생, 해마다 돌아오는 생일, 학창 시절, 친구들과의 우정, 회사 생활, 결혼 생활, 손주와의 만남, 심장병에 걸려 사망에 이르는 것까지 이 모든 일들이 두 개의 세포가 만나는 것으로부터 시작한다.

그래서 단언컨대 생명은 소중하다. 우리의 아이들은 아주 귀한 존재다. 그래서 우리는 갓난아기를 구하려고 버스 앞으로 몸을 던지는 것이다. 유모차를 밀고 가는 엄마가 먼저 갈 수 있도록 비켜주는 것이다. 아이들은 마음껏 뛰어놀 수 있어야 한다. 아이들이 없으면 우리의 미래도 없다. 우리, 바로 우리가 계속 살아갈 수 없다.

이런 이야기의 일부가 될 수 없다는 사실을 조금씩 깨달으면서 나는 절망의 구렁텅이에 빠져버렸다. 나는 종족의 번식 과정에 참여할 자격을 얻지 못했다. 아무리 노력해도 내 후손이 살아가는 모습을 지켜볼 수 없다. 말동무 하나 없이 죽어갈 것이다. 몇 년이 지나면 아무도 내 얘기를 하지 않을 것이다. 나에 관해서는 그 어떤 좋은 기억도, 황당무계한 허풍도 남아 있지 않을 것이다. 나라는 사람은 처음부터 이 세상에 태어나지도 않았던 것처럼 내 존재 자체가 깨끗이 지워지겠지.

크리스가 내 무릎을 톡톡 두드렸다.

"우리 차례야. 들어가자."

그리고는 먼저 일어나 진료실을 향해서 걸어갔다. 나는 억지 미소를 지은 채 침을 꼴깍 삼켰다. 핸드백을 챙겨서 발걸음을 재촉했지만 무릎이 덜덜 떨리고 심장이 쿵쾅거렸다.

교수대로 향하는 죄수가 된 기분이었다.

12장

–

메건

달래주려고 애쓰는데도 칭얼대는 에비의 울음소리에 귀가 따갑다. 안아줘도 보채고 업어줘도 보채서 무릎에 앉혔더니 그것도 싫단다. 바닥에 눕혀보았다. 역시나 실패다. 장난감들 앞에 앉혀주니까 그제야 울음을 멈추고 장난감 하나를 집더니 카펫에 엎어져 버린다. 다시 울기 시작한다.

에비의 등을 문지르면서 어르고 있노라니 분노와 짜증이 솟구쳐 오른다. 그저 '닥쳐!'라고 소리치고 싶을 뿐이다.

가끔은 모든 노력이 수포로 돌아간다. 에비를 안고서 집 안을 뱅뱅 돌며 할 수 있는 모든 방법을 시도해보았다. 자장가도 불러주고, 속삭여도 보고, 옆으로 흔들흔들해보기도 하고, "에비, 저게 뭐야"라고 주의를 돌려도 보았다. 가장 좋아하는 장난감을 안겨주기도 했다. 하지만 하나도 도움이 안 됐다. 에비는 소리를 지르며 울어대다가 지치자 그제야 포기하고 누워서 투레질을 하기 시작했다.

왜 그러는 건지 모르겠다. 사실 이유에는 관심이 없다. 그냥 멈추게 해야겠다는 생각뿐이다. '닥터 구글'에게 물어봤다. 초보 엄마가 무언들 안 해봤을까? 아기를 재우는 방법, 아기가 우는 이유, 평범한 울음과 비정상적인 울음을 구별하는 방법 등등 어마어마한 양의 엉터리 정보가 인터넷에 나와 있었다. 사실 아이가 우는 데는 다 이유가 있다. 모든 부모들이 그것을 알고 있다. 그렇다고 아기가 울어대는 걸 그냥 놔둘 수는 없다.

아빠가 에비를 병원에 데려가 보라고 말씀하신 적이 있다. 난 싫다. 의사한테 찾아가서 내가 실패한 엄마라고 선고받고 싶지 않다. 다행히 엄마도 병원에 데려가는 걸 꺼렸다. 엄마의 말에 따르면 모든 아기들은 다 제각각이다. 그러니 부모는 본능에 따라서 그때그때 옳다고 생각하는 대로 행동하면 된다는 것이다.

그렇지만 내 본능은 엉망이다. 온 정신이 다 흩어져 있다.

에비가 울어댈 때는 다른 잡생각이 머리에서 완전히 사라진다. 그게 딱 하나 좋은 점이다. 지금도 눈을 감으면 야구 모자를 쓰고 웃고 있는 라일리 마컴의 얼굴이 떠오른다. 파란색과 하얀색이 섞여 있고 숫자 82가 새겨져 있는 모자다. 내 집 쓰레기통에 얌전히 놓여 있던 모자다. 핏자국으로 얼룩진 모자다. 나로서는 라일리의 피라고 짐작할 수밖에 없다.

누군가 내 집에 침입했기를 바라는 경우가 흔치는 않지만 지금 내 심정은 그렇다. 간절하다. 무언가 더 위협적인 존재를 발견하고서 누군가, 아마도 라일리를 죽인 살인범이 기겁해서 도망치는 와중에 몇몇 집의 담장을 넘고 마당을 거쳐서 도망갔을 것이다. 그러면서 라일리의 모자를 우리 집 쓰레기통에 버리고 간 것이다.

논리적인 설명이다. 다른 건 더 생각할 필요도 없이 나는 이런 결론을 내리면 된다. 하지만 마음속 깊은 곳에서는 이게 진실이 아니라고 확신하고 있다. 나는 크리스의 얼굴에 나타난 표정, 요즘 잘 때 안절부절못하면서 뒤척이는 모습, 최근에 이상해진 태도가 무엇을 뜻하는지 알고 있다. 무언가 잘못된 것이 틀림없다.

뭔가 일이 잘못됐을 때 내게 확신을 줄 수 없는 사람과 평생을 함께할 수는 없다. 남편의 본모습을 모른 채로 평생을 살았다는 여자의 이야기는 흔하다. 그들은 진실을 부정한다. 그 여자들의 뇌가 진실을 감추고 그들을 보호하려 한다. 그것이 대응 기제다. 진실을 알게 됐을 때 그것을 감당할 용기가 없으면 내 뇌는 내가 진실을 발견하지 못하게 한다. 진실을 가리키는 모든 증거는 변형되거나 왜곡되거나 전혀 다른 무언가로 바뀌어버린다. 그 무언가는 훨씬 더 결백하고, 훨씬 덜 위험한 영향력을 가진다.

나의 뇌는 얼마나 오랫동안 나를 보호하고 있었을까? 그리고 왜 지금 이 순간 그런 노력을 멈췄을까? 크리스가 이상하다고 느낀 건 정말로 이번이 처음이었을까? 크리스가 어두운 비밀을 감추고 있다는 걸 알아차린 건? 확실하진 않지만, 충분히 조사한다면 더 이상 의심스럽지 않을 것이다.

갑자기 에비를 보니까 심장이 두근거리다 못해 튀어나올 것만 같다. 크리스는 우리 딸에게 위험한 사람일까? 내가 진실을 밝히지 않아서 에비가 해를 입는다면 나는 견딜 수 있을까? 에비가 아니라 다른 아이가 위험해지면? 더 많은 아이들이 다치면?

우연이었을 수도 있다. 크리스가 라일리에게 말을 걸었거나 어쩌다 보니 라일리를 놀라게 했을 수도 있다. 충분히 그럴 수 있지 않은가? TV 드라마나 영화는 늘 그런 식이다. 누군가가 갑자기 죽으면 그게 옆에 있던 사람의 소행인 것처럼 보인다. 그 사람은 누명을 쓸까 봐 죽음을 감춘다. 하지만 사실 그 사람이 살인을 저지른 게 아니다.

어쩌면 이 모든 게 정교한 계획일 수도 있다. 아니면 살인자가 우리 집 쓰레기통에 라일리의 모자를 버리기로 결정한 건 우연 중의 우연일 수도 있다. 왜 아니겠는가? 이 동네 사람들은 다들 잘 알고 지낸다. 살인자는 마구잡이로 쓰레기통을 골랐을 것이다. 쓰레기통 주인이 그 모자를 발견하고 라일리 마컴과 연관 지을 수도 있다는 가능성을 계산에 넣지 못할 만큼 다급하게 쫓기고 있었을 것이다. 틀림없다.

머릿속에서 이 생각이 떠나질 않는다. 곱씹고 또 곱씹어보았다. 경찰에게 모자를 가져다주는 것이 합리적이라는 것도 알고 있다. 크리스가 범인이라면 그는 죗값을 치를 것이다. 우리 가정은 갈기갈기 찢어지겠지만 적어도 정의는 실현되겠지. 그렇지 않은가? 그런데 에비는 어떻게 하지? 만약 범인이 크리스가 아니라면? 어쨌든 크리스는 분명히 구속될 것이다. 그가 무죄라고 해도 교사로서의 커리어는 완전히 망가져 버릴 것이다. 이 동네의 모든 사람들이 그 소식을 알게 되고 크리스의 명예는 두 번 다시 회복되지 못할 것이다. 시간이 지나도 과거의 일을 기억하는 사람이 있을 것이고, 크리스의 소행이라고 믿는 사람도 있을 것이다. 진실이 알려진다고 해도 한동안 사람들은 크리스의 이름을 이번 사건과 연관 지어 생각할 것이다. 모두 완전히 없었던 일이 될 수는 없다. 에비에게는 이런 이야기를 손톱만큼도 들려줄 수 없다. 인생의 첫발을 그런 식으로 내디딜 필요는 없다.

만약 어떻게든 비밀이 지켜진다고 해도, 경찰이 이번 사건의 진실을 밝혀낼 거라고 믿고 의지할 수 있을까? 그들이 일을 제대로 처리할까? 그럴 거라고 믿고 싶지만 마음속 강렬한 의심은 사라지지 않는다.

나는 경찰을 믿지 않는다. 믿을 수가 없다. 그 일이 있고 난 뒤부터는.

이미 오래전 일이라고 나 자신을 달래보았다. 이 마을과는 전혀 다른 곳에서 있었던 일이다. 다른 문화권에서 일어난 사건이다. 그곳의 일 처리 방식은 여기와는 다르다. 이 마을에서 그런 일이 일어날 리가 없다. 경찰의 부정부패는 오래전부터 알려져 왔지만, 이 마을에서는 그렇게까지 심하지 않다. 난 항상 그렇게 믿었다. 그런데도 제복 입은 사람에 대한 뿌리 깊은 불신은 없어지지 않았다.

과거의 경험으로부터 자유로운 사람은 없다. 그렇지만 이 문제에 관해서는 명확하고 논리적으로 생각해야 한다. 영국은 세계 최고의 법체계를 자랑한다. 정의를 제대로 구현하지 못하는 경우는 거의 없다. 그렇지 않은가?

13장

–

8년 전

내리쬐는 햇볕 때문에 목덜미가 따가워서 크리스와 나는 서둘러 그늘을 찾아 들어갔다. 모로코의 왈리디아에서는 해마다 이맘때면 오전 10시만 지나도 견디기 힘들다. 현지인들은 지난 삼사 주 동안 모로코 해변에서는 무더위가 주인 노릇을 하고 있다고 했다. 신혼여행을 떠난 커플이 피부를 전혀 태우지 못하고 돌아오는 이유는 호텔 방 밖으로 나가기엔 너무 바쁘기 때문이라는 농담이 있다. 크리스와 나는 완전히 다른 이유로 같은 상황에 놓여 있었다. 에어컨이 없는 밖으로 나갈 수 없었기 때문이다.

용기를 내어 밖으로 나와서 몇몇 술집에 들렀다. 시원한 음료로 목을 축이면서 바깥 바람보다는 조금 덜 뜨거운 선풍기 바람을 쐬었다.

믿기 힘든 일이지만 오늘은 좀 덜 더운 거라고 한다. 40도 중반까지 올라가다가 30도 후반까지 떨어졌다. 그래서 시장 구경을 가기로 했다.

알록달록한 만화경 같았다. 시장에는 팔 수 있는 모든 물건이 있었다. 카펫부터 건축자재, 전자제품까지 없는 게 없었다. 시끄럽고 정신없고 약간 더러운 야외 백화점을 상상하면 된다. 태어나서 처음 보는 광경이었다.

천천히 둘러볼 만한 시장은 못 됐다. 어디로 갈지, 무엇을 살지 확실히 정하고 가야 하는 곳이었다. 물건을 구경하려고 속도를 늦추기라도 하면 사람들에게 이리저리 떠밀려갔다. 정신없고, 시끄럽고, 노골적인 곳이었다. 하지만 내 마음에는 쏙 들었다.

시장 안의 열기에 숨이 막혔다. 덥고 습했다. 늦은 아침의 열기와 일주일치 장을 보려고 꾸역꾸역 밀려든 수백, 아니 수천 명의 사람들 때문이었다.

30분쯤 지나니 견디기 힘들어져서 시장을 나왔다. 우리는 가판대 사이를 비집고 나와 간신히 시장을 벗어났다. 숨을 헐떡거렸다. 바깥은 시장 안보다 훨씬 덜 더웠다. 기온이 이미 40도 가까이 올라갔는데도 영국의 시원한 바람을 맞고 있는 기분이었다.

양쪽을 살피면서 길을 건넜다. 반대편에 도착하자마자 누군가 우리에게 소리쳤다. 무슨 일인지 뒤를 돌아본 순간 커다란 손이 내 어깨를 누르는 것이 느껴졌다.

큰 목소리가 아랍어로 내게 말을 건넸다. 알아듣지는 못했지만 느낌이 좋지 않았다.

우리를 멈춰 세운 사람은 경찰이었다. 왜 그러는 거지? 모로코에서 무단횡단은 불법인가?

경찰들은 크리스와 나를 길에서 멀리 떨어진 회색 벽으로 몰아세웠다.

"영국인?"

경찰 중 한 명이 크리스에게 물었다. 지금 보니 턱수염이 무성하다. 경찰들은 내게는 아무 말도 하지 않았다.

"네."

크리스의 목소리가 떨리는 게 느껴졌다.

"부인의 가방을 열어."

턱수염 난 경관이 명령했다.

크리스는 잠시 망설이다가 명령에 따랐다. 나는 오른쪽 어깨에 메고 있던 가방을 건넸다. 오늘 아침 외출할 때부터 계속 메고 있던 가방이다. 가방 입구가 내가 마지막으로 닫아둔 것보다 벌어져 있는 것이 눈에 띄었다. 나는 항상 가방 입구를 단단히 조이고 다닌다. 크리스도 알고 있다. 크리스와 나는 당혹스러운 눈빛을 주고받았다. 어쨌든 내 가방은 턱수염 난 경관에게 전달되었다.

경관은 나를 위아래로 훑어보더니 한쪽 콧구멍으로 콧방귀를 뀐 다음 가방을 완전히 열어젖혔다. 그의 팔이 가방 깊은 곳을 뒤지더니 무척이나 비싸 보이는 시계를 꺼냈다. 시장에서 파는 물건이라면 절대 진품일 리는 없겠지만, 요즘에는 위조 기술이 워낙 발달해서 그럴듯해 보였다.

"이게 뭐지?"

턱수염 난 경관이 이번에는 내게 물었다. 시계를 내 코앞에서 달랑달랑 흔들어대는 통에 냄새도 맡을 수 있을 지경이었다.

"모르겠어요. 내가 넣어둔 게 아니에요."

크리스를 바라보았다. 그는 내가 진실을 말하고 있다는 걸 바로 알아차렸다. 지금 이 상황은 우리 두 사람 모두에게 몹시 불쾌했다.

"거짓말을 하는군. 뒤로 돌아서 있어."

경관의 말이 떨어지기 무섭게 크리스와 나는 벽을 보고 서서 손목에 수갑이 채워졌고, 경찰차에 올라탔다.

두 시간이나 답답하고 냄새나고 지저분한 유치장에 갇혀 있었다. 먹을 것이나 물은 전혀 받지 못했다. 여러모로 생각해봤을 때 풀려날 것 같기는 했다. 마침내 어떤 사람이 나타나 내가 있는 유치장 문을 열더니 자기를 따라오라고 했다.

그는 취조실인 것 같은 공간으로 나를 데려갔다. 크리스는 먼저 도착해 있었다.

우리는 잠시 아무 말도 없이 앉아 있었다. 턱수염 난 경관이 다시 등장해 이번에는 우리 반대편에 자리를 잡고 앉았다.

"모로코에선 도둑질이 중범죄에 해당한다. 알고 있지?"

나는 아무 말도 안 했고 크리스는 고개를 끄덕였다. 변호사를 불러야겠다는 생각이 간절했다. 여기가 영국이었다면 분명히 그렇게 했을 것이다. 이곳에서도 변호사를 부를 수 있을까?

"감옥에 들어와 보니 어때?"

경관이 내게 물었다.

"좋진 않네요."

마지못해 대답했다.

"이런 데서 한 10년 썩게 해줄까?"

"아, 아니요. 싫어요."

경관은 다시 한쪽 콧구멍으로 코웃음을 치더니 몸을 앞으로 내밀면서 두 손바닥으로 탁자를 내리쳤다.

"도둑질한 사람은 당연히 여기에 처넣어야지. 그게 내 일인데."

"나는 훔치지…."

크리스가 나의 말을 막으려고 내 무릎에 손을 얹었다. 크리스는 아까부터 이곳에 있었던 모양이다. 크리스와 경관은 이미 얘기를 나눈 것 같았다.

"다행히 우리에겐 뭐랄까… 협상의 여지가 있어. 물건을 훔친 건 깊이 뉘우치고 있겠지?"

크리스가 이번에는 내 무릎을 톡톡 두드렸다.

나는 눈을 몇 번 깜빡였다.

"아, 네네. 정말 잘못했어요."

경관은 고개를 끄덕이더니 콧수염을 만지작거리면서 말을 이어나갔다.

"좋아, 좋아. 그리고 지금 풀려나고 싶지, 그렇지? 휴가를 계속 즐기고 싶지 않아?"

나도 고개를 끄덕였다.

"네네. 물론이에요."

"잘못하면 이번 사건은 외교 문제로도 번질 수 있단 말이지."

경관은 협상을 한두 번 해본 솜씨가 아니었다.

"돈을 주면 나가게 해 줄게."

경관을 쏘아보았다. 뇌물을 요구하다니.

경관은 웃으면서 내 표정을 관찰하고 있었다.

"일 처리하는 비용 같은 거지."

나는 침을 꼴깍 삼켰다.

"얼마나요?"

"5,000디르함."

숨이 턱 막혔다. 영국 돈으로 환산하면 거의 400파운드약 60만 원다.

"그렇게 큰돈은 없는데요."

크리스와 나는 호텔 내 모든 서비스를 무료로 사용할 수 있는 올인크루시브all-inclusive 호텔을 예약했기 때문에 현금이라고는 가끔 시장이나 술집에 들를 때 쓸 정도만 가지고 있었다.

"그럼 얼마나 있나?"

크리스를 바라보았지만 그는 내게 눈길을 주지 않고 대답했다.

"2,000디르함 조금 안 됩니다."

경관은 잠시 머리를 굴리는 듯했다. 그는 조용히 아랫입술을 조금 내밀고 고개를 끄덕이며 눈을 감았다. 엄지로 손톱 끝을 문질렀다.

크리스가 주머니에서 돈을 꺼내 탁자에 올려놓자마자 경관이 집어 들어 세어보았다.

"1,940디르함."

"네, 그게 전 재산입니다."

"5,000디르함이 필요한데."

"그 돈이 전부입니다."

"3,060디르함이나 부족해."

"그렇게 큰돈은 없어요. 가진 것 전부 드린 겁니다."

"3,000디르함은 당신 부인으로…."

경관이 손과 입으로 구강성교를 의미하는 동작을 취했다. 나와 크리스를 향해 역겨운 미소를 크게 지어 보였다.

우리 두 사람은 너무 놀라 아무 말도 하지 못했다.

"농담이야."

끝나지 않을 것만 같던 침묵의 시간이 흐른 후 경관이 입을 뗐다.

"1,940디르함. 좋아, 따라와."

경관은 돈을 주머니에 넣고 일어나서 취조실 문을 열었다. 크리스가 나를 바라보았고 우리 두 사람은 곧 경관을 따라 밖으로 나왔다.

경찰서 본관에 다다를 무렵 경관은 동료 중 한 명을 부르더니 아랍어로 크게 무언가 이야기를 주고받았다.

"기다리자. 저 사람이 우릴 내보내 주겠지."

크리스는 문 가까이에 섰고 나는 그의 뒤에 섰다. 그렇게 기다리는데, 내 원피스 밑단이 위로 올라가는 느낌이 들었다. 얇은 천이 내 등을 스치자 나는 꼼짝도 못 하고 얼어붙었다. 움직일 수가 없었다. 아무 소리도 낼 수 없었다. 경관의 손이 내 등을 훑는 게 느껴졌다. 그의 두 손가락은 내 빰을 누르고 있었고 다른 손으로는 내 속옷을 만지면서 세 번째 손가락을 내 안으로 집어넣었다. 그의 숨결이, 뜨겁고 끈적끈적한 그 숨결이 내 목 뒤에 닿았다.

크리스가 바로 여기 있는데, 내 앞에 서 있는데. 뒤로 돌면 내가 무슨 일을 당하고 있는지 보일 텐데. 어째서 뒤돌아보지 않는 거지? 무슨 이유로?

몇 초에 불과한 시간이었지만 영원과도 같이 느껴졌다. 경관은 시작할 때 그랬듯이 갑자기 손을 뗐고 내 원피스 밑단이 다리 쪽으로 내려오는 게 느껴졌다.

다른 경관이 문을 열고 우리를 바깥의 끈적한 오후 공기 속으로 내보냈다. 밖으로 나가면서 수염 난 경관을 바라보니 허리에 손을 올리고 문가에 서 있었다.

"영국에 안부 인사나 전해줘."

이 말을 남기고 경관은 가운뎃손가락을 입에 갖다 댔다.

14장

–

메건

현관문 닫히는 소리에 화들짝 놀라서 잠이 깼다. 곧 엄청난 아드레날린이 온몸에 흐르기 시작했다. 순식간에 온갖 생각들로 머리가 복잡해졌다. 에비는 어디 있지? 내가 잠이 들었었나? 이런, 크리스가 집에 왔구나.

에비는 아기 바구니 안에서 자고 있었다. 내가 누인 기억이 없는데. 하긴 난 요즘 아주 피곤하니까 기억이 안 날 수도 있다. 크리스가 거실로 들어왔다. 나는 아무렇지 않은 척해보려 애썼다. 아동 살해범일지도 모르는 남자와 눈이 마주쳐서 두려워하는 티를 내지 않으려고 애썼다.

"나 왔어."

크리스는 내게 인사를 건네고 팔걸이 의자에 앉았다.

"에비는 계속 자는 거야?"

"좀 전에 잠들었어."

확신은 없었다.

"어떻게 됐어?"

크리스는 어깨를 으쓱해 보였다.

"대충 예상했던 대로."

"라일리 부모님이 충격 많이 받으셨겠네."

"어, 그래."

크리스의 표정을 주의 깊게 살펴보면서 말했다.

"당신 나간 사이에 경찰이 찾아왔었어."

크리스가 나를 보았다.

"그래?"

"라일리에 관해서 당신과 이야기하고 싶어 하더라."

여기까지 말하고 잠시 뜸을 들였다.

"경찰들은 라일리와 관계된 사람을 전부 만나볼 거라고 했어. 무슨 일이 일어난 건지 알아내야 하니까."

"응, 그래. 그렇겠지."

경찰이 많은 사람을 만나보려고 한다는 말을 듣고 크리스가 안도의 기색을 내비쳤음을 도저히 부정할 수 없었다. 그렇지만 경찰이 집으로 찾아와서 자신을 만나고 싶어 한다는데 조금도 놀라지 않을 사람이 어디 있겠는가? 만약 그런 사람이 있다면 그가 진짜 살인마일 것이다.

"차 마실래?"

크리스가 물었다.

"응, 부탁해."

크리스는 일어나서 주방으로 향하더니 곧 나를 불렀다. 따라 들어가 보니 그는 내가 아침 식사에 사용한 접시를 닦고 있었다.

"언제까지 이럴 거야? 본인이 사용한 그릇 정도는 치워도 되잖아."

"아기를 돌보고 난 다음에 시간이 있어야 가능한 거지."

"말도 안 돼, 메건. 에비는 지금 잠들어 있잖아. 그릇 닦는 데 몇 분이나 걸린다고. 당신이 같이 잠들어버리니까 문제인 거지."

나는 허리에 손을 올리고 섰다.

"그래서 대체 무슨 말이 하고 싶은 건데?"

"지금 말한 그대로야. 당신이 소파에서 낮잠이나 자지 않고 정리정돈을 하려고 한다면 집 안이 지금처럼 폭탄 맞은 꼴은 아니겠지."

도대체 크리스에게 무슨 일이 일어난 걸까? 이런 식으로 막말하는 사람이 아닌데.

"크리스, 나 겨우 5분 졸았어. 오늘 처음 5분 동안 눈 좀 붙인 거라고. 아마도 이번 주 들어서 처음일걸."

"그딴 소리 집어치워. 모든 걸 에비 탓으로 돌리지 말라고. 고작 똥오줌 싸고 울고 잠드는 아기잖아. 당신이 지루해서 그런 거지. 안 그래?"

"말 다 했어?

"집중 좀 하면서 살라고. 우리 모두 그래야 해. 아무래도 당신, 일을 다시 시작해야 할 것 같아. 이렇게 집에서 노닥거리는 건 당신한테 좋을 게 하나도 없어."

도대체 무슨 근거로 이런 말을 하는 거지? 6주 중에서 5주 반은 퇴근 후에 바로 낚시나 하러 나가버리면서. 다른 일들은 남는 시간에 한꺼번에 몰아서 처리하려고 하잖아. 그래놓고 뻔뻔스럽게 나한테 복직하란 말을 해?

"집에서 노닥거려? 크리스, 나한텐 노닥거릴 시간 따윈 없어. 하루 종일 에비를 돌보면서 베이루트레바논의 수도보다 별로 나을 것도 없는 이 집을 건사하느라 바쁘단 말이야. 그러는 당신이야말로 요즘 우리 가족을 위해서 뭘 했는데?"

"또 시작이군."

크리스는 내 말을 무시하고 식기세척기를 정리하기 시작했다.

"나 진심이야."

크리스가 갑자기 마구 화를 내기 시작했다.

"지금까지 할 만큼 해왔어. 당신은 몰랐겠지만. 본인밖에 관심 없는 사람한테 다른 사람이 안중에나 있겠어?"

화를 간신히 억눌렀다.

"아니, 웃기지 마. 당신은 나한테 그런 말 할 자격 없어. 당신, 이미 몇 달 동안이나 이러고 있으면서 '나는 내가 하고 싶은 걸 할 거야'라고 하기 위한 협상 도구로 라일리 사건을 끌어들이지 마. 나한텐 안 통하니까."

이 말에 그가 동작을 멈추고 나를 쏘아봤다.

"협상 도구? 무슨 뜻인지 알고서 지껄이는 거야, 당신? 메건, 진지하게 충고하는데 가끔 자기 머릿속 좀 들여다보는 게 어때? 난 에비가 당신한테 뭘 배울지 정말 걱정이라고. 휴일에 내가 집에 있을게. 내가 에비를 돌볼 동안 당신은 외출하는 거야. 다시 일자리를 구해. 친구들도 좀 만나고. 바깥공기 쐬면서 머리 좀 식혀. 온종일 집에서 뒹굴면서 머리나 썩히지 말고."

"나 하루 종일 집에서 뒹굴지 않는다고 말했잖아. 요리도 내가 하고 집 청소도 내가 하고 에비도 내가 돌봐. 아니, 이 모든 일들을 해내려고 최소한 노력은 하고 있어. 그러는 당신은 대체 뭘 잘했다고 이래?"

"1년 내내 하루에 고작 열두 시간씩 근무하느라 당신을 도와줄 그 잘난 시간을 못 비워놔서 미안하게 됐네. 원한다면 집에 갇혀서 당신 옆에서 같이 썩어 문드러져 줄게. 아니면 일 더미에 더 깊이 파묻히다가 폭발해버릴까? 어떻게 해줄까? 별로 오래 걸리지도 않아. 마음만 먹으면 금방이라고."

그의 말을 반박할 근거는 수천 가지도 넘지만 우선 입을 다물기로 했다. 그러는 게 무슨 소용인가 싶었다. 크리스는 지금 자기가 사실이라고 믿는 일이 아니면 다른 사람의 말은 조금도 받아들일 수 없는 상태였다.

나는 고개를 절레절레 흔들면서 우리 딸을 돌보기 위해 거실로 향했다.

15장

크리스

집에 들어앉아서 걸레질이나 하는 건 메건에게 아무런 도움이 안 된다.

아까는 나도 제정신이 아니었다. 화가 머리 꼭대기까지 치밀어 올랐다. 하마터면 메건에게 돌이킬 수 없는 잘못을 저지를 뻔했다. 결국 그렇게 되기까지 나는 얼마나 더 버틸 수 있을까? 나의 그런 면을 더 이상 억누르지 못하게 되기까지.

그렇지만 억누를 방법이 없지는 않다. 내게는 나만의 분출구가 있다. 잘못된 방법이지만, 엄청나게 잘못된 방법이지만 일을 저지르는 것보다는 훨씬 낫다. 진실이 드러나면 내 가정은 완전히 망가질 테지만, 나는 내 가족을 지키기 위해서 여러모로 애쓰고 있다. 이 분출구 덕분에 나는 크나큰 해방감을 느끼고 가족에게 불만을 쏟아내지 않을 수 있다.

나의 분노는 산책을 필요로 하는 개와 다를 바 없다. 몸집이 크고 새까만 개. 가끔씩 사냥을 나가서 토끼를 잡지 못한다면 그 개는 나 자신이나 내 가족을 해칠 것이다. 토끼를 잡아야 한다. 희생양이 필요하다는 뜻이다.

잔인하게 들리는가? 그럴 수도 있다. 그렇지만 자세히 들여다보면 내가 가려는 길은 보기보다 험하지 않다. 오히려 반대쪽 길보다 평탄하다. 두 개의 길밖에 주어지지 않았는데 그럼 뭘 어떻게 해야 한단 말인가? 손가락이나 빨면서 요행을 바라야 하나?

가끔은 뭔가를 잃게 될까 봐 두려워진다. 내 안의 악마가 선을 넘어버렸다면 결국 나는 모든 걸 잃었을 것이다. 다행히 비밀을 감추는 방법 정도는 알고 있다. 적어도 지금까지는 감출 수 있었다. 누군가가 나를 의심하는 것 같지는 않다. 비밀이 밝혀지면 사람들은 상처를 받을 것이다. 그럴 수밖에 없다. 그러니 이런 식으로 비밀을 최대한 유지하면서 내 가족만이라도 다치지 않도록 보호할 생각이다. 자기 앞가림이 우선이니까.

문득 주방이 추워지는 것 같아서 차를 한 잔 마셔야겠다고 생각했다. 이런 내 꼴이 우습다. '정상적이고 가정적인 남자'처럼 굴다니 가당치도 않다.

이 동네 사람들은 우리를 이상적인 가정이라고 생각한다. 전업주부 엄마, 휴일마다 가족과 함께 시간을 보내는 교사 아빠. 어쨌든 지금은 당장 거실로 달려가서 에비를 꼭 안아주고 싶다. 이런 말 하기는 좀 그렇지만 지금으로서는 메건과는 마주치기 싫다. 가끔은 서로 거리를 둔 상태에서 마음을 가라앉힐 필요도 있다.

그런다고 해서 내가 나쁜 아빠가 되는 건 아니다. 적어도 나는 그렇게 믿고 있다. 나는 가족을 위해 여러모로 애쓰고 있다. 그들의 생계를 책임지고 그들을 위험으로부터 보호한다. 그들을 진실로부터 보호한다. 빌어먹을 TV 만화를 틀어놓고 껴안아 주는 것보다 그들을 진실로부터 보호하는 것이 훨씬 더 중요하다.

나의 분노와 절망은 감춰야 한다. 내 감정이 끓어올라서 세상에 드러나도록 내버려 둘 수는 없다. 교사라는 직업을 가진 덕분에 나는 감정을 드러내지 않는 데 익숙하다. 수없이 연습해온 일이다. 학생들이 너무 말을 안 들어서 그들의 머리통을 벽에 쳐서 완전히 부숴놓고 싶었던 순간이 여러 번 있었다. 하지만 그럴 수는 없으니까. 감정을 겉으로 드러내지 않고 전문가답게 행동하는 것. 지금의 내가 해야 할 일이다.

표정쯤은 여러 가지로 꾸며낼 수 있다. 당신은 다른 사람이 겉으로 드러낸 모습 속에 어떤 진실을 숨기고 있는지 절대로 알 수 없다. 한마디로 말해서 우리는 모두 연기자다. 우리는 모두 거짓말을 하고 있다. 많은 사람들이 자의적으로든 타의적으로든 다른 사람을 속인다. 대부분의 사람은 자기 자신만을 속인다. 이런 경우에는 어떻게 진실을 가려낼 수 있을까? 결국 우리는 끝까지 거짓 인생을 살아갈 수밖에 없다.

철학적인 이야기를 하려는 게 아니다. 어쨌든 그 어떤 것도 믿을 수 없다는 것이 나의 결론이다. 이 문제에 대해서는 고민할 필요도 없다.

동네 술집에서 술이나 한두 잔 마시는 건 어떨까 잠시 고민해봤다. 나는 혼자서 술집에 가본 적이 별로 없다. 가끔 메건과 함께 가곤 했다. 두세 달에 한 번씩 외식을 할 때라든가 크리스마스처럼 특별한 날에 가서 몇 잔 마시는 게 고작이었다. 우리 둘 다 술을 많이 마시는 편이 아니다. 만약 그랬다면 어땠을까 가끔 궁금해진다.

결국 술집에는 가지 않기로 했다. 싸울 때마다 집에서 도망쳐 나오면 우리 모두에게 좋지 않다. 비밀을 감춘 덮개를 더 빨리 닳게 할 뿐이다.

아무리 힘들어도 멈춰선 안 된다. 모든 부부에게는 좋은 시절이 있는가 하면 위기도 찾아온다. 메건과 나는 최근 몇 번의 큰 위기를 겪었지만 과거에는 좋은 시절도 있었고 앞으로 또다시 그런 행복을 누리게 될 거라고 나는 확신한다. 인생에서 가장 중요한 가치를 잊어버리지만 않으면 되는 것이다.

나는 그동안 일에 치여 지냈고 메건은 에비에게 치여 지냈다. 그래서 서로에게 좀 소원했다. 여태껏 내가 얼마나 자주 이걸 핑계 삼았는지 모른다. 어떨 때 메건은 내가 외출한다는 사실도 잘 모르는 것 같다. 그대로 도망칠 수만 있다면…. 뭐, 내가 무슨 말을 하는지 알 것이다.

거실 창문 밖을 내다보았다. 세차를 해야 할 것 같다. 할 일이 생겼다. 내가 마음을 누그러뜨리는 동안 내 머릿속은 세차 생각으로 가득 찰 것이다. 적어도 세차는 생산적인 일이긴 하니까. '완벽하고 가정적인 남자'의 이미지에 흠집을 내지 않는다. 그렇지 않을까?

16장

–

메건

라일리가 살해된 지 이틀이 지났다. 사람들의 관심은 순식간에 수그러들었다. 내 아이에게 그런 일이 생겼다면 사람들이 조금은 더 오래 기억해줄까 궁금하기도 했다. 더 이상 소문이 떠돌지는 않지만 이번 사건이 온 마을을 뒤흔들어 놓은 것만은 분명하다. 틀림없이 일주일 안에 촛불 시위가 벌어질 것 같다. 할 수 있는 모든 일을 다 시도하는 셈이다.

오늘 아침에도 엄마가 전화를 걸어왔다. 엄마는 라일리를 전혀 언급하지 않았다. 라일리의 뉴스는 우리 지역은 말할 것도 없고 이미 전국적으로 알려진 상태다. 그런데도 엄마는 한마디도 하지 않았다. 엄마 본인이나 로런에 관한 이야기도 아니고 충고해줄 만한 일도 아니니 무슨 말을 하겠는가? 엄마가 수다를 떨 수 있는 주제는 한정되어 있다.

고맙게도 엄마가 오늘은 에비를 데리고 외출해주기로 했다. 시내에 가서 쇼핑도 하고 친구도 만나겠다고 했다. 나는 평화와 고요가 좋다.

크리스는 증언을 하러 경찰서에 갔다. 원래는 어제 집에 돌아오면 경찰에 연락하기로 했는데 그렇게 하지 않았다. 드라마와 토론 프로그램이 끝나자 크리스는 기다렸다가 오늘 아침에 경찰서로 가겠다고 했다. 이렇게 하면 그가 어떻게 보일지 모르겠다. 하지만 이제 어쩔 수 없다.

쓰레기통 속의 모자는 여전히 마음에 걸렸다. 당연하다. 그렇지만 나는 그 생각을 밀어내려고 애썼다. 이 상황에 딱 맞는 다른 설명이 있다고 믿기 때문이다. 그동안 나는 딴생각을 하기 위해서 머리를 정신없이 굴렸다. 그렇지만 남편이 아동 살해범일지도 모른다는 끔찍한 생각에서 어떻게 빠져나올 수 있단 말인가? 말도 안 되는 생각이라는 건 안다. 크리스와 나는 어릴 때부터 서로 알고 지냈다. 크리스가 남을 괴롭히거나 놀리는 모습은 한 번도 본 적이 없다. 사실은 크리스의 그런 점이 가장 걱정스럽다. 만약 나의 추측이 조금이라도 사실이라면, 그 속에 약간의 진실이라도 존재한다면, 그 어떤 것보다도 나를 더 큰 절망에 빠뜨릴 테니까. 크리스에 대한 나의 온전한 믿음과 신뢰가 사라진다면 나는 나락으로 떨어질 것이다.

이왕 이렇게 된 거 큰마음 먹고 집을 깨끗이 청소하기로 했다. 최근에 맞이한 아침 중에서 가장 활기찬 아침이었다. 이런 기분을 즐기기로 했다. 봄맞이 대청소를 열심히 해둔 지 그리 오래 지나지 않았기 때문에 8월인 지금 대청소를 해도 그리 늦은 것 같지는 않았다. 선반에서 각종 청소용 세제를 반쯤 꺼내 주방 바닥에 뿌렸다. 청소하기에 넉넉한 양은 아니었지만 어쨌든 그만큼의 세제라도 써버렸으니 선반의 여유 공간이 좀 더 늘어날 것이다.

내친김에 침실에 있는 옷장도 청소하기로 마음먹었다. 내가 쓰는 옷장의 바닥에는 온갖 물건들이 뒤엉켜 있어서 진공청소기로 먼지를 빨아들이기가 쉽지 않았다. 신발 상자, 정리용 상자, 언젠가 사놓고서 사용하지도 않은 크리스마스 장식으로 가득 찬 쇼핑백까지 마구잡이로 들어 있었다.

크리스는 나보다 훨씬 깔끔하고 정돈을 잘하는 사람이다. 항상 그랬다. 신발은 출근할 때 신는 한 켤레와 낚시 갈 때 신는 한 켤레가 전부였다. 출근용 신발은 현관문에 놓아두고 낚시용 신발은 뒷문 옆에 둔다. 내 인생도 그렇게 단순했으면 좋겠다.

크리스의 옷장은 먼지 하나 없이 정리되어 있었다. 출근할 때 입는 네 벌의 양복과 (학교에 도착하자마자 재킷을 벗고 셔츠에 넥타이 차림으로 근무하다가 퇴근할 때 다시 걸친다) 몇 장의 캐주얼 셔츠, 세네 장의 티셔츠와 두세 벌의 치노팬츠가 전부였다. 크리스는 간소한 삶을 원했다. 보다 못한 내가 옷 좀 사러 나가자고 채근하면, 잘해봐야 티셔츠나 넥타이 한두 개 더 사 오는 게 고작이었다. 크리스는 옷에는 큰 관심이 없었다.

크리스의 옷장을 열고 진공청소기로 먼지를 빨아내다가, 뒤편에 처박힌 신발 상자를 발견했다. 몰래 세 번째 신발을 산 걸까? 있을 수 없는 일이 일어났다.

상자를 꺼내서 열었다. 안에 들어 있는 게 무엇인지 알아차리는 데 시간이 좀 걸렸다. 그러나 그게 뭔지 안 순간 혈관이 차갑게 식으면서 등골이 오싹해지는 것을 느꼈다.

어린아이가 그린 그림과 쪽지였다. 그런데 작품마다 이름이 적혀 있었다. 칠판 앞에 서 있는 남자를 그린 그림도 있었다. 정장에 넥타이를 매고 얼굴에는 환한 미소를 띠고 있는 남자였다. 파란색 사인펜으로 '밀러 선생님'이라고 적혀 있었다. 그림을 그린 아이는 라일리였다. 그림 아래에 적혀 있었다.

짧은 글도 있었다. '크리스 선생님은 새상에서 가장 좋은 선생님이에요. 너무 조아요!'

상자 안의 그림과 글 모두 라일리의 작품이었다. 다른 아이가 보낸 것은 없었다. 선생님들은 제자에게 받은 선물을 집으로 가져가곤 한다. 크리스도 역시 라일리의 선물을 집에 가져온 것이었다. 그런데 크리스는 지난 몇 년간 다른 아이에게 받은 선물을 집에 가져온 적이 없었다. 이건 모두 라일리가 준 것이다. 그런데 그걸 신발 상자에 담아서 서랍에 쑤셔 박았다고? 어째서?

물론 여기에도 딱 맞는 설명이 있을 것이다. 그렇지만 아무리 좋게 생각해도 이건 이상하다. 최악의 경우…. 지금은 인정하고 싶지 않다. 우리는 한 가족으로서 똘똘 뭉쳐서 서로를 지지하고 마을 사람들도 감싸주어야 한다. 범인을 잡는 건 경찰의 몫이다.

한 가지 생각이 떠올랐다. 크리스에게 이 상자에 관해 물어보는 것이다. 결국 이건 그림과 쪽지를 모아놓은 상자에 지나지 않는다. 이상한 점은 없다. 만약, 정말 만약 크리스가 어떤 식으로든 사건과 관련이 있다고 해도 나는 이것 때문에 의심을 더 키울 필요가 없다. 그런데 모자는 다르다. 그건 완전히 다른 문제다.

생각이 여기까지 미치니 그동안 내가 크리스에게 어느 정도의 신뢰와 믿음을 가지고 있었는지 의심스러워졌다. 내가 발견한 것들을 달리 설명할 길이 있다고 생각한다면 크리스에게 모자에 관해 물어보지 못할 이유가 없지 않은가?

나는 진실에 다가가겠다고 결심했다.

내 남편이 아동 살해범일지도 모른다.

17장

—

메건

현관문이 닫히는 소리가 들렸다. 크리스가 신발을 벗고 거실로 들어서고 있었다.

"어떻게 됐어?"

크리스에게 물었다. 유치장 같은 데 갇혀서 못 나오는 건 아닌가 싶었는데 몇 시간 만에 집에 돌아온 걸 보니 잘 끝난 것 같았다.

"잘 끝났어. 학교에서 라일리가 어떤 학생이었는지 알고 싶어 하더라고. 친구 관계는 어땠는지, 안전 조치 문제는 없었는지, 뭐 그런 거 있잖아."

안전 조치 문제라. 생각도 못 해봤다. 라일리가 자신을 학대하는 삼촌이나 다른 친척에게 살해당했을 수도 있을까? 그런 일은 늘 있으니까.

"그래서 뭐라고 말했어?"

크리스가 어깨를 으쓱했다.

"내가 무슨 말을 할 수 있겠어. 라일리는 그냥 평범한 아이였는걸. 가끔 건방지고 짓궂기는 했지만, 그 정도야 뭐."

"안전 조치 문제는 없었어?"

"없었어. 전혀."

나는 소파 팔걸이에 걸터앉았다.

"그런 어린애를 대체 누가 죽이고 싶어 한 걸까? 누가 복수하려고 한 것도 아닐 테고. 그런데 가족 문제도 아니면…"

"당신도 알겠지만 그런 문제는 속단할 수 없어. 본 것만 믿어야 해."

크리스가 말을 받았다.

"예를 들자면?"

크리스가 한숨을 크게 내뱉었다. 긴장감이 그의 몸에서 훅 빠져나가는 것 같았다.

"그런 거 있잖아. 누구나 발견할 수 있는 거. 사람들이 하는 말, 사람들이 하는 행동."

"그러니까 예를 들자면?"

크리스가 나를 바라보았다.

"왜 이렇게 관심이 많아?"

내가 어깨를 으쓱했다.

"이상하게 흥미롭네. 난 라일리에 대해선 아무것도 모르잖아. 당신은 원체 일 얘기를 안 하니까."

"말할 게 별로 없어."

크리스는 자기 발을 바라보며 말했다.

"뭔가 이상한 조짐은 없었어? 조사 같은 거 안 한 거야?"

"아니, 전혀. 다행히 조사할 만한 건 없었어. 이상 행동이나 공격성, 내향성, 성적으로 과잉된 행동 같은 거 말이야."

"성적으로 과잉된 행동? 일곱 살짜리 어린애가?"

"그래. 설명하자면 성에 관한 지식을 과시하고… 음, 그런 과정을 너무 자세히 아는 거지. 노출되지 말았어야 할 환경에 노출됐다는 거야."

기분 좋은 대화는 아니었다. 교사라는 직업이 쉽다고 생각할 만큼 순진하지는 않지만 어린 학생들이 그런 일에까지 관여되어 있을 줄은 몰랐다. 그런데도 교사가 되려고 하는 사람이 그렇게 많은 이유는 뭘까.

"라일리랑은 친하게 지냈어?"

크리스는 대답하기 전에 잠시 뜸을 들였다.

"응, 그랬다고 생각하는데. 라일리가 가끔 말썽을 피우기는 했어도 이상한 점은 없었어. 내 말도 잘 들었고. 그리고 확실히 귀여운 구석도 있었지. 라일리는 약간 지킬 박사와 하이드 같은 성격이었어."

"라일리가 당신을 많이 좋아한 것 같은데, 아니야?"

이 말을 하는 내 목소리가 살짝 떨렸다.

"무슨 뜻이야?"

"당신 서랍 속에서 상자를 찾았거든. 그림이랑 쪽지 말이야. 라일리는 당신을 선생님으로서 정말 존경한 것 같더라."

크리스는 아무 대답도 하지 않고 감정 없이 차가운 얼굴로 나를 바라보았다.

"대체 뭐 하려고 거길 본 거야?"

"청소 좀 했어."

"신발 상자 안을 청소했다고?"

"아니, 뭐가 들어 있는지 궁금해서 열어봤어."

"그냥 상자야. 닫힌 상태였고. 내 옷장 안에 있었지."

"이러지 마, 크리스. 우리 사이에 비밀이 있으면 안 되잖아. 그래서 그냥…."

"비밀을 만들려는 게 아니야!"

크리스가 소리쳤다. 그의 목소리가 벽에 부딪혀 윙윙거리는 것 같았다.

"크리스, 난…."

"메건, 이건 사생활 존중 문제라고."

"미안해…. 난 그냥 이유가 궁금했어."

"이유? 무슨 이유?"

"당신이 그걸 집에 가져온 이유. 다른 학생들이 준 건 집에 가져온 적이 없잖아. 그리고 그런 일이 있고 난 후였고…"

크리스는 눈을 꼭 감았다. 그는 근육이 불거질 정도로 턱을 악물고 이를 뿌드득 갈았다.

"모든 애들이 선생님한테 그림이랑 쪽지를 줘. 대부분은 교실 선반에 두었다가 종업식 때 처분하는 거고."

"근데 라일리 건 안 그랬잖아."

잠시 정적이 흘렀다.

"어제 학교에 갔었어. 난 단지… 모르겠어. 상황을 객관적으로 봐야만 한다고 생각하는데, 일상으로 돌아가야 한다고 생각하는데. 모르겠어. 라일리 사건에 가까이 다가가고 있어."

"어제 라일리의 부모님을 찾아갔었지."

"맞아, 하지만 집에 들어가지는 않았어."

"얘기 나누고 온 거 아니야?"

"한마디도."

"나한테 거짓말한 거구나."

"아니야. 왜 들어가지 않았는지 설명하기 싫었을 뿐이야. 설명할 수가 없었다고. 알겠어? 그 상태로 바로 학교에 가서 작년에 쓰던 물건들을 뒤져봤어. 라일리가 준 그림이랑 쪽지도 그렇게 찾았지. 그걸 버릴 수는 없었어. 올해는. 그럴 수 없었다고. 그래서 집에 가져왔을 뿐이야. 살아 있는 라일리의 일부를 지니고 있는 셈이잖아."

크리스의 오른쪽 눈에 눈물이 고이기 시작했다.

"라일리 부모님을 만나보지 그랬어."

크리스가 다시 입술을 앙다물었다.

"그럴 수 없었다니까."

말투도 더욱 퉁명스러워졌다.

"어째서? 이해가 안 가는데."

"라일리의 죽음에 책임감을 느끼거든. 알아듣겠어?"

크리스는 내게 화를 내고 있었다. 고통, 후회, 분노, 절망으로 일그러진 얼굴이 내 눈앞에 있었다.

"나는 라일리를 돌봤어야 하는 사람 중 한 명이니 책임감을 느껴야 마땅하지. 라일리에게 무슨 일이 일어나기 전에 내가 막았어야 한다고."

"그렇게 말하지 마, 크리스. 멀리서 온 어떤 이상한 놈이 벌인 일일지도 모르잖아. 사고일 수도 있고. 자책하면 안 돼."

"자책이라고?"

크리스의 목소리가 높아졌다.

"젠장, 자책이란 말의 뜻도 모르나 보지? 당신, 내 말을 전혀 이해 못 했어."

절대 그렇지 않아, 라고 말하고 싶었다.

"그럼 더 설명해줘 봐. 하려는 말이 뭔데? 당신이 뭔가를 했어? 그때 라일리 옆에 있었어? 사고였던 거야?"

크리스가 나를 보았다. 공허함과 두 번 다시 예전처럼 지낼 수 없을 거라는 깨달음 사이에서 방황하는 표정이었다.

그는 아무 말도 없었다.

"크리스, 당신이 라일리 마컴을 죽였어?"

내 말이 끝나기가 무섭게 크리스의 손이 내 뺨을 갈겼다. 턱에 얼얼함을 느끼며 주춤 물러섰다. 그리고 멀어져가는 크리스의 모습을 눈물을 글썽이며 바라봤다.

18장

–

메건

이미 엉덩이에 아무런 감각도 없는 지경이지만 꼼짝할 생각조차 하지 못했다. 움직일 수가 없었다. 무릎을 가슴 앞에 모으고 한 시간 넘게 거실 바닥에 앉아 있었다. 얼굴을 묻고 울었다.

온갖 생각이 스쳐 지나갔다. 후회스러웠다. 그런 바보 같은 질문은 왜 했을까? 왜 이런 일에 대비해두지 않았을까? 분노가 치밀어 올랐다. 내 남편이 나를 폭행했다. 무서웠다. 크리스가 또 무슨 일을 저지를까?

지금까지 크리스와 나는 서로를 잘 알고 지냈다. 에비가 태어나기 전까지는 싸움 따윈 해보지도 않았다. 그리고 지금, 크리스는 더 이상 내가 알던 사람이 아니다. 나와 연애했던 크리스, 나와 결혼했던 크리스라면 가장 끔찍한 악몽 속에서라도 이런 일을 저지를 리가 없다. 식탁에서 실수로 내 발을 차기만 해도 계속 미안하다고 하고 내가 괜찮은지 확인했을 사람이다. 아까 이곳에 있던 사람은 완전히 다른 사람이었다.

이런 짓을 했으니 앞으로 무슨 일까지 저지를 수 있을까? 그렇게 쉽게 화내고 자기 아내를 폭행하는 사람이라면, 어린아이가 어떤 식으로든 거슬리는 행동을 하거나 그를 약 올린다면 무슨 짓을 할까? 고의적이거나 심한 정도가 아니라고 해도 말이다. 라일리는 그저 어린 소년이었다. 아마 몸싸움이 있었고 라일리가 미끄러졌을 것이다. 크리스는 고의로 그런 게 아니었을 것이다. 나를 다치게 하려는 의도도 없었을 것이다. 그렇게 세게 때리려던 것도 아니었을 거다. 하지만 그는 날 때렸다. 엄청난 분노를 이기지 못하고 크리스는 생각 없이 행동했다. 예전에는 이런 적이 없었다는 게 제일 걱정스럽다.

내 남편이라는 사람이 낯설게 느껴진다는 사실이 충격적이다. 내가 알았던 것, 진실이라고 믿었던 것들은 사라졌다. 다른 사람이라면 이걸 어떻게 받아들일까? 자기 인생 전체가 거짓말이었다면?

핸드폰이 울렸다. 몇 분 뒤에야 핸드폰을 들여다봤다. 어차피 크리스가 보낸 사과의 메시지는 아닐 테니까. 원래 크리스는 그런 걸 보내는 사람이 아니다. 직접 보고 사과하든지 아예 아무 일도 없었던 것처럼 행동한다.

엄마였다. 에비를 언제쯤 집에 데려다주면 되냐는 문자였다. '데려오지 마'라고 대답하면 안 되겠지? 욕실로 가서 거울을 보았다. 멍이

들진 않았어야 할 텐데. 멍이 생긴 이유를 엄마에게 설명하자니 끔찍했다. 뺨이 약간 빨갛긴 해도 파운데이션으로 가리고 반대쪽 뺨에 블러셔를 칠하면 티는 안 날 정도였다.

엄마에게 30분 정도 후에 오시라고 말했다. 평소에는 엄마가 오는 게 싫었지만 이 순간만큼은 안심이 되었다. 무슨 일이 있었는지는 한마디도 얘기하지 않을 거지만 크리스가 아닌 내 편이 이 집에 있다는 건 든든했다.

에비는 안전할까? 내가 이런 생각을 해야 한다는 것 자체가 무서웠다. 크리스가 내게 한 행동을 에비에게 그대로 할 수도 있다. 에비가 오래 칭얼대거나 조금 아프게 꼬집기라도 하면?

최대한 좋게 말해서 크리스는 지금 도움이 필요하다. 최악인 점은 무언가가 그의 성격 자체를 바꿔놓았다는 것이다. 크리스는 더 이상 내가 사랑해서 결혼한 단순하고 무던하며 친근한 성격의 남자가 아니다. 까다로운 성격에 성질이 급하고 폭력적인 인간으로 변했다.

내가 일을 이 지경으로 만든 건 아닐까? 에비가 태어난 후로 우리 사이가 멀어진 건 사실이다. 하지만 그게 크리스에게 어떤 식으로 영향을 끼친 걸까? 나에게는 그 사실이 분명히 영향을 끼쳤다. 그렇지만 다른 일들에 시달리는 정도, 그리고 그로 인해서 내가 얼마나 배타적이 되느냐에 따라 내가 받는 영향의 정도가 달라졌다. 크리스는 이 문제를 훨씬 더 깊이 고민한 것 같다. 섬세한 사람이니까. 자기 삶이 무너져내리기 시작했다고 생각한 걸까? 그런 것 같지는 않다. 그렇지 않길 바란다. 나는 그런 일이 일어나지 않게 하기 위해서 노력해왔다. 주변의 많은 친구들도 충고했다. 아기가 태어나면 부부는 더 이상 남자와 여자가 아닐 거라고 했다. 천천히 두 명의 부모가 될 뿐 그 이상은 아니게 된다고.

크리스가 요즘 낚시를 자주 다니는 게 이것과 관련된 것 같다. 나는 잦은 낚시가 그의 심리 상태를 보여주는 증상이라고 생각했는데, 그게 아니라 아마 원인인 것 같다. 어쩌면 나에게서 떨어져 있는 시간이 그에게 내가 필요하지 않는다는 걸 깨닫게 했을지도. 하지만 설마 자기 딸에게도 그런 식으로 느끼지는 않지 않을까?

만약 진실이 알려진다면 크리스와 에비의 사이는 보통의 부녀 사이보다는 멀어질 게 분명하다. 하지만 에비를 완전히 밀어내는 것과는 거리가 먼 일이다. 초보 부모들 모두 이렇게 분투하고 있을 거라고 생각한다.

그리고 바로 그때 문득 현실을 깨닫게 되었다. 나는 그동안 크리스를 변호하는 입장이었다. 솔직히 말하자면 오랫동안 그래왔다. 하지만 왜? 그래서 내게 돌아오는 게 뭐지? 어느 시점에서는 나도 멈춰야 할 것이다. 내가 뭘 변호하게 될지 모르니까. 지금은 가정 폭력을 변호하는 입장이다. 가정 폭력이라는 단어가 목구멍의 가시 같다. 나의 결혼 생활에 그런 단어가 등장하다니 마음이 아프다.

하지만 내가 다른 무언가를 변호하고 있는 것일 수 있을까? 솔직히 말하자면 나는 내가 그게 뭔지 알고 있다고 생각한다. 모든 조각들이 맞춰지고, 말이 안 돼야 하는데 말이 되기 시작했다. 자꾸 사라지는 남편, 상자 안에 든 그림들, 피로 물든 야구 모자. 우리 집 뒷문에서 겨우 이삼백 미터 떨어진 곳에 있던 라일리 마컴의 시신.

그런 식으로 생각의 퍼즐을 맞춰나가다 보니 궤도를 벗어나버린 남편보다 내가 더 유리하다는 것을 알 수 있었다.

내 남편은 살인자다.

19장

메건

크리스는 저녁 7시쯤 집에 돌아왔다. 에비는 내 품에서 자고 있다. 거실로 들어오는 크리스에게 나는 아무 말도 하지 않았다. 드라마 〈오렌지 이즈 더 뉴 블랙Orange Is the New Black〉 12화에만 시선을 고정하고 있었다. 에비를 깨우고 싶지 않아서가 아니고 크리스를 쳐다보기조차 싫었고 말을 건넨다는 건 상상도 할 수 없었기 때문이다.

크리스는 반대편 소파에 앉아 몇 분 동안 말이 없었다. 그는 나를 보고 있었는데 태어나서 처음으로 그의 존재가 소름 끼쳤다. 하지만 내색하지 않았다.

마침내, 영원과도 같이 느껴지던 시간이 흐른 뒤, 크리스가 입을 열었다.

"와인 한잔할래?"

고개를 저었다.

그리고 또다시 잠시 침묵.

"산책 좀 하고 왔어."

다시 이야기를 시작한 것도 크리스였다.

"강가를 따라서 코틀스포드까지 걸었어. 어두워지기 전에 돌아오려고 들판을 가로질렀고."

대꾸하지 않았다. 사과나 해명을 듣고 싶었다. 빌어먹을 산책에 대한 얘기 따위는 필요 없다.

크리스는 일어나서 문가로 갔다.

"당신이 마시지 않으면 나 혼자서라도 마셔야겠군."

나는 눈을 감고 모든 상황을 이해하려고 애썼다. 대체 이게 다 뭐지? 크리스에게 무슨 일이 일어난 거야? 나는 이 모든 것에 대한 명확한 설명을 찾는 데 절박하게 매달렸다. 제삼자가 되어서 다른 이의 인생을 관찰하는 기분도 들었다. 내가 알던 내 인생이 아니었고, 마음대로 되지 않았다. 어떻게 대처해야 할지 알 수 없었다. 뭘 해야 하지? 무슨 기준에 따라야 하지? 이럴 때 따라 할 수 있는 매뉴얼 같은 건 없나?

크리스는 와인 한 잔을 따라 와서 원래 있던 자리에 앉았다. 시선은 TV에 두었다. 한 번도 본 적 없는 드라마를 보는 게 모든 상황을 나에게 설명하는 것보다 편하다는 의미다.

결국, 내가 침묵을 깼다.

"아까 있었던 일들, 그냥 이대로 넘어가도 되는 걸까?"

"그냥 넘어가려는 거 아니야."

크리스가 대답했다.

"그러고 있는 것 같은데. 사과도 안 하고 설명도 없고 아무것도 없잖아."

"사과하면 되겠어?"

크리스는 TV에서 눈을 떼지 않은 채 말했다.

"아무 소용없을 것 같은데."

"적어도 한 가지는 확실히 잘못했잖아. 사과해야 해."

"그래, 그렇다면 미안해."

사태의 심각성을 모르고 그저 나를 달래기 위해 하는 말 같았다. 예전의 크리스는 이미 오래전에 사라져서 흔적조차 남아 있지 않았다. 나는 완전히 낯선 사람과 이야기하고 있다.

"진심이야, 아니면 그냥 하는 소리야?"

크리스는 이를 꽉 물더니 눈을 감았다.

"메건, 당신이 나를 일곱 살짜리 어린애를 죽인 살인범으로 몰아갔잖아."

"아니, 난 그런 거냐고 물어본 것뿐이야."

"마찬가지야. 어떤 식으로 돌려서 표현해도."

"내 입장에선 꼭 필요한 질문이었어. 당신은 요즘 계속 이상하고, 나는 신발 상자를 발견했고, 그리고…."

거기까지 말하고 더는 계속하지 않았다. 모자 이야기까지 할 수는 없다. 아직은 안 된다. 크리스를 궁지에 몰아넣지 않고 그의 진심에서 우러나온 해명을 듣고 싶다. 그를 너무 몰아붙이면 나와 에비가 위험할 수도 있다.

"그리고 뭐?"

크리스가 나를 보며 물었다.

"지난 몇 주 동안 당신의 태도. 그전에도 그랬지만."

크리스는 한숨을 쉬었다.

"메건, 난 아무것도 하지 않았어. 거리를 두고 껍질 속에 숨어 있었을 뿐이지. 당신 때문에."

"나?"

"왜 이래? 이 얘기 할 거야 말 거야? 에비가 태어나기 전에, 만약 출산 후에 문제가 생기면 같이 얘기하자고 했잖아."

"무슨 문제를 말하는 거야?"

"모르는 척하지 마. 산후 우울증 얘기잖아."

은연중에 나도 내가 그런 게 아닌가 의심하고 있었지만, 크리스의 입을 통해 들으니 충격이었다. 어떤 문제를 속으로 생각하며 해결하려고 하는 것과 다른 사람이 나에게 문제가 있다는 것을 알아차리는 건 완전히 다르다. 만약 나에게 그런 증상이 있다고 해도, 산후 우울증이 쓰레기통에 피 묻은 모자를 넣거나 동네 아이들을 죽이지는 않는다. 이야기의 주제를 요즘 무너져가는 우리의 결혼 생활로 슬쩍

바꾸려는 크리스의 꼼수였다.

"사실을 짚고 넘어가자고. 당신 요즘 계속 저기압이잖아. 만사에 부정적이고. 우리 반 애가 죽었고 그 애와의 추억이 담긴 물건을 집에 가져왔더니 당신은 갑자기 내가 그 아이를 죽였다는 결론을 내렸어. 에비가 태어난 이후로 당신은 집 밖에 나간 적이 거의 없어. 친구들과의 교류도 없었고. 메그메건의 애칭, 내가 무슨 말 하는지 당신도 알잖아. 우리 결혼 생활, 정말 이렇게 끝내야 해?"

지금 당장은 나도 그 질문에 대한 답을 알 수 없었다. 그래도 일단 그의 말에 동의하는 척했다.

"약은 안 먹을 거야."

나는 크리스에게 말했다. 항상 맑은 머리로 생각해야 한다. 심리 공격에 놀아날 수는 없다.

"그래, 하지만 의사와 상의해봐. 문제를 해결하는 방법은 약 말고도 여러 가지가 있을 거야. 의사들도 다양한 방법을 시도하고 있으니까. 대화 요법, 명상 훈련, 뭐 그런 거 말이야."

잘됐네. 정신과 의사라니. 최악인 점은 크리스의 말이 틀리지 않았다는 것이다. 나는 안간힘을 쓰고 있었다. 의학적으로 봤을 때 내가 산후 우울증일 수는 있다. 그렇지만 내 인생에서, 그리고 우리의 결혼 생활에서 가장 심각한 문제는 내가 산후 우울증이라는 사실이 아니다. 하지만 내 안의 무언가가 도움이 필요하다고 외치고 있다. 최소한 나의 혼란스러운 마음을 내가 지금 진실이라고 믿는 것의 원인에서 배제할 수 있다면, 사건의 진상에 한 발짝 가까워질 것이다.

"좋아, 아침에 병원에 연락해볼게."

20장

–

메건

대기실에 앉아 있다 보면 고통스러운 기억이 떠오르곤 한다. 좋은 일 때문에 병원 대기실에 앉아 있는 경우는 거의 없으니까. 나의 경우는 임신이 안 되던 때의 감정들이 곧잘 되살아난다. 물론 그 문제 자체는 완전히 해결되었지만 당시의 상황은 잊고 싶다.

그 일이 나의 심리에 어떤 영향을 끼쳤는지 확실하게 알지는 못한다. 나는 아이를 가질 수 없다는 사실을 받아들이려 애쓰고 있었고, 기적적으로 에비가 태어나면서 상황이 뒤집혔다. 에비가 태어나서 기뻤다. 물론 기뻤다. 크리스와 나, 둘 다 기뻐했다. 하지만 그로 인해 받아들여야 할 것이 너무 많았다.

우리 부부가 원해서 낳은 아이고 전부터 많은 사람들이 힘들 거라고 충고했었다. 그들의 말이 맞았다. 그들의 말을 믿긴 했지만 이렇게까지 고통스러울 거라고는 생각하지 못했다.

죄책감을 느낀다는 게 가장 큰 문제다. 가끔 에비를 낳지 말 걸 그랬다고 생각한다는 사실이 끔찍하다. 하룻밤만 푹 자봤으면 좋겠고, 크리스와 둘이서 마음 편히 외출해서 영화 한 편만 보고 싶다. 예전에 그랬던 것처럼.

이런 생각들이 지금 나의 심리 상태를 만든 걸까? 무언가를 너무 간절히 원했지만 가질 수 없다는 사실에 직면했다가 결국에는 갖게 되었다. 기쁨을 만끽했지만 결국 그렇게 좋은 일은 아니라는 걸 깨달았다. 그게 원인이 된 걸까?

얼마 동안 생각에 빠져 있었는지 모르겠다. 병원의 호출 벨에 화들짝 놀라 정신이 들었다. 내가 상담받을 차례였다.

애슈퍼드 박사는 대하기 편한 사람이다. 다정해야 할 땐 충분히 다정하지만 항상 솔직하다. 가끔은 치명적으로 솔직하다. 처음 임신 문제로 박사를 만났을 때 그가 아주 이해심이 많다고 느꼈다. 그래서 내가 오늘 상담을 꼭 애슈퍼드 박사에게 받고 싶다고 한 것이다. 박사는 영화배우 리처드 그리피스를 약간 닮았다. 만약 턱수염을 기른다면 완벽한 산타클로스의 얼굴이 될 것이다.

"잘 지냈어요?"

내가 재킷을 벗어서 의자에 걸어두는 동안, 박사가 먼저 인사를 건넸다.

나는 의사들이 왜 항상 저 질문을 하는지 모르겠다. 그에 대한 대답은 물론 '전혀 아닌데요'다. 전혀 아니니까 의사에게 상담을 받는 게 아닌가. 하지만 이런 사실과 상관없이 우리 영국인들은 이럴 때 항상 '그럭저럭이요'라고 대답한다.

이렇게 대답하고 의자에 앉았다.

"근데 솔직히 말하자면 그다지 잘 지내지도 않았어요."

더 많은 말을 듣기 원한다는 듯이 애슈퍼드 박사가 나를 보며 미소 지었다.

"여기 왜 왔는지 모르겠는데, 어쨌든 왔네요. 제 자신이 큰 용기를 낸 건지 아니면 바보 같은 짓을 한 건지도 잘 모르겠어요."

박사는 다시 웃었다. 이런 말을 자주 들었을 것이다. 환자들은 의사에게 자기 얘기를 하거나 뭔가 잘못됐다는 걸 인정하는 데 젬병이니까.

"신체적 문제인가요?"

"아니요, 전혀."

애슈퍼드 박사는 이해한다는 듯이 고개를 끄덕였다.

"지금 어떤 기분인지 솔직하게 얘기해줄 수 있나요?"

나는 한숨을 내쉬며 말했다.

"일종의 산후 우울감인 것 같아요."

"산후 우울증 말씀하시는 거군요. 이유가 뭐인 것 같나요? 어떤 증상이 있었는지 설명해줄 수 있겠어요?"

심호흡을 했다.

"피곤해요. 짜증도 나고. 딸아이하고 잘 지낼 수 없을 것 같아요. 그냥 모든 게 엉망이에요. 두려워서 미칠 것 같아요."

"뭐가 두려운가요?"

잠시 고민에 빠졌다. 솔직해져야 할까? 내가 편집증적으로 남편이 살인자라고 의심하고 있다고? 말해야 한다. 박사는 의학 전문가다. 나를 도울 방법을 알 것이다.

문 쪽에 시선을 두었다.

"그냥 모든 게요. 특별한 거 말고요."

억지로 미소를 지었다. 입 밖으로 튀어나오려는 말을 꾹 눌러 참으면서.

"이해합니다. 아이가 태어난다는 건 큰 변화예요. 몸과 마음에 큰 책임감을 지우는 일이죠. 가족 중에 혹시 우울증이나 정신 질환을 앓았던 분이 계신가요?"

나는 고개를 저었다.

"아니요, 없어요."

"약물 중독이나 출산 합병증으로 고생하신 분도 없으신가요?"

"제가 아는 한 없어요."

우리 엄마가 갓난아기에게 물렸던 젖꼭지를 탁 쳐내는 걸 상상하니 나도 모르게 웃음이 나왔지만 다행히 의사는 눈치채지 못했다.

"따님이랑 같이 오시지 않았네요. 아이의 아빠가 돌보고 있나요?"

"아니요, 친정 엄마가 돌봐주고 계세요. 엄마가 일주일에 며칠은 아이를 돌봐주셔서 제가 다른 일을 처리할 수 있어요."

박사가 여전히 미소를 지은 채로 질문을 이어나갔다.

"알겠습니다. 그럼 증상 얘기를 좀 더 해볼까요? 나아졌나요? 더 나빠졌나요? 아니면 별 변화가 없던가요?"

이상하게 들리겠지만 나는 이 질문이 가장 대답하기 곤란했다.

"늘 똑같은 것 같아요. 제 생각에는요. 전반적으로 큰 변화가 없어요. 가끔 더 안 좋아지기도 하고요."

"정말 기분이 안 좋을 땐 어떻게 하시나요?"

"아무것도 안 해요. 그냥 억지로 이겨내려고 해요. 하지만 항상 제 속은 곪아가고 있어요."

눈물이 차올라서 더 이상 말을 이을 수가 없었다. 난 울보가 아니다. 지금까진 그랬다. 물론 지금부터 울보가 되고 싶은 마음도 없다.

박사는 잠시 나에게서 시선을 돌리고 컴퓨터에 뭔가를 적었다. 내가 감정적이 되었기 때문에 그 사실을 기록하는 건지는 모르겠지만 어쨌든 난 박사에게 고마웠다.

"그럼 이제 본인의 생각에 대해서 말해볼까요?"

다시 박사의 질문이 시작되었다.

"부정적인 생각이나 파괴적인 생각을 해본 적이 있나요? 자해하는 상상 같은 것."

침을 꼴깍 삼켰다. 또 어려운 질문이다.

'네, 남편이 살인자라는 생각에 사로잡혀 있어요.'

머릿속에서 수도 없이 외쳤다. 그렇지만 입 밖으로 나온 말은 "아니요"였다.

"모유 수유 중이신가요?"

"뭐, 그런 셈이죠. 에비가 젖을 잘 못 먹어요. 그래서 젖병에 담아서 먹이고 있어요. 모유를요."

"그렇군요. 그럼 따로 약은 처방하지 않겠습니다. 몇 가지 이유가 있는데요, 첫 번째는 지금 모유 수유를 하고 계셔서입니다. 약의 성분이 모유를 통해서 아기에게 전달되거든요. 두 번째 이유는 이런 약 중에 상당수가 처음 복용할 때는 상황을 오히려 악화시킬 가능성도 있어서입니다. 자살이나 자해 충동을 불러올 수도 있어요. 그런 일은 절대로 있어서는 안 되니까 일단은 우리 다른 방법을 찾아보기로 하지요."

"그럼 전 산후 우울증이 맞는 걸까요?"

"확신할 수는 없어요. 전 환자분들께 산후 우울증이라는 진단을 내리는 데 있어서 아주 신중합니다. 전 약을 마구 처방하는 의사가 아니거든요. 그리고 아이를 키우는 일이 사람의 심신을 얼마나 지치게 하는지 개인적으로 잘 알고 있고요. 아이들이 걷기 시작하면서부터는 고통의 연속이라고 생각하시면 됩니다. 제 큰아들놈은 대학교에서 일본 미술사를 전공하겠다고 하는데 그래서 무슨 돈을 벌겠다는 건지 도저히 이해가 안 가더라고요."

의사가 너털웃음을 지었다. 무신경한 반응이라고 생각할 수도 있겠지만 나는 애슈퍼드 박사의 그런 점이 좋았다. 박사는 그런 식으로 환자들과 공감대를 형성하고 있었다.

"산후 우울증이 아니면 뭘까요?"

박사가 눈썹을 치켜올리며 한숨을 쉬었다.

"여러 가지 가능성이 있지요. 제 개인적인 견해로는 지금 말씀하신 증상만 가지고 산후 우울증이라는 진단을 내리는 건 좀 과한 것 같습니다."

그리고 손가락을 꼽아가며 증상을 나열하기 시작했다.

"무기력증, 걱정, 수면 패턴의 변화, 조급증, 식욕 부진…. 모두 아이를 키우다 보면 나타나는 증상이에요. 지금 제가 드릴 수 있는 말은 이게 다예요. 운동은 좀 하고 계시나요?"

그런 질문을 할 줄은 몰랐다. 내 표정도 그렇게 말하고 있었을 것이다. 박사는 즉시 그런 질문을 한 의도를 밝혔다.

"운동으로 세로토닌과 도파민을 증가시킬 수 있거든요. 사람들이 '기분 좋아지는 호르몬'이라고 말하는 거지요. 세로토닌이 부족하면 우울증과 불안 증상이 나타나기 쉽거든요."

박사의 말이 맞는지 잠시 생각해보았다. 에비를 임신하기 전에는 운동을 많이 하는 편이었다. 3년간 크로스컨트리 챔피언 타이틀을 보유하기도 했다. 규칙적으로 조깅도 했었다. 에비를 임신하고 나서 운동을 멈췄다. NHS에서 지나친 변화를 삼가라고 권고했기 때문이다. 갑자기 심한 운동을 시작해서도 안 되지만, 하던 운동을 그만둘 필요도 없다고 했다. 그렇지만 아직 태어나지 않은 아이를 뱃속에 품고 오랫동안 달리기를 하자니 죄책감이 들었다. 집에서 쉬면서 내 아이를 안전하게 지켜주기 위해 최선을 다하고 싶었다. 힘들게 가진 아이이기 때문에 더욱 그랬다.

"좋은 말씀이네요. 근데 운동할 시간을 낼 수 있을지 모르겠어요. 양치질할 시간조차 없는데 운동 계획을 세워서 지킬 수가 있을까요?"

"혹시 일을 하고 계신가요? 어머니께서 일주일에 이삼 일 정도는 아이를 봐주신다고 말씀하신 것 같은데요."

"그렇긴 한데 그 시간에 밀린 집안일이랑 청소하기도 벅차요. 평소보다 한 시간 일찍 일어나서 달리기를 할 수도 있겠지요. 몇 년 전처럼요. 근데 그 시간에 잠자기도 바빠요."

"흠, 그럼 다른 방법을 찾아봅시다. 저는 개인적으로 외출을 좀 더 하시라고 권하고 싶네요. 차를 타고 가던 장소까지 걸어가 보는 겁니다. 건강 관리에 효과적이거든요. 몸과 마음에 모두 좋아요. 그냥 밖에 나가서 신선한 공기를 쐬기만 해도 큰 효과가 있습니다. 아이를 키울 때는 몇 주씩이나 집에만 틀어박혀 있기가 쉽잖아요. 10분 정도만 동네를 산책하고 와도 기분이 확실히 좋아질 겁니다."

"그렇게 해볼게요."

큰 기대는 하지 않는다. 하지만 시도해보려고 한다. 애슈퍼드 박사를 믿기 때문이다. 나는 약 처방을 받고 싶지 않다. 억지로라도 노력할 필요가 있다. 나를 위해서, 그리고 에비를 위해서.

그동안 위험한 생각을 하고 있었다고 애슈퍼드 박사에게 털어놓을지 잠시 고민했다. 하지만 마음에 걸리는 게 있었다. 단순히 생각이 아니었기 때문이다. 피 묻은 모자를 쓰레기통에서 찾아냈다고 '생각'한 게 아니고, 크리스가 라일리 마컴이 준 선물을 집에 가지고 왔다고 '생각'한 게 아니다. 이 두 가지 모두 현실이라는 것을 잘 알고 있다. 내가 유일하게 확신하지 못하는 것은 이 두 가지가 무엇을 의미하는가다. 하지만 진실을 알아내려면 정신을 바짝 차리고 있어야 한다는 것은 확실히 안다.

21장

카이 볼턴은 항상 화요일과 목요일을 손꼽아 기다렸다. 아빠를 만나러 가는 날이었기 때문이다.

왜 아빠가 더 이상 가족들과 함께 살지 않는지 이해할 수 없었다. 아빠가 따로 나가 살고 토니 아저씨가 집에 들어와 살게 되었다는 이야기만 들었을 뿐이다. 엄마, 아빠는 사이가 좋지 않았고 카이는 그 사실을 잘 알고 있었다. 카이는 더 이상 어린애가 아니었다. 벌써 아홉 살이나 됐으니까.

아빠와 함께 사는 동안 엄마는 항상 아빠에게 화를 냈다. 아빠를 게으르고 쓸모없는 사람이라고 부르곤 했다. 다른 말들도 했는데 기억은 나지 않지만 학교에서 사용하면 안 되는 단어들이었다. 아빠는 오랫동안 행복하지 않다가 앤절라 아줌마를 만나 행복해졌다. 엄마는 카이가 그녀를 앤절라 아줌마라고 부르는 걸 허락하지 않았다. 상관없었다. 카이는 앤절라 아줌마를 좋아하지 않았다. 앤절라 아줌마는 얼굴이 호두처럼 생겼고 엉덩이가 너무 컸다.

엄마는 화요일과 목요일에 학교가 쉴 때면 아침에 카이를 아빠가 사는 집에 데려다주었다. 엄마는 화요일과 목요일에 출근을 해야 했고, 양복을 입은 무서운 아저씨가 카이에게 최소한 일주일에 한 번씩은 아빠를 만나러 가야 한다고 말했다. 화요일과 목요일에 학교가 쉬지 않으면 카이는 주말에 아빠를 만났다. 그렇지만 그렇게 되면 토니 아저씨와 축구를 할 수가 없었다. 엄마는 토니 아저씨를 토니라고 부르라고 했다. 학교가 쉬는 날에 아빠를 만나러 가는 게 더 좋았다. 화요일과 목요일 오후에는 아빠가 차로 카이를 집까지 데려다주었다. 아빠는 바로 다른 곳으로 가봐야 했기 때문에 오후 4시까지는 집에 도착해야 했다. 어디 가는지 아빠가 말해준 적은 적은 없지만 아주 중요한 장소일 거라고 카이는 생각했다. 엄마는 4시 30분쯤 집에 돌아왔다. 토니는 7시쯤 집에 돌아왔다. 엄마는 카이에게 이제 너도 다 컸으니 한 시간 삼십 분 정도는 혼자 거실에서 놀면서 TV도 보며 식사를 기다리라고 했다. 부엌에는 들어오지 말라고 했다.

엄마는 부엌에 항상 신경을 많이 썼다. 날카로운 물건과 가전제품이 많기 때문에 카이가 다칠 수 있다고 말했다. 하지만 카이는 바보가 아니다. 벌써 아홉 살이나 됐고.

아홉 살이면 뭐든 할 수 있을 만큼 성장한 나이다. 부엌에 들어가도 다치지 않을 것이다. 그렇지만 엄마를 짜증 나게 하는 것보다 기분 좋게 해주는 게 낫다. 아홉 살이면 혼자 걸어서 집에 올 수 있는 나이다. 지난 몇 주 동안 아빠도 카이에게 그렇게 말했다. 하지만 엄마한테는 말해선 안 된다고 덧붙였다. 엄마가 좋아하지 않을 얘기라고. 엄마는 여전히 카이를 아기 취급하고 있기 때문에 카이가 아빠 집에서 집까지 걸어왔다는 사실을 알면 외출을 금지할 가능성도 있었다. 카이도 그건 싫었기 때문에 비밀을 지키겠다고 약속했다.

그렇지만 집까지 걸어오는 건 괜찮았다. 사실 꽤 좋아했다. 뭔가 좀 더 어른스러워진 기분이었다. 그리고 아빠 집에서 카이의 집까지는 그다지 먼 거리가 아니었다. 길을 따라 쭉 걸어도 되고, 공원을 가로지른 다음 강을 따라 내려가는 지름길로 가도 된다. 사실 그 길이 훨씬 빨랐다. 다른 사람들 눈에 쉽게 띄지도 않았다. 하지만 엄마는 카이 혼자서 강가를 걸어오는 걸 지독하게 싫어했다. 몇 주 전에 그 근처에서 어린 남자애한테 그런 일이 벌어진 후부터 더 그랬다.

엄마와 함께 이곳을 걸을 때면 엄마는 항상 자기가 물가로 걷고 카이가 그 옆에 서게 했다. 카이는 물가를 걷는 걸 좋아하는데 말이다. 답답했다. 물이 깊은 것도 아닌데. 잘해봐야 카이 무릎에 닿을 정도?

그렇지만 모든 엄마들이 신경을 쓰고 있었다. 카이의 친구도 비슷한 고민을 털어놓았다. 핀리 킨네 엄마만 빼고 다들 그랬다. 핀리 킨의 엄마는 정말 멋졌다. 집 안에서 애들이 너프 건Nerf gun: 멀리까지 쏠 수 있는 커다란 장난감 총을 가지고 놀아도 신경 쓰지 않았다. 카이의 엄마는 너프 건을 사주지도 않았고, 다른 친구들의 엄마는 가끔 밖에서 가지고 노는 것만 허락했는데 말이다. 하긴 핀리의 집이 워낙 크기 때문에 집 안이 웬만한 마당보다 넓어서 문제가 안 됐을 것이다. 게다가 핀리네 마당에는 인조 잔디가 깔려 있어서 오히려 카펫 같은 느낌이었고, 집 안이 마당과 비슷했다. 핀리의 가족들은 좀 특이했다.

카이는 걸음을 멈추고 물속을 들여다보았다. 이 순간이 좋았다. 물이 정말 빨리 흐르고 강바닥에 깔린 자갈이 모두 보였다. 자갈 위로 튀어 오르는 물줄기는 마치 자갈을 씻겨주고 있는 것 같았다. 카이는 자갈을 씻겨주며 흐르는 물줄기를 바라보면서 그렇게 하염없이 서 있었다. 그러다 무슨 일이 벌어지고 있는지 미처 깨닫기도 전에, 카이의 다리가 땅에서 붕 떠오르더니 낯선 손이 숨통을 조여왔고 카이를 집어던졌다. 비명을 지르든지 도와달라고 하고 싶었지만 그럴 수가 없었다. 숨이 쉬어지질 않았고 엄마가 배수구 청소할 때 나던 소리처럼 끔찍한 꾸루룩 소리만 났다.

카이는 자신을 공격한 사람을 걷어차려고 했다. 하지만 다리에 힘이 풀리기 시작했고, 목에 묵직한 무언가가 감기는 느낌이 들었다. 날카로운 것에 긁히고 약간 탄 자국이 있는 무언가였다. 공격을 한 자가 손을 놓은 것 같은데도 카이는 여전히 숨을 쉴 수가 없었다. 강가에 무릎을 꿇고 손을 목으로 가져갔다. 밧줄 비슷한 것이 목에 묶여 있었다. 자신의 맥박 소리가 귀에 들릴 정도로 심장이 쿵쾅댔다.

발버둥을 치면서 숨을 고르려고 했지만 밧줄이 너무 꽉 죄어 있었다. 머리가 터져버릴 것 같았다. 입술이 아팠다. 시야의 끝에서 무언가를 볼 수 있었다. 눈앞이 캄캄해지기 시작했다. 완전히 어두워지기 직전에 뒤통수에서 날카로운 통증이 느껴졌다. 카이의 눈에 마지막으로 들어온 것은 자갈에 튀는 핏줄기였다. 붉은 액체가 물속에서 소용돌이치더니 하류로 흘러갔다.

22장

–

크리스

기분이 더럽다. 일을 치르고 난 직후에는 몹시 흥분되고 세상을 다 가진 것 같다. 하지만 그런 기분은 금방 식어버리고 곧 내가 세상에서 제일 나쁜 인간이라는 죄책감에 사로잡힌다. 감정 변화가 이렇게까지 순식간에 일어난다는 사실이 놀랍기만 하다. 그런데 왜 이걸 계속하고 있는지 모르겠다. 잘못된 일이라는 걸 안다. 얼마나 많은 삶을 망치고 있는지도 알고 있다. 가족들이 무너져버릴 것이다. 하지만 이 일은 중독성이 있다.

중독 증상이 이런 식으로 나타난다는 내용을 책에서 몇 번 읽은 적이 있다. 환희에 휩싸이고 더 큰 환희를 갈구한다. 문제는 자주 할수록 기쁨이 작아진다는 데 있다. 그래서 더 큰 환희를 느끼려면 더 많이 해야 한다. 절망적이다. 끝이 없는 뫼비우스의 띠 같다.

내가 중독된 거라면 지금 겪고 있는 건 숙취가 아닐까 싶다. 다시는 마시지 않겠다고 다짐한다. 하지만 부질없다는 걸 우리 모두 잘 알고 있다. 하루 이틀만 지나도 이 달콤한 액체의 손아귀에서 도저히 벗어날 수 없게 된다. 나도 그렇다. 다만 내가 중독된 것은 술이 아니다.

나는 중독자였던 적이 없다. 지금까진 그랬다. 내가 그동안 모르고 살았던 게 많았음을 깨닫는다. 누군가는 이것을 중년의 위기라고 말할 것이다. 하지만 난 다른 사람들이 어떻게 생각하건 신경 쓰지 않는다. 나에겐 그저 내가 그동안 단조로운 삶을 살아왔다는 것을 확인하는 계기가 되었을 뿐이다.

하지만 그건 지금 이 순간 내가 느끼는 감정이 아니다. 지금은 온 세상이 나를 궁지로 몰아넣는 기분이다. 곧 들킬 것만 같다. 메건이 뭔가 의심하고 있다. 나도 그걸 알고 있다. 메건은 요즘 들어 부쩍 이상하게 행동하고 있다. 언젠가 내게 대놓고 물어볼 것 같다. 그럼 뭐라고 대답해야 하지? 우습게 들리겠지만 정말 모르겠다. 메건이 모르기를 바라기 때문에 말하지 않고 있지만, 얼굴을 보면서 거짓말을 할 수는 없다.

만약 내가 사실을 인정하면 우리 사이는 그대로 끝이다. 나도 끝이다. 내 직업은 물론이고 내 삶도 끝장날 것이다. 메건에게 거짓말을 해야 한다는 것은 완전히 새로운 단계가 될 것이다. 그렇다고 내가 할 수 있을 거라고 생각해본 적도 없는 것들을 최근 들어 해보며 충분히 놀라지 않았다는 건 아니다. 인생은 끝없는 배움의 연속이다.

다른 사람은 어떤지 모르겠지만, 나는 아무것도 완성된 것은 없다고 생각하는 경향이 있다. 언제나 나의 새로운 면을 발견한다. 최근까지는 단지 그것뿐이었고, 그 새로운 면과 관련된 뭔가를 해본 적은 없다. 아무 생각도 하지 않고 내 마음대로 행동할 수 있어서 기뻤다.

내가 돌아왔을 때 메건도 집에 있었다. 메건은 많은 말을 하지 않았다. 다행이었다. 일을 치른 후에 바로 메건의 눈을 바라볼 자신이 없다. 대신 나는 위층에 올라가 샤워를 하기 전에 싱크대에서 손을 씻었다. 모든 흔적을 지워버리고 싶었다.

어릴 때는 다른 사람들이 내 생각을 읽을 수 있는 줄 알았다. 나는 커가면서 정상 범위에서 조금이라도 벗어나는 것은 생각조차 하지 않도록 나 자신을 단련시켰다. 다른 사람들이 내 생각을 알아차리고 나라는 사람을 판단할까 봐 두려웠기 때문이다. 그런 감정들이 지금 되살아나고 있다. 사람들은 죄를 감지할 수 있을까?

샤워젤 반 통을 써가며 온몸이 새빨개질 때까지 문질렀다. 언젠가는 그만둬야 하는 일임을 알고 있다. 내 행동은 사람들에게 상처를 줄 뿐이다. 멈춰야 한다.

하지만 사실 난 내가 멈출 수 없다는 걸 알고 있다. 이게 이제 내 모습이다. 되돌아갈 수 없다. 내가 저지른 일을 되돌릴 수 없다. 그동안 나는 예전의 내가 시들어가는 꽃처럼 말라가기 시작하면서 나의 새로운 부분이 비밀스럽게 자라나는 것을 느낄 수 있었다.

물줄기가 팔을 타고 흘러 손끝에서 떨어지는 동안 내 손을 바라보았다. 내 손이 아닌 것 같았다. 내 집에서 나 혼자 샤워하는 이 순간을 만끽하고 있다. 약 30분 전쯤에 이 손이 무슨 일을 했는지 떠올리면서. 이런 식의 이중생활은 머리를 어지럽게 만든다. 영화나 드라마의 한 장면을 되새기는 것 같다. 내가 이런 일을 저질렀다는 사실을 뇌가 받아들이지 못한다. 못 받아들이는 이유가 있겠지. 사람들도 이런 식으로 위기를 모면할 것이다. 인지 부조화의 틈에 다리를 놓기 위해 뇌를 현실에서 떼어놓는 것이다.

생각이 너무 철학적으로 흘러간 것 같다. 이야기가 너무 무거워졌다. 그런데 여기 철학적인 게 어디 있나? 까놓고 얘기하자면, 그 일은 그저 추잡한 행동일 뿐이다. 모든 사람들이 본능적으로 옳지 않다고 생각하는 그런 행동이다. 내 가정을 산산조각 낼 수 있는 그런 행동. 그런데도 아직 계속되고 있다. 여전히 가려워서 긁지 않고는 견딜 수 없는 부스럼 같다. 가려움이 끝나기는 할까? 아닐 것이다. 어느 시점이 되면 가려움이 사람의 마음에 깊이 새겨져 버릴 것이다.

하지만 계속할 수 없다는 걸 알고 있다. 계속할 수는 없다. 곧 들키고 말 테니까. 시간문제다. 들키기 전에 그만둬야 한다.

만약 들키게 되면 나 자신을 가장 괴롭히는 건 들켰다는 사실일까 아니면 내가 한 행동에 대한 깨달음일까? 아마도 후자일 것 같지만 확신은 없다. 어쨌든 난 지금까지의 나의 행동이 잘못된 것임을 알고 있다. 당연하다. 하지만 그게 나를 멈추지는 못한다. 왜냐고?

정신분석학자에게 물어본다면 내가 나를 '도덕을 초월한 존재'로 간주하고 있기 때문이라고 대답할 것 같다. 하지만 그건 사실이 아니다. 내가 멈추지 못하는 건 그것을 너무나 좋아하기 때문이다. 중독되어 있기 때문이다. 그 쾌감이 너무 강렬해서 도덕 따위로는 억누를 수가 없기 때문이다.

그리고 모든 중독자들이 그렇듯이 나 역시 애초에 시작조차 하지 말았어야 한다고 후회하고 있다.

23장

–

메건

크리스가 정원 구석에서 다 죽어가는 나무의 밑동을 뽑아내는 모습을 부엌 창문을 통해서 보고 있다. 몇 달 전부터 꼭 하겠다고 노래를 부르더니 무슨 이유에서인지 오늘로 날을 잡았다.

설거지를 하고 나서 손에 남은 세제 거품을 씻어내고 있는데 크리스의 핸드폰 벨 소리가 작게 들려왔다. 크리스는 〈스타워즈〉 배경 음악을 벨 소리로 설정해놓았기 때문에 쉽게 구별할 수 있었다. 핸드폰을 가지러 위층으로 올라갔다. 음성사서함 설정을 따로 해두지 않은 건지 벨 소리가 멈추지 않고 계속 울렸다.

침대 위에 쌓여 있던 옷 더미 아래에서 핸드폰을 겨우 찾아냈다. 핸드폰을 집어 들고 화면을 보았다. 레베카 앳킨슨 웨스트의 전화였다. 크리스가 일하는 학교의 교장이다. 전화를 받았다.

"아, 메건이 받는군요?"

살짝 당황한 것도 같고 실망한 것 같기도 한 목소리였다. 왜 그렇게 들리는지는 모르겠지만 레베카의 말투는 매사에 잘난 체하는 것처럼 들렸다. 크리스 말로는 괜찮은 사람이라고 하고 내 생각에도 교장으로서의 역할을 잘해나가고 있는 것 같지만 이야기를 길게 나누고 싶은 사람은 아니었다.

"네, 크리스가 핸드폰을 두고 나가서요. 메모 남겨드릴까요?"

"직접 통화하고 싶은데요."

단호한 목소리였다. 교장의 권위를 세우느라 까다롭게 구는 게 아니라 정말로 심각한 일이라는 느낌이 들었다. 그런데 대체 얼마나 심각한 일이면 쉬는 날에 교장이 교직원의 개인 전화로 직접 전화를 걸었지? 혹시… 라일리 마컴과 관련된 일이라든가….

"언제 들어올지 모르겠네요."

사실 거짓말은 아니다. 다만 크리스가 정원에 있다고 굳이 부연 설명을 하지 않은 것뿐이다.

레베카가 당황한 목소리로 말했다.

"그럼 되도록 빨리 크리스에게 메시지를 전달해주셨으면 좋겠네요. 크리스와 직접 얘기하면 좋겠지만, 다른 사람한테서 듣느니 메건에게 듣는 게 낫겠네요."

휴, 다행이다.

"제가 뭐라고 전하면 될까요?"

전화기 너머로 레베카의 한숨 소리가 들렸다. 레베카의 목소리는 평소보다 불안했다. 공포 때문인지 당혹스러움 때문인지 모르겠지만 어쨌든 마음에 걸렸다.

레베카가 한 말은 나를 더욱 걱정스럽게 만들었다.

"경찰에서 또 다른 아이의 시체를 발견했다고 하는군요. 또 우리 학교 학생이고, 남자아이예요."

숨이 턱 막혔고 아무 대답도 할 수 없었다.

"오, 이런."

간신히 말을 꺼냈다.

"그 학생 이름이 뭐예요?"

"학생 가족들에게 알리기 전까지는 아무한테도 말씀하시면 안 됩니다, 메건. 약속해줘요. 크리스는 알아야 하는 일이지만 공개 정보가 아니니까요."

"그래요, 약속할게요."

소년의 가족들이 경찰에게 소식을 듣기 전에 페이스북 같은 SNS를 통해서 이 사실을 알게 된다면 어떤 심정이겠는가.

"카이 볼턴이라는 학생이에요."

"크리스가 담임이었나요?"

"작년이랑 올해는 아니었고요, 2년 전에 담임이었어요."

"어떻게 죽은 건가요, 대체?"

레베카는 마음을 진정시키려는 듯 잠시 말을 멈췄다.

"경찰도 확신하지 못하고 있어요. 난 몇 가지 짐작 가는 구석이 있긴 한데, 어쨌든 경찰은 지금 당장 뭘 알려줄 것 같지는 않고, 더 조사해보고 얘기해줄 모양이에요."

"착한… 학생이었나요?"

여태까지 카이라는 이름은 한 번도 들어본 적이 없는데 갑자기 그 아이의 모든 것이 알고 싶어졌다. 죽은 아이들에 대해서 알아야겠다. 만약의 경우에 대비해서….

"가정 환경에 문제가 좀 있었어요. 심각한 건 아닌데 동네 사람들 눈에는 결손 가정이라고 보일 만했거든요. 종종 문제를 일으키기도 했지만… 어쨌든 아이들에게 이런 일이 일어나선 안 되잖아요? 안 그래요?"

레베카의 목소리에서 진한 슬픔이 묻어났다. 레베카가 그런 감정 표현을 하리라고 생각지 못했던 나는 그런 모습이 아주 낯설게 느껴졌다.

"크리스에게 전할게요. 카이 볼턴이라고 하셨지요?"

이미 머릿속에 각인된 이름이지만 다시 한번 확인했다. 똑똑히 외워두었고 앞으로도 영원히 잊지 못할 것 같다.

"맞아요. 고마워요, 메건. 밤이든 낮이든 언제든지 필요하면 저한테 전화하라고 전해주세요."

"네, 감사합니다."

전화를 끊고 크리스의 핸드폰을 다시 침대 위에 올려놓았다. 핸드폰을 잠시 바라보다가 침실 창문 너머로 펼쳐진 들과 숲으로 눈을 돌렸다. 최근에 이 동네에서 두 명의 소년이 죽음을 맞이했다. 만약 내 아들이 그런 일을 당했다면 기분이 어떨지 생각해보았다. 내가 가져본 적이 없는 아들. 하지만 실감이 나지를 않았다. 아마 나의 뇌가 나를 보호하고 있기 때문일 것이다. 그런 일은 상상만 해도 너무 고통스러우니까.

"무슨 일 있어?"

크리스의 목소리에 소스라치게 놀랐다. 정신이 번쩍 들었다. 뒤를 돌아보니 크리스가 의아한 얼굴로 나를 보고 있었다.

"왜 그러는데?"

나는 나도 모르게 크리스의 핸드폰 쪽으로 눈을 돌렸고, 그의 시선도 천천히 그쪽을 향했다. 그는 자기 핸드폰을 잠깐 바라보더니 다시 내 쪽으로 고개를 돌렸다.

"뭐 하고 있었어?"

"아무것도. 당신한테 전화가 왔었어."

크리스가 침을 꿀꺽 삼키자 목젖이 위아래로 움직였다.

"누구 전화였는데."

질문이라기보다 선고에 가까운 말투였다.

"교장 선생님. 당신한테 알려줘야 할 일이 있댔어."

"라일리에 관해서?"

"뭐 그런 셈이지."

머릿속에 너무 많은 생각이 떠올라서 뭐부터 생각해야 할지 모를 지경이었다. 비명을 지르면서 창문 밖으로 뛰어내리고 싶은 심정이었다. 그렇지만 그건 쓸데없는 짓일 것이다.

"경찰이 또 다른 시체를 찾았대. 이번에도 당신 학교 학생이래."

크리스는 조금의 표정 변화도 없이 나를 바라보았다. 점차 얼굴빛이 온갖 색으로 변하더니 눈을 깜빡이기 시작했다.

"누구?"

거의 속삭이는 목소리였다. 그가 말을 꺼내기까지 영원의 시간이 흐른 것 같은 느낌이었다.

"카이 볼턴이라고 하던데."

크리스는 천천히 고개를 끄덕였다.

"시체는 어디에서 발견된 거래?"

"그런 얘긴 안 했어. 나도 안 물어봤고. 교장 선생님이 아무 때나 전화하라고 하셨어. 다른 사람들이 당신한테 그 소식을 알려주기 전에 나나 교장 선생님을 통해서 듣는 게 낫겠다고 생각하셨나 봐."

크리스는 다시 한번 고개를 끄덕이더니 침대에 주저앉았다가 누워버렸다. 그는 무릎을 가슴까지 끌어올린 채 웅크리고 울었다. 지금까지 내가 들어본 것 중에 가장 고통스럽고 처절한 흐느낌이었다.

24장

–

메건

30분 정도 크리스를 안아준 것 같다. 다 큰 남자가 대낮에 울다 지쳐 잠드는 모습은 처음 보았다. 크리스가 말은 안 했지만 요즘 며칠 동안 잠을 제대로 못 잤다는 건 알고 있다.

크리스를 안아주면서 내가 어떻게 이런 남자를 살인범이라고 의심한 건지 후회했다. 누구보다 이 남자를 잘 알고 있고, 카이의 소식을 들은 크리스의 반응을 직접 보았다. 그건 꾸민다고 나올 수 있는 반응이 아니었다.

크리스는 내 생일 선물로 무엇을 샀는지도 숨기질 못했다. 잠시라도 이런 큰 비밀을 감추고 있었을 리가 없다. 그렇지만 무언가 잘못되었다는 느낌을 지울 수가 없다. 내 안에서 어떤 목소리가 그렇게 외치고 있다.

나도 범죄 기사나 추리 소설은 다른 사람들만큼 읽어서 일이 어떻게 진행되는지 정도는 안다. 주변 모든 친구나 가족들은 '걘 그럴 애가 아니야!'라든지 '걘 범죄자가 아니야!'라고 말한다.

크리스는 아직 잠에 빠져 있고 에비는 거실에서 장난감을 가지고 노는 중이다. 장난감을 집었다가 던지기도 하고 장난감끼리 부딪치게도 하면서 노는 모습을 지켜보았다. 어른들이 생각하는 놀이의 개념은 아니어도 에비는 움직이는 법을 배우는 중이다.

내 마음을 너무나 괴롭히는 알 수 없는 이유들로 우리는 TV를 항상 켜놓고 생활했다. 어떤 프로그램이든 상관없었다. 소리가 안 나도 괜찮았다. 움직이는 화면을 보는 것만으로도 에비를 진정시킬 수는 있었다.

지금은 〈BBC 뉴스 24〉를 틀어놓았다. 라일리와 카이 사건을 어떻게 보도하는지 궁금해서 뉴스를 좀 보고 싶었다. 이 동네를, 그리고 수많은 가정을 절망에 빠뜨린 사건에 대해서 더 많이 알고 싶었다.

소리를 꺼두었기 때문에 영상만으로 유추해보니 브뤼셀에서 회담이 열린 것 같았고, 영국 총리가 미소를 지으며 커다란 하얀 건물로 걸어 들어가고 있었다.

그때 화면 아래쪽에 속보가 나왔다. 이 마을의 이름이 내 눈을 끌었다. 속보는 1분 정도 화면에 있다가 사라졌다. 자막으로 나온 모든 단어를 나는 결코 잊을 수 없을 것이다.

24시간 뉴스는 이 마을에서 또 한 명의 소년이 살해되었다는 사실을 영국과 온 세상에 알리고 있었다. 소년의 이름은 언급되지 않았다. 아마 소년의 친구와 친척들은 아직 이 사실을 모르고 있을 것 같았다. 그들이 이런 식으로 소년의 소식을 알게 돼서는 안 되지만, 뉴스에 이름이 나오지 않았으니 이제 이 지역에 사는 모든 사람들이 자기 가족에게 일어난 일인지도 모른다는 생각에 공황에 빠지게 될 것이다.

뉴스 화면이 다시 스튜디오를 비췄다. 나는 TV 소리를 켰다. 이번 사건을 좀 더 자세히 보도할 것 같았기 때문이다. 내 생각이 맞았다.

앵커는 '두 번째 소년의 사체'라고 말했다. 앞에 듣지 못한 부분은 유추할 수밖에 없었다.

"경찰은 피해자 소년의 이름을 밝히지 않았고, 지난주에 발생한 라일리 마컴 살인 사건과도 연관 짓지 않았습니다. 라일리 마컴의 시체는 이번에 소년의 사체가 발견된 현장으로부터 300미터도 떨어지지 않은 장소에서 발견된 바 있습니다. 리사 로즈 기자가 현장에 나가 있습니다."

다음 화면은 금방 알아볼 수 있었다. 우리 집 근처의 개울가. 크리스, 에비와 함께 자주 산책했던 바로 그 개울가였다. 나에게는 내 손금만큼이나 익숙한 장소였다. 이제 두 번 다시 그곳을 거닐 수 없겠지.

"고즈넉하고 전형적인 영국 마을이 이제는 두 소년이 끔찍하게 살해된 범죄 현장으로 바뀌었습니다."

이 말을 들으니 화가 치밀어올랐다.

"경찰은 지난주에 일어났던 또 다른 살인 사건과의 연관성에 대해서는 말을 아끼고 있지만, 지역 주민들은 이 두 사건에 대해 깊은 우려를 표하고 있습니다."

턱수염 난 남자와의 인터뷰도 있었다. 내가 모르는 사람이었다.

"무서운 일입니다. 끔찍하네요."

그 남자는 사건이 일어난 곳을 매일 반려견과 함께 산책했었고, 이런 사건이 일어나리라고는 상상조차 할 수 없었다고 말했다.

다음으로는 나도 알고 지내는 어느 학부모가 등장했다. 그 사람의 이름은 모르겠지만 아들 이름이 대니얼 크로퍼드라는 것은 알았다. 크리스가 내게 대니얼에 대해 얘기한 적이 많았기 때문이다. 그 사람은 아들을 자기 등 뒤에 꼭꼭 숨기고 마치 카메라 앵글 밖의 기자와 대화하듯이 말했다.

"이곳에선 무서워서 더 이상 못 살겠어요. 더는 못 참겠다고요. 경찰이 공식 발표를 한 건 아니지만 동네 사람들은 이미 다 알아요."

"이 작은 마을이 큰 충격에 빠졌습니다."

이제 카메라는 마이크를 든 기자의 전신을 담았다.

"주민들은 이곳이 영국에서 찾아보기 힘든 안락한 마을이라는 자부심을 가지고 있었습니다. 문을 잠그지 않아도 되고 이웃 사람들과 서로 잘 알고 지내는 그런 동네라고 말입니다. 이번 사건이 주민들에게 현대 사회의 추악한 모습을 일깨워준 계기가 된 셈입니다."

기자는 이 동네 사람들이 외딴곳에 사는 촌뜨기라도 되는 것처럼 말했다.

"이제 두 명의 어린 소년을 살해한 살인범, 아니 어쩌면 살인범들을 찾아내는 일이 무엇보다도 중요합니다. 살인범은 반드시 정의의 심판을 받아야 합니다."

그런 다음 뉴스는 자연스럽게 영국 크리켓팀이 이번 경기에서 서인도 팀에게 크게 졌다는 소식으로 넘어갔다. 마치 지금까지 말한 내용이 우리와 별 상관없다는 것처럼.

나는 꼼짝하지 않고 앉아서 잠시 뉴스를 더 지켜보았다. 활짝 웃으면서 까르르거리는 에비를 향해서 억지로 미소도 지어 보였다. 에비를 안아서 등에 업고 주방으로 갔다. 에비가 싫다고 칭얼댔지만 어쩔 수 없었다. 내게는 할 일이 많았다. 미쳐버리기 전에 정신을 차려야겠다고 마음먹었다.

침실 입구에 둔 바운서에 에비를 앉혀놓으니 더 이상 칭얼대지 않았다. 위아래로 움직이니 기분이 아주 좋은 것 같았다. 적어도 여기에서만큼은 에비는 안전할 것이다.

창문을 통해 햇볕이 내리쬐기 시작했다. 머지않아 해가 저물 것이다. 에비를 재워야 할지 생각해봐야겠지만 우선 내가 화장실이 급했다.

화장실 문은 열어두었다. 여기서도 에비의 모습이 보였다. 에비도 나를 볼 수 있다.

용무를 마치고 나서 손을 씻으려고 세면대에서 따뜻한 물을 틀다가 그 자리에서 얼어붙고 말았다. 물을 잠그고 좀 더 자세히 살펴보았다. 그리고 마침내 내가 본 것이 무엇인지 알아차리자마자 심장이 미친 듯이 뛰기 시작했다.

세면대에 핏자국이 묻어 있었다. 누군가가 핏자국을 지우려 하기는 했지만 양옆에 튄 것까지는 닦지 못한 것 같았다. 핏자국은 물과 섞여 번져 있었다. 누군가가 자기 손에 묻은 피를 물로 미친 듯이 씻어낸 것 같았다.

나는 에비를 돌아보았다. 에비는 사랑스러운 얼굴로 활짝 웃고 있었다. 그렇지만 내 눈에 보이는 것은 나를 마주 보고 있는 살인자의 유전자였다.

25장

–

지난해

내가 자세를 잡는 동안 크리스가 손을 꼭 잡아주었다. 밑에 깔아 놓은 파란 종이는 내가 몸을 뒤척이자 찢어져 버렸다.

"뒤로 기대서 편히 누우세요."

초음파 검사를 해줄 의사의 목소리가 들렸다.

"이제 배에 젤을 문지를 거예요. 조금 차가우니까 불편하면 말씀하세요."

그 당시에는 어차피 모든 게 차갑게 느껴졌다. 어느새 여름이 무르익다가 수그러들고 있었고, 나는 부풀어 오를 내 배를 덮어줄 만큼 넉넉한 점퍼가 하나도 없었다. 하지만 고작 몇 주밖에 입지 못할 옷에 많은 돈을 쓰고 싶지는 않았다.

"알고 계시겠지만 지금은 장기를 확인하고 태아가 잘 크고 있는지 알아보는 단계예요. 성별도 확인할 수 있고요. 이건 태아가 뱃속에서 잘 자리 잡고 있어야 확인할 수 있는데, 알고 싶으신가요?"

나는 크리스를, 크리스는 나를 바라보았다.

"네, 부탁드려요."

개인적으로 아이를 '아기'나 '산모님의 아기'가 아니라 '태아'라고 부르는 게 마음에 안 들었다. '태아'가 내 아이의 이름인 것도 아닌데. 하지만 그건 중요하지 않았다.

의사가 스캐너를 내 배 위에서 움직이기 시작했다. 나는 긴장이 되어 크리스의 손을 꼭 잡았다.

"괜찮아. 선생님이 알아서 잘해주실 거야."

크리스는 내 마음을 알아차린 듯했다. 내 생각을 읽을 수 있는 능력이 있는 것 같다는 생각을 가끔 한다.

"좋아요. 수고하셨습니다."

의사가 말했다.

"태아는 자리를 잘 잡았습니다. 이제 입이랑 코도 뚜렷하게 보이네요. 모든 게 다 정상입니다. 구개파열의 조짐은 없고 척추도 정상이네요. 이제 태아가 몸을 조금 뒤집도록 유도해서 심장을 살펴보겠습니다."

의사는 스캐너를 다시 움직이기 시작했다.

"좋아요. 수고하셨습니다. 이거 보이세요? 태아의 심장입니다. 심방과 심실 네 개가 모두 형성되었군요."

눈가가 촉촉해졌다. 의사의 말대로 내 아이의 심장이 움직이고 있었다. 너무나도 놀라웠다. 내 아이를 볼 수 있는 것만으로도 대단한 일이지만 그 아이의 몸속을 들여다볼 수 있다니. 그건 작은 기적 같았다.

의사는 스캐너를 내 배 위에서 이리저리 움직이며 아이의 신장과 다른 장기들도 살펴보았다. 나를 안심시키려는 듯이 여러가지 말을 해주었다.

"태아의 상태는 아주 좋습니다. 정말 건강하네요. 산모님이 관리를 잘하신 것 같아요."

크리스가 살짝 웃었다. 그럴 만도 했다. 나는 이미 워터스톤 서점에서 구할 수 있는 모든 종류의 임신 육아 서적으로 방 안을 가득 채우고 그 책 전부를 하나하나 정독했다. 힘들게 노력해서 겨우 얻은 아이인데 조금이라도 위험한 행동은 하고 싶지 않았다.

"다행이네요."

내 목소리가 살짝 떨렸다.

"태아의 성별도 정말 알고 싶으신가요?"

크리스를 보지 않고도 지금 그가 어떤 생각을 하는지 알 수 있었다. 내가 임신하기 전부터 이미 우리 두 사람은 약속했었다. 아이의 성별을 병원에 물어보겠다고. 성별을 알아두면 마음의 준비를 하는 데 특히 도움이 될 것이고, 아이가 태어난다는 사실을 더 깊이 실감할 수 있을 것 같았다. 이상하게 들리겠지만 이미 내 안에서 새로운 작은 생명체가 성장하고 있는데도 아직은 부모가 된다는 게 실감이 나지 않았다. 그렇지만 작은 아이, 우리의 아이를 온전히 책임져야 하는 부모가 되기까지 이제는 몇 주의 시간밖에 남아 있지 않았다.

나는 항상 아이가 아들이든 딸이든 상관없다고 생각해왔다. 내게는 세상의 모든 아이들이 귀중한 존재였고, 우리 부부가 그렇게 오랫동안 기다려온 아이인데 성별 따위는 아무 상관이 없었다. 아이가 행복하고 건강하게 성장한다면 그걸로 충분했다. 그렇지만 크리스의 집안은 좀 보수적인 편이었다. 시댁에서는 항상 아들을 원했다. 크리스의 아버님은 항상 '부계혈통'을 이어야 한다고 강조하셨다.

크리스의 집안에는 아버지의 이름을 맏아들의 가운데 이름으로 삼는 전통이 있다. 멋진 전통이라고 생각했고, 크리스와 내가 아들을 낳으면 기꺼이 따르겠다고 생각했다. 임신 사실을 알고 나서부터 크리스는 우리 아이가 아들일 거라고 거의 확신하고 있었다. 나도 우리 부부가 아들을 키우는 모습을 상상하곤 했다. 주변 친구들도 대부분 아들을 키우고 있었고, 나도 내 아이의 모습을 상상할 때마다 아들이 떠올랐다. 큰 의미는 없을지도 모르겠다. 틀릴지도 모르지만 엄마의 직감이랄까.

크리스는 남자 조카들을 아주 잘 돌봤다. 공원에 데려가서 축구도 함께 하고 멋진 크리스마스 선물도 사줬다. 크리스는 어린 남자아이들이 무엇을 원하는지 정말 잘 알고 있었다. 리모컨으로 조종하는 헬리콥터, 로봇 개 같은 것 말이다. 적당한 시기에 근사한 선물을 준

덕분에 크리스는 남자 조카들에게 '최고의 삼촌'으로 꼽혔다.

하지만 여자 조카들에게는 무심했다. "여자애들은 뭘 좋아할지 도무지 모르겠어. 되어본 적이 있어야 알지"라는 농담을 던지기도 했다. 크리스가 여자 조카들과는 잘 지내지 못한다는 사실은 좀 유감스러웠다. 그와 여자 조카들의 관계에는 뭔가 부족한 부분이 있었다.

"네, 부탁드려요."

다시 한번 의사에게 말했다.

"지금 확인한 내용이 100퍼센트 확실한 건 아닙니다. 그래도 전 오랫동안 검사를 해왔고 아직까지 틀린 적은 없어요. 확신이 없으면 아예 알려드리지를 않으니까요."

나는 크리스를 향해 미소 지었다. 드디어 우리 아이의 성별을 알 수 있다. 우리가 이 세상에 낳을, 우리가 죽을 때까지 사랑하고 양육할 아이의 성별을 알 수 있다. 우리 가족을 완성해줄 존재. 우리의 아들.

"따님입니다."

의사의 말을 들은 크리스의 미소가 옅어져 갔다.

26장

–

메건

잠들 때마다 크리스의 그 표정이 떠올랐다. 그날 이후로 그 얼굴이 날마다 내 가슴을 후벼 팠다. 물론 크리스는 아이가 아들이든 딸이든 상관없다고 말했다. 산부인과 의사가 딸이라고 했을 때 그저 놀랐을 뿐이라고 말이다.

나는 에비가 태어났을 때 크리스의 표정을 자세히 살폈다. 에비에게 좀 더 집중해야 했지만 내 마음속에는 크리스가 실망할 거라는 생각만 가득했다. 그가 우리 아이를 거부할 거라고 말이다. 자기에게 아들을 안겨주지 못했다며 나에게 화를 낼 것만 같았다.

내가 에비한테 정을 주지 못하는 게 이런 이유에서인가 싶기도 하다. 크리스를 기쁘게 하고 그가 우리 딸에게 완전히 실망하지 않게끔 하는 데 너무 신경을 쓰는 바람에 에비에게 소홀해진 것일지도 모른다.

크리스를 변호하자면, 크리스는 내게 한 번도 실망하거나 아쉬워하는 기색을 드러낸 적이 없다. 그저 에비를 사랑해주었을 뿐이다. 애착 관계 형성과는 별개로 말이다. 나는 그렇게 믿어야만 한다.

그렇지만 내 마음속의 괴로움은 가시지 않았다.

크리스가 복수심으로 인한 편집증에 걸린 것일 수도 있었다. 그런 증상이 존재한다면 말이다. 아들을 가질 수 없는 현실을 받아들이지 못하고 다른 사람의 아들을 빼앗아버려야겠다는 욕망에 사로잡힌 건 아닐까? 황당한 논리이기는 하지만 인간의 마음이란 워낙 상처받기 쉽다. 극심한 스트레스를 받으면 더욱 그렇다. 그러니 가능성을 완전히 배제할 수는 없다.

어쨌든 지금은 크리스의 입장에서 생각해보는 게 내가 할 수 있는 최선이다. 크리스처럼 생각해보자. 오랫동안 아들을 간절히 꿈꾸다가 아이를 낳을 수 없다는 사실에 절망했는데, 결국에는 딸을 가졌을 뿐만 아니라 아내는 본인을 제대로 돌볼 능력도 없었다. 에비가 태어난 뒤 한동안은 크리스가 내 청결 문제까지 신경 써야만 했다. 이런 상황들이 그에게는 커다란 부담이 되었을 테고, 그래서 그가 정신적으로 약해졌다고 해도 아무도 그를 욕할 수 없을 것이다.

하지만 마음의 상처를 입었다고 미치광이 연쇄 살인범으로 돌변하는 건 비약이 너무 심하다. 나의 이성이 이러한 논리적 비약을 받아들일 리는 없다. 아직 나의 이성이 건재해서 다행이다. 내 남편을 살인마 취급하고 싶지는 않다. 누가 그러고 싶을까?

추리 소설이나 영화에서나 나올 법한 이야기다. 그런데 그게 현실이기도 하다. 그렇지 않은가? 자기 엄마를 닮았다는 이유만으로 수많은 중년 여성을 살해한 영국 최악의 연쇄 살인범 해럴드 시프먼이 좋은 예다. 그에 대한 주변 사람들의 평가는 한결같다. "그는 아주 좋은 사람 같았어요. 그런 일을 저지를 줄은 상상도 못 했어요." 당연하다. 연쇄 살인범이 나 미쳤소, 하는 표정을 한 채 돌아다니고, 피 묻은 도끼를 머리 위로 휘두르면서 마트 한복판에 등장한다면 순식간에 붙잡히고 말 테니까. 착한 척하는 건 일종의 자기 보호 본능이자 대중 사이에 숨어들기 위한 기술이다.

이제 모든 정황을 이해할 수 있을 것 같다. 퍼즐 조각이 제자리를 찾아가고 있다. 동기, 범행 수단, 그리고 범행 기회까지. 범죄를 저지르려면 이 세 가지가 모두 필요하다. 그리고 이제는 그 세 가지가 모두 밝혀졌다. 크리스에게는 범행 기회가 있었다. 라일리 마컴이 살해됐을 때 크리스는 낚시를 하러 간다며 외출했었다. 그리고 카이 볼턴이 살해당했을 때 나는 애슈퍼드 박사를 만나고 있었다. 크리스는 어디 있었는지 모른다. 한 시간 삼십 분 정도 외출했으려나? 범행 수단은 궁금할 것도 없다. 크리스는 성인이고 체격이 왜소한 편도 아니다. 라일리와 카이는 아직 어린 소년에 불과했으니 크리스에게 그 아이들을 힘으로 제압하는 건 어려운 일이 아니다. 그리고 무엇보다도 범행 동기가 존재한다. 그런데 이 모든 일들이 정말 우리 부부에게 아들이 없기 때문에 벌어졌단 말인가? 에비가 딸이라서? 그게 내 잘못인가?

생각이 다시 걷잡을 수 없을 만큼 뻗어가고 있다. 그렇지만 크리스가 정말 아들을 낳지 못했다는 이유로 나를 미워하고 있을까? 그럼 내가 다음 희생양이 되는 건가? 내가 마지막 희생양이기는 한 걸까? 그럼 에비는 어쩌면 좋지?

이런 상황에 대한 생물학 연구가 있었던 것 같은데 내용이 기억나지 않는다. 신생아의 성별을 결정하는 건 정자일까, 난자일까? 크리스는 알고 있을 것이다. 학교 선생님이니까. 그럼 결국 크리스나 내가 죽어야 이 사건이 끝나는 걸까? 끝이 나기까지 얼마나 더 많은 아이들이 희생되어야만 할까?

숨이 너무 가빴다. 패닉에 빠지지 않으려고 죽어라 애썼다. 누군가에게 이 일을 털어놓고 싶었다. 그래야만 할 것 같았다. 이런 일을 혼자만 알고 묻어두려 하다니 말도 안 된다. 그런데 누구에게 털어놓지? 나는 친한 친구가 한 명도 없다. 이 문제를 크리스와 직접적으로 이야기해볼 수도 없다. 엄마한테 말한다면 엄마는 반경 800킬로미터 이내의 모든 사람들에게 떠들어댈 것이다.

언제나 그랬듯이 나는 완전히 고립되어 있다.

애슈퍼드 박사에게 털어놓으면 어떨까? 의사에게는 환자의 비밀을 지켜줄 법적 의무가 있으니까. 나와 상담했던 내용을 다른 사람들에게 떠벌리지는 않을 것이다. 법을 위반하거나 누군가의 생명이 위험한 순간에만 의사는 환자의 비밀을 공개할 수 있다는 선언문 같은 걸 어디서 본 적이 있다. 나의 경우는 두 가지 모두에 해당하긴 한다.

어쨌든 애슈퍼드 박사가 내 친구라도 되는 것처럼 내가 제정신이 아니라고 충고하거나 함께 이 상황을 고민해주기를 바라지는 않는다. 그가 의사로서 나를 편집증 환자라고 진단했으면 좋겠다. 피 묻은 모자는 실제로 있지도 않다고, 그건 단지 나의 상상일 뿐이라고 말해주길 바란다. 집에 하루 종일 혼자 있으니까 이상한 생각이나 하게 되는 거라고 진단해줬으면 좋겠다.

미쳤다는 소리를 듣고 싶어 하는 사람은 거의 없겠지만, 지금 나는 그 말이 다른 무엇보다도 간절하다. 그 말을 듣고 나면 어떻게 될까? 병원에서 약을 처방할까? 나보고 몇 주 정도 요양하면서 머리를 식히라고 할까? 그럼 에비는 어떻게 하지? 뭐가 어떻게 되든 간에 내가 미친 게 아닌 상황보다는 낫다. 엄마가 요양하러 집을 비운 동안 잠시 아빠와 함께 지내는 게 살인자 아버지와 둘이 남겨지는 것보다는 훨씬 나을 것이다. 그래서 나는 부질없게도 지금까지 일어난 모든 일들이 그저 나의 망상이기를 간절히 바라는 것이다. 나의 상상 속에서 일어나는 일들일 뿐이라고.

병원에 전화를 걸어서 진료 예약을 했다. 오늘은 예약이 마감되었고 애슈퍼드 박사는 출근하지 않았다고 한다. 접수 담당 직원은 내일 다시 전화해서 예약하라고 말했지만 나는 한시가 급하고 지난번 애슈퍼드 박사와의 상담과 관련된 문제니까 내일 아침에 무조건 첫 번째로 상담을 받아야겠다고 우겼다. 하지만 직원은 긴급 상황이라면 NHS 고객센터에 연락하거나 큰 병원에 가보라는 말뿐이었다. 내가 만나고 싶은 사람은 애슈퍼드 박사라고 다시 한번 매달렸다. 박사는 나의 상황을 잘 알고 있다고 힘주어 말했다. 그제야 접수 담당 직원이 나를 내일 아침 9시 진료에 예약해주었다.

에비가 손바닥으로 바운서의 트레이를 탁탁 때리면서 투레질을 한다.

"잠깐 여기 혼자 있어. 괜찮지?"

에비의 대답을 들을 수 없다는 걸 뻔히 알면서도 나는 이렇게 말했다. 나는 주방 문을 열고 정원으로 나갔다. 바퀴 달린 문제의 그 쓰레기통을 노려보면서 한편으로는 에비가 잘 놀고 있는지 계속해서 살폈다.

확인해야만 한다. 쓰레기통 안을 다시 한번 살펴봐야 한다. 내가 미쳐가는 건지 남편이 두 아이를 죽여버린 연쇄 살인범인 건지 알아내야만 한다. 더 이상은 못 하겠다. 더 이상은 못 견딜 것 같다. 아무 일도 없는 척할 자신이 없다. 내가 여태껏 어떻게 버텼는지 모르겠다. 이미 나는 한계에 다다랐고 폭발해버릴 것만 같다.

침을 한 번 꼴깍 삼키고 나서 쓰레기통 뚜껑을 열었다.

정신을 차려보니 내가 눈을 꼭 감고 쓰레기통 안을 보지 않으려 하고 있었다. 나는 천천히 눈을 뜨며 다시 빛에 적응했다. 쓰레기통 안을 살펴보았다.

검은색 쓰레기 봉지가 전부였다.

모자가 사라졌다.

27장

–

메건

지난밤엔 잠을 거의 못 잤다. 이 사건의 진상을 파악하게 해줄 거라 생각했던 것이 내 마음을 곤두박질치게 했다. 애초에 그 모자가 우리 집 쓰레기통에 있었던 건 맞나? 모든 게 내 상상이었던 건 아닐까? 차라리 그랬으면 좋겠다. 제발 그랬으면 좋겠다.

그렇지만 또 다른 가능성 때문에 잠을 이룰 수가 없었다. 크리스가 라일리를 죽이고 흔적을 없애려고 쓰레기통에 모자를 던져넣었다가 다른 곳으로 옮긴 거라면? 결국 어디에선가 모자가 발견될 텐데. 크리스는 모자를 어떻게 처리한 거지? 그는 바보가 아니다. 태워버렸을 가능성이 높다. 증거를 없애기 위해서.

그건 환각이었을 뿐이야. 나를 달래보았다. 잠이 부족해서 그래. 산후 우울증의 증상이겠지. 어쩌면 그것보다도 더 심각한 정신적 문제 때문일지도 모르지만 어찌 됐든 곧 해답을 찾을 수 있을 거야.

몸을 돌려 시계를 보니 아침 7시 54분이었고 에비는 아직 꿈나라에 있다. 잠시 베이비 모니터baby monitor: 집 안 곳곳에서 아기방을 볼 수 있게끔 설치한 폐쇄 회로 장치를 통해 아기 침대에 누워 있는 에비의 모습을 지켜보았다. 이번 주부터 드디어 에비가 밤에 잠을 자기 시작했다. 그게 나의 유일한 낙이었다.

크리스가 층계 맞은편의 욕실로 들어가는 소리가 들렸다. 나는 몸을 뒤척이다가 잠시 눈을 감았다.

그러다 깜빡 졸았나 보다. 크리스가 수건으로 머리를 털면서 방으로 다가오는 소리에 잠에서 깼다. 반바지 차림의 크리스가 문가에 멈춰 섰다.

"에비는 아직도 자?"

"어, 어."

"내가 샤워하는 소리에 에비가 항상 깨니까."

"그러게. 에비가 좀 피곤한가 봐."

나는 다시 베이비 모니터에 눈길을 주었다.

크리스는 침실 문을 닫고 수건을 바닥에 집어 던졌다.

"이런 기회를 놓칠 수는 없지."

이렇게 말하고는 침대에 무릎을 꿇으며 몸을 구부려 내게 키스했다.

반응을 보이지 않으려고 애썼다. 어쨌든 거부하지 않으려고 했다.

그의 화를 돋우고 싶지 않았다.

"이제 그만 일어나야 해. 시내에 가서 물건 몇 가지 좀 사 오려고."

"10분만."

크리스가 내 목에 키스하면서 잠옷 속으로 손을 넣었다.

나는 조금씩 그의 손길을 받아들였다. 그리고 우리는 에비가 태어나기 전처럼 격렬하게 20분 동안 서로의 몸을 탐했다.

섹스를 마친 후, 크리스는 몸을 돌려 침대에 누웠다. 그의 얼굴을 보았다. 무슨 생각을 하는지, 어떤 기분인지 궁금했다. 크리스가 손으로 코를 문지르자 그의 손에 붙어 있는 반창고가 보였다. 농담 삼아 크리스가 살구색 반창고의 모델을 하면 딱 좋겠다고 말하곤 했는데, 그의 피부색이 반창고 색과 너무나 비슷했기 때문이다.

"반창고 왜 붙였어?"

"응? 아, 베였어."

"언제?"

"어제 정원 손질하다가. 그 망할 놈의 나무를 뽑아버리느라고 말이지."

"그랬구나. 몰랐네."

"굳이 말해서 뭐 하게. 상처가 크지도 않은데."

"어쩌다 그랬어. 나무에 찔렸어?"

"글쎄, 잘 모르겠네. 아마도?"

"반창고 붙이기 전에 상처는 깨끗이 씻은 거야?"

말이 목에 걸려 잘 나오지 않았다.

"물론이지."

"어디서 씻었는데?"

"그게 왜 궁금해? 세면대에서 씻었지."

"어느 세면대?"

크리스는 이제 한쪽 팔을 짚고 몸을 일으켜 나를 바라보았다.

"욕실에 있는 거. 대체 왜 그러는데?"

나는 아무 일도 아니라는 표정으로 크리스를 바라보았다.

"그냥. 상처에 균 들어갔을까 봐 걱정돼서 그러지."

몸을 굽혀서 크리스에게 키스했다. 크리스가 이 말에 마음을 놓고 내가 그저 걱정돼서 질문한 것뿐이라고 믿기를 바랐다.

그렇지만 뭔가 일이 잘못된 것 같다.

28장

–

메건

그다지 중요하지 않다고 생각하는 것이 머릿속을 떠나지 않는다니 이상한 일이다. 마치 내 머리가 그 생각을 대응 기제로 사용하고 있는 것 같다. 내 뇌는 남편이 끔찍한 살인범일지도 모른다는 생각으로 스스로를 괴롭히는 대신 일상 속 잡다한 것들을 생각하기 시작했다. 지금 내 머릿속에 가장 큰 자리를 차지하고 있는 생각은 내가 외출해 있는 동안 크리스가 에비와 단둘이 시간을 보낼 수 있어 다행이라는 것이었다.

어쩐지 내 행적을 감춰야만 할 것 같은 기분이 들었다. 애슈퍼드 박사를 다시 만날 거라고 크리스에게 말하지 않았다. 이유를 물어보면 어떻게 대답해야 할지 모르겠다. 마을 중심가에 있는 주차장에 차를 세워두고 병원으로 향했다. 누가 나를 볼까 봐 뒷길로 걸어갔다.

반쯤 걸어갔을 때 핸드폰이 울렸다. 가방에서 꺼내어 확인해보니 모르는 번호였다. 어쨌든 통화해보려고 핸드폰을 귀에 가져갔다.

"여보세요?"

"메그? 나야!"

듣자마자 누군지 알 수 있었다. 상대방도 내가 그럴 줄 알고 있었으리라. 저 뻔뻔하고 잘난 척하는 목소리는 굳이 자신이 누군지 밝히지 않아도 금방 알아차릴 수 있다.

"그래."

로런은 몇 년 동안 연락도 하지 않다가 왜 하필 지금 나에게 전화를 걸겠다고 결심한 걸까? 그리고 '메그'라고? 우리가 이렇게 쉽게 화해할 수 있다고 착각하는 건가?

"나랑 통화하고 싶지 않은 거 아는데, 지난 일은 이제 그만 잊어버리자."

정말이지 로런이라는 인간에게 딱 어울리는 말이다. 그리고 이건 사과가 아니다. 우리가 지난 몇 년간 대화하지 않은 게 자기 잘못임을 로런은 인정하지 않는 것이다.

"나 시내에 나와 있어."

이게 통화를 하고 싶지 않은 이유라도 되는 것처럼 말했다. 그렇지만 '나중에 전화할게' 따위의 말은 덧붙이지 않을 것이다.

"들어봐. 제임스랑 얘기해봤는데 가족끼리 식사하는 자리를 만들면 어떨까 해서. 다 같이 말이야. 우리 옛날 일은 잊어버리자. 그리고 아직 우리한테 에비 얼굴도 안 보여줬잖아. 이런 상태는 아무한테도 도움이 안 돼."

기가 막혔다. 아기가 태어났다고 해서 연락을 끊고 지내던 가족과 갑자기 친한 척이라도 해야 한다는 건가? 나를 '까르륵거리고 빽빽 울어대는 아기가 없으면 그다지 만나고 싶지도 않지만, 그래도 나름 사리 판단은 할 줄 아는 인간'이라고 평가한 건가, 지금?

"크리스한테 얘기해볼게"라고 대답했다.

"크리스도 찬성할 거야."

분노가 치밀어 올랐다. 자기가 뭔데 내 남편 생각이 어떻다고 단정 짓는 거지? 나도 지금 이 순간 크리스가 무슨 생각을 하고 있을지 전혀 모르겠는데.

생각해보면 자매끼리 대화도 하지 않고 지낸다는 게 부끄러운 일이긴 하다. 어릴 때 나와 로런은 아주 가깝게 지냈다. 물론 다른 자매들이 그러듯이 자주 싸우기도 했다. 로런의 타고난 고집과 자기 말이 얼마나 기분 나쁘게 들리는지 알아채지도 못하는 무신경함 때문이었다. 엄마는 내가 너무 생각이 많아서 있지도 않은 문제를 걱정한다고 말하곤 했다. 그 말이 옳다고 인정하는 부분도 있다.

그렇지만 난 사과를 받고 싶다. 적어도 내게 마지막으로 했던 말이 얼마나 모욕적으로 들렸는지 로런이 조금이라도 알았으면 좋겠다. 무릎 꿇고 싹싹 비는 건 바라지도 않는다. 다만 자기 말이 내게 어떤 상처를 줬는지 좀 깨달았으면 좋겠다. 그 상처를 안타까워하는 건 나중 문제다.

"로런, 미안한데 그렇게 만사를 대충 넘어가려고 하지 말아줘. 그때 나 너 때문에 정말 화가 났어. 크리스도 마찬가지야. 넌 몰랐겠지만."

"그래, 그런 것 같더라. 그날부터 대놓고 나하고 연락을 끊었잖아."

한숨이 나왔다.

"한마디만 하면 되잖아, 로런. 넌 시도조차 하지 않는구나."

"이제 와서 그게 무슨 소용인데? 내가 사과하면 언니가 더 이상 상처받지 않을 거야? 사건이 터진 다음에 미안하다고 말한들 무슨 의미가 있는데 그래? 그런다고 모든 문제가 해결되진 않아."

"그래, 우리 모두 실수를 저지르면서 살아가지. 그런데 미안하다고 사과하는 건 자기 잘못을 인정하고 다시는 그렇게 행동하지 않겠다고 약속한다는 의미야."

"내가 내 잘못을 모른다고?"

로런은 한마디도 지지 않았다.

"원한다면 사과할게. 근데 이미 벌어진 일인데 사과한다고 뭐가 달라지는지 모르겠어."

아무 대꾸도 하지 않았다. 말을 더 꺼냈다가는 내가 폭발해버릴 것만 같았다.

"언니, 언니는 내가 어떤 사람인지 알잖아. 나 같은 사람한텐 이런 전화를 거는 것조차 힘들다고. 난 지나간 일에 후회 따윈 하지 않아.

하지만 내가 먼저 나섰잖아. 내가 전화를 걸었잖아. 가족 식사 모임에 언니네 부부를 초대해서 올해 들어 처음으로 다 같이 둘러앉아서 음식을 먹게 하려고. 지나간 일들은 잊자고. 내가 언니한테 미안한 마음이 없다고 생각한다면 할 수 없지. 하지만 솔직히 난 말보다 행동으로 보여줘야 한다고 생각하는 쪽이야."

결국 잘나신 로런이 이런 식으로 갑자기 해결 방안 나부랭이를 툭 던진다. 마지막에 자존심을 굽혀야 하는 사람은 나다. 로런은 이런 상황에서 기가 막히게 전세를 역전시켜 우위를 차지하는 재주가 있다.

또 한숨이 나왔다.

"언제 어디서 만나자는 거야?"

"일요일 점심, 포레스터즈 어때?"

"이번 주 일요일?"

바빠서 시간을 내기 어려운 것처럼 말했지만 사실 유감스럽게도 전혀 그렇지 않았다. 포레스터즈는 여기서 10킬로미터 정도 떨어진 곳에 있는 우리 마을 인기 레스토랑이다. 일이 년 전에 새롭게 단장했다고 하는데 나와 크리스는 가본 지 오래다.

"그래, 이번 주 일요일. 언니가 시간이 괜찮다면 말이지."

"이틀 남았네. 아마 갈 수 있을 거야. 집에 가서 크리스한테 확인해보고 문자 보낼게."

"좋아, 거기서 밥 먹고 우리 집으로 다 같이 놀러 가는 거야. 엄마가 얘기했는지 모르겠지만, 나랑 제임스 새집으로 이사했거든."

"얘기했어. 좋은 생각이네. 어쨌든 내가 나중에 문자 보낼게. 지금 은행 가는 길이거든."

또 다른 주택가 모퉁이를 돌면서 나는 이렇게 대답했다.

결국 또 이런 식으로 내 동생이 내 삶에 끼어들었다. 마치 아무 일도 없었던 것처럼. 이런 식으로 동생과 마주하는 게 최선은 아닐 거라는 불길한 예감이 들었다.

29장

–

메건

학교를 무단결석한 불량 소녀가 된 심정으로 병원 대기실에 앉아 있었다. 갑자기 극심한 불안감이 엄습해왔다. 난 왜 여기에 온 거지? 여기서 뭘 하고 있지? 괜찮을 거야. 나를 또 한 번 다독였다. 애슈퍼드 박사로부터 나의 이런 심리 상태는 산후 우울증의 아주 흔한 증상이라는 말을 듣고 싶었다. 아니어도 괜찮다. 전혀 상관없는 이유 때문일지도 모른다. 완전히 별개의 문제 때문일지도. 하지만 내가 이러는 이유가 사실이어서는 안 된다.

심장이 밖으로 튀어나올 것 같은 기분이 들어서 손톱을 물어뜯었다. 나는 신경이 예민한 사람이 아니다. 적어도 최근까지는 그랬다. 지금은 문이 닫히고 누가 기침만 해도 안절부절못하는 지경이다. 이미 나는 한계 상황이라서 누군가의 도움이 절실하다. 막다른 골목에 몰렸음을 인정하기까지 왜 이리 오랜 시간이 걸렸는지 모르겠다. 하지만 내가 달리 뭘 어떻게 할 수 있었을까?

내 차례가 됐다. 벌떡 일어나서 애슈퍼드 박사의 방으로 급히 들어갔다. 전광판에서 내 이름이 되도록 빨리 사라지길 바라는 마음뿐이었다.

"메건, 잘 지냈어요?"

박사가 인사를 건넸고 나는 애슈퍼드 박사의 책상 옆에 있는 의자에 앉았다.

"좋은 질문이네요."

"지난번 상담 때 했던 이야기를 계속해볼까요?"

"네, 그래요."

"뭔가 달라진 게 있나요?"

한숨이 나왔다. 뭐라고 대답해야 좋을지 모르겠다. 아무것도 바뀐 게 없다고 해야 할지, 모든 게 바뀌었다고 해야 할지. 둘 다일 수도 있다. 그 중간 어디쯤일 수도 있고.

"좀 걱정되는 일들이 있어서요."

간신히 말을 꺼냈다. 애슈퍼드 박사와 시선이 마주치지 않기 위해 노력했다.

애슈퍼드 박사가 앉은 자세를 바꿔 몸을 앞으로 살짝 내밀었다.

"어떤 생각인가요? 혹시 자신을 해치고 싶어진 겁니까?"

고개를 저었다.

"아니요…. 환각에 좀 더 가까워요. 뭔가를 자꾸 상상하게 되는데 이게 현실인지 아닌지 점점 분간이 안 가요. 제 머릿속 생각 때문에 너무 괴로워요."

박사가 조심스럽게 고개를 끄덕였다.

"예를 들면요?"

또 한숨을 쉴 수밖에 없었다. 드디어 올 것이 왔구나. 이제 모 아니면 도다. 누군가에게 직접 말로 내 생각을 털어놓는 것은 이번이 처음이다. 말을 하고 나면 두 번 다시는 예전으로 돌아갈 수 없다.

"최근에 몇 가지 사건이 있었어요. 동네에서 남자아이가 두 명이나 살해당했거든요. 그 생각이 제 머릿속에서 떠나질 않아요. 저도 최근에 아이를 키우는 엄마가 되었기 때문일 수도 있어요. 그런데… 그런데 사실은 제 남편이 그 사건과 관련이 있는 것 같아요."

애슈퍼드 박사가 내 얘기에 충격을 받았다면 아마도 이쯤에서 내 말을 끊었을 것이다. 하지만 그는 언제나 그랬듯이, 어떤 종류의 이야기도 다 들어주었다.

"그래요. 그런 생각을 하게 된 계기가 있나요?"

차마 이 이야기를 입 밖에 내기가 어려웠다. 마음속에 그려보니 앞뒤가 안 맞았다. 어떻게 설명해도 우습게 들리긴 마찬가지일 것이다. 야구 모자 이야기는 완전히 빼버리기로 마음먹었다.

"살인 사건이 일어났을 때 크리스는 밖에 있었어요. 죽은 아이 둘 다 크리스가 가르쳤던 애들이고요. 크리스는 교사거든요. 게다가 사건이 있고 난 뒤로 남편의 행동이 너무 우스워요. 괴팍하게 굴고 거리를 두고 있어요."

"속상해서 그럴 수도 있어요. 자기가 아는 아이들, 가르쳤던 학생들이 죽었다는데 아무렇지 않을 리가 없지요. 남편분하고 얘기를 해 보신 적이 있나요?"

이번에도 내 대답은 '아니요'였다.

"살짝 언급은 한 적 있어요. 남편이 라일리 이야기를 했었거든요. 첫 번째로 죽은 학생이요. 그리고 두 번째 학생 카이의 소식을 들었을 때 남편은 완전히 넋을 놓았어요."

"그래요. 남편분께 큰 트라우마가 생긴 겁니다. 같은 상황이어도 사람들의 행동 방식은 저마다 다르니까요. 남편분은 평소에 힘든 일이 있으면 어떻게 해결하시나요?"

나는 잠시 고민에 빠졌다.

"아무것도 안 해요. 아버님이 돌아가셨을 때도 그저 상황을 받아들이는 쪽이었어요. '그렇구나, 그렇지'라는 말만 되풀이하고 평소와 다른 게 없었는걸요. 아버님 장례식장에서 눈물도 흘리지 않았어요."

"그게 남편분의 위기 대처 방식이군요. 아주 흔하게 보이는 방식이지요."

"그런데 요즘은 그렇지 않았어요."

여기까지만 말하고 멈추었다.

"누구에게나 나름의 한계점이 있으니까요."

애슈퍼드 박사의 말에 깊이 공감했다.

"아버지와의 관계는 가르치던 학생들과의 관계와는 완전히 다르죠. 당신은 어떻게 대처하셨나요?"

"무슨 말씀이신지 모르겠는데요."

"그 소식에 어떻게 반응하셨냐는 뜻입니다. 당신도 그 일에 영향을 받았을 테니까요. 이 지역의 학부모들 대부분이 근심에 휩싸였을 것 같은데요."

"그래요. 그런데 그게… 그런 게 아니라, 전 제 정신 상태가, 제가 하는 생각들이 더 걱정스러워요."

"이해합니다. 그런 생각들이 불편하다는 건가요?"

"네, 아주 많이요."

"더 심해지나요?"

"네, 그런 것 같아요."

"고민이 되네요. 약한 항우울제를 좀 처방해드리고 싶은데 모유 수유 중에 따님에게 약 성분이 전달될 가능성도 있습니다. 의학적으로 검증된 바는 없지만, 최종적으로 어떻게 할지는 메건이 결정해주셔야 해요."

"부작용이 있나요?"

박사는 눈썹을 치켜뜨며 깊은 한숨을 쉬었다.

"단정 지어 말하기는 어렵지만 미량의 약만 따님에게 흡수되어도 부작용이 나타날 가능성이 있습니다. 우선 올란자핀olanzapin: 정신 분열 증상의 치료제을 아주 조금만 처방해보겠습니다. 이 약은 부작용이 좀 있는 편이긴 하지만 심각한 것들은 아니니까요. 관절 통증, 혈중 콜레스테롤 수치 증가, 식욕 증가, 피곤함 같은 것들입니다. 탈수 증세도 있을 수 있고요."

"그런 증상들이 에비한테도 영향을 줄 수 있다는 말씀이신가요?"

"그럴 가능성도 있어요. 그렇지만 이 약에서 파생된 약품이 모유 수유 중인 여성의 어지럼증과 구토를 치료하는 데 사용되기도 합니다. 최소한의 약만 처방해드리겠습니다. 2.5밀리그램 정도만 복용하면서 일주일 동안 경과를 지켜보기로 하지요. 어떠신가요?"

나는 고개를 끄덕이며 억지로 미소를 지어 보였다. 이건 중요한 문제다. 약 처방이 효과를 보인다면 나는 이 모든 게 내 망상에 지나지 않았음을 확인할 수 있다. 그런데 애슈퍼드 박사에게 지금까지의 모든 상황을 다 털어놓지 않았다는 점이 자꾸 마음에 걸렸다. 어쨌든 나는 곧 진실을 알게 될 것이다.

30장

크리스

경찰이 또 왔다 갔다. 이번에는 사복 차림의 형사 두 명이었다. 상급자의 이름은 매케너였고 경위인 듯했다. 신출내기는 브레넌이었다. 두 사람은 학교에서의 보호 의무 준수 여부를 물었다. 낯선 사람을 따라가면 안 된다든가 혼자 집에 가선 안 된다는 것 등을 학생들에게 잘 교육하고 있는지 확인한 것이다. 형사의 말에 따르면 카이 볼턴도 원래 아버지가 집에 데려다주기로 되어 있었는데 무슨 이유에서인지 아이가 혼자서 귀가했다는 것이었다. 얘기를 듣자마자 아버지란 사람은 지금쯤 제정신이 아닐 거라고 확신했다.

형사들은 두 소년을 죽인 사람으로 짐작 가는 사람이 없는지 듣고 싶어 했다. 나는 그 말에 동요해 흥분해버렸다. 생각나는 사람이 없다고 대답했다. 정말 경찰에게 도움이 되고 싶긴 하지만 내가 할 수 있는 일이 없다고 말했다. 그렇지 않아도 사건 소식을 듣고 머리를 쥐어짜 보고 있지만 모든 가능성을 다 고려해보아도 떠오르지 않는다고 말이다.

이번에 온 형사들은 모두를 의심하는 것처럼 보였다. 용의 선상에서 사람들을 한 명씩 제거해나가는 방식으로 수사를 진행하고 있기 때문에 모든 사람에게 공평한 셈이었다. 그들은 며칠 전에 왔던 경찰들이 했던 질문을 거의 그대로 되풀이했다. 말을 바꾸거나 앞뒤가 안 맞는 사람을 가려내려고 일부러 그러는 건가 싶기도 했다. 하지만 어쨌든 내 대답에 큰 불만은 없어 보였고, 그럼 됐다.

그동안 밤에 잠도 거의 못 자고 내가 할 말을 머릿속으로 정리했다. 대사를 외우는 배우처럼 몇 번이고 되풀이했다. 경찰에게 사건 당일 언제 집을 나섰다고 말했는지 기억해두었다. 그날 내가 낚시를 했던 장소라고 말한 곳을 지도에 표시해두기도 했다. 내가 낚시할 때 지나간 사람은 없었다고 말했던 것도 기억해두었다. 내 진술이 신빙성을 잃기 쉬운 부분이긴 하지만 할 수 없었다. 그곳은 원래 사람이 잘 다니지 않는 장소다. 나는 낚시하는 내내 그곳에만 있었고 그날 고기는 별로 잡지 못했다. 치어 몇 마리를 잡았을 뿐이었고 언제나처럼 모두 놓아주었다. 그냥 혼자 있고 싶어서, 나만의 시간이 필요해서 낚시를 한 것뿐이다. 내 말에 거짓은 조금도 없다.

이번에도 그들은 내 말을 모두 믿는 것 같았다. 그럴 것이다. 며칠 전에 했던 말과도 완벽하게 일치하니까. 그리고 별달리 나를 의심할 이유도 없다. 그냥 이렇게 넘어가기를 바랄 뿐이다. 만약 경찰이 진실을 밝혀낸다면 할 수 없지. 모든 게 끝이다.

경찰은 언론에 이 마을을 건드리지 말고 우리가 이 사건들을 받아들일 시간을 달라고 요청했다고 한다. 그동안 끝도 없이 쏟아지는 전화와 방문자들의 노크 소리로 정신이 없었다. 이런 건 아무한테도 도움이 안 된다. 교사 두세 명과 이번 일에 관해서 이야기를 나누어 보았는데 다들 비슷한 상황인 것 같았다. 모든 황색 신문은 죽은 두 소년과 그 가족들에 관한 정보를 캐내려고 혈안이 되어 있었다.

별로 기대하지 않았는데 언론은 금방 잠잠해졌다. 언론은 경찰이 부탁만 하면 사람들을 괴롭히지 않고 그냥 두나 보다. 시키는 대로 하지 않으면 경찰에게서 어떤 흥미로운 정보도 얻을 수 없을 테니까 말이다. 천천히, 천천히, 원하는 바를 얻으려는 것이다.

형사에게 범인을 찾기 위해서 어떤 노력을 하고 있냐고 물었지만 자세한 답을 들을 수가 없었다. 나는 현장에서 DNA를 채취해보았냐고도 물어보았다. 어쨌거나 그건 경찰이 반드시 해야 할 일이니까. 그렇지만 시체에서 채취한 DNA는 어떤 전과자의 것과도 일치하지 않는다는 답변을 들었다. 그 주변에서는 수백 명의 DNA가 검출될 거라고 형사에게 말했다. 시체가 발견된 장소는 공공장소다.

바로 지금, 여러 가지 일들이 우리 주변에 유령처럼 다가와 있다. 생각해야 할 일들이 말도 안 되게 많다. 내일 있을 가족 식사 자리는 어느 누구도 원하지 않는다. 지나간 일을 되돌릴 수 있다면 좋겠지만, 메건과 로런이 화해하는 게 좋은 일인지 확신할 수가 없다. 두 사람은 만나면 항상 싸웠다. 때로는 서로 거리를 두고 지내는 편이 나을 때도 있다.

지금까지는 모든 걸 그런대로 잘 유지하고 있다. 비밀을 단단히 감춰왔다. 적어도 지금까지는 그렇다. 그렇지만 이 상태를 얼마나 더 유지할 수 있을지는 모르겠다. 어느 시점이 되면 내가 무너져버릴 것이다. 모든 비밀이 밝혀지고 나는 아무런 조치도 취할 수 없게 되겠지. 우리 모두에게는 저마다의 한계점이 존재한다. 그리고 나는 이미 한계점에 거의 도달했다.

새로운 사람이 되려면 대가를 치러야 한다. 거짓말을 하고 비밀을 감추고, 모든 게 다 잘 풀리고 있는 것처럼 연기해야 한다. 나는 이런 식으로 행동하는 사람이 아니다. 아니, 이런 식으로 행동하는 사람이 아니었다. 그렇지만 지금은 이런 식으로 행동해야만 한다는 걸 안다. 지금부터 나의 인생은 비밀과 거짓으로 가득 찰 것이다. 그리고 이제 나는 그런 상황에 익숙해져야만 한다. 그렇지 않으면 내가 나의 가장 큰 적이 되고 가장 버거운 짐이 될 테니까. 나만 입을 다물면 아무도 비밀을 알 필요가 없다. 모든 것이 차츰 제자리를 찾을 것이다. 내가 더 이상 일을 저지르지 않으면 상황이 더 심각해지지 않을 것이다.

급할수록 돌아가라는 옛말도 있지 않은가? 지난 몇 년간 들었던 말 중에서 가장 맞다고 생각하는 말이다. 아무리 생각해봐도 내 생각이 앞서간 것 같지는 않지만 감정은 여전히 남아 있다. 다음번엔 모든 게 완전히 무너져내릴 수도 있다. 누군가 나를 볼지도 모른다. 그때는 더 이상 이야기를 꾸며내지 못할 것이다. 그동안 사소한 문제들에 관해서 거짓말을 해왔고 나도 모르게 앞뒤가 안 맞는 말도 했으니까. 더 이상은 그런 위험을 감수할 수 없다. 그렇게는 못 하겠다.

어쨌든 지금은 내 가족이 나를 필요로 한다. 그들에게 집중하지 않으면 나는 모든 것을 잃고 말 것이다. 내게 가족 말고 무엇이 더 있단 말인가? 자기 파괴적인 행동을 해봤자 아무에게도 도움이 되지 않는다. 특히 메건과 에비에게는.

그래서 나는 모든 사실을 숨기려고 한다. 나는 멈춰야만 한다. 그렇지 않으면 모든 게 끝나버릴 것이다.

그런 위험을 감수할 수는 없다.

31장

–

메건

약을 먹기 시작하면서 불안 증세가 좀 가라앉았다. 마음이 편해지는 것을 느낀다. 신문은 누가 라일리와 카이를 죽였는지를 두고 온갖 추측을 해댔다. 기자들이 집 앞에 진을 치고 두 아이가 학교에서는 어땠는지 들려달라고 난리였다.

나만 그렇게 생각하는 것일 수도 있지만 크리스는 요 며칠 기분이 좋아 보인다. 어쩌면 크리스는 항상 잘 지내고 있었고 나 혼자 부정적인 상상을 했을 뿐인지도 모른다. 이것도 정신병의 일종이라면 충분히 있을 수 있는 일이다. 처방받은 약이 이렇게나 빨리 효과를 나타낼 줄은 몰랐다. 항정신병약은 항우울제와 비슷하다고 생각했다. 효과가 나타나려면 몇 주 정도는 걸릴 거라고 예상했다. 항우울제는 효과를 보기 전에 증세가 악화되는 순간이 찾아오는데, 이번에 복용하는 약은 달랐다. 나는 눈에 띄게 차분하고 침착해졌다. 모든 문제가 해결된 것 같은 기분이었다.

오늘은 가족 식사도 그다지 부담스럽게 느껴지지 않았다. 이틀 전에 로런이 전화를 걸었을 때부터 걱정이 끊이지 않았는데 막상 닥쳐오니까 마음이 편해졌다. 나쁜 일이 일어나봤자 뻔하잖아? 로런이 또 못되게 굴고 다시 나와 말도 안 하게 되는 게 고작이지. 더 나아질 것도 없고 더 나빠질 것도 없는 거다. 하지만 반대일 수도 있다. 로런이 내게 진심을 담아 사과를 하고 영원히 내 편이 되겠다고 약속하면 근사한 식사 자리가 될 수도 있다. 그리고 로런과 나는 좋은 친구로 남을 것이다. 그럴 가능성은 거의 없지만. 알고 있다.

가지고 있는 옷 중에서 가장 좋은 것을 입고 정성 들여 머리를 매만지고 화장도 해야겠다. 원래는 그런 것에 신경 쓰는 사람이 아니지만 이번에는 멋져 보이고 싶다는 생각이 든다. 로런이 달라진 게 하나도 없다는 사실을 다시 한번 보여준다 해도 내 옆에는 나의 아름다운 가족이 있을 것이고, 나는 술이 들어가 발그레해진 얼굴을 당당하게 들고서 그 빌어먹을 레스토랑을 빠져나와 나의 완벽한 일상으로 돌아갈 것이다. 정말로 로런이 나를 만나려고 애쓰는 거라면 그 정도쯤은 각오해야 할 것이다.

에비도 게임을 하고 있는 것만 같다. 오늘 아침에는 9시 30분에 일어나서 말을 참 잘 들었다. 하루 종일 그랬으면 좋겠다는 생각이 들었다. 완벽한 슈퍼 맘의 모습으로 시작해놓고 레스토랑이 떠나가라

울어대는 에비 때문에 정신 나간 늙은 마녀로 변하고 싶지는 않다.

에비가 늦잠을 잔 덕분에 오늘도 크리스와 나는 아침 시간을 충분히 즐겼다. 우리는 몇 달 동안 섹스를 하지 않았다. 아니, 섹스다운 섹스가 없었다고 해야겠다. 그런데 이번 주 들어서 벌써 두 번이나 만족스러운 섹스를 했다. 이게 새로 자리 잡은 일상이라면 난 충분히 받아들일 수 있다.

크리스는 내가 요 며칠 사이에 많이 달라진 것 같다고 말했다. 의사를 만난 게 효과가 있었냐고 물어보길래 그런 것 같다고 대답했다. 약을 처방받았다는 사실은 숨겼다. 내가 항정신병약을 먹고 있다는 사실을 크리스에게 알리고 싶지는 않았다. 이유는 모르겠지만 어쨌든 그랬다. 애슈퍼드 박사와 깊이 있는 대화를 나누었고, 그가 알려준 몇 가지 대처법과 운동 요법이 도움이 되고 있다고만 말했다. 어차피 결과가 같다면 그게 약 때문이라는 걸 굳이 알릴 필요는 없다.

레스토랑에 주차한 순간 조금 긴장이 됐지만 나쁜 긴장감은 아니었다. 어쨌든 오늘은 나와 로런의 관계에 있어서 중요한 이정표가 될 날이니까.

약속 시각 15분 전에 도착했는데도 로런과 제임스는 먼저 도착해서 자리에 앉아 있었다. 우리 부부도 꽤나 규칙적이고 부지런한데 로런은 항상 우리를 앞질렀다.

제임스가 먼저 일어나서 크리스에게 다가오더니 악수를 청했다.

그리고 내 양쪽 뺨에 키스했다. 유럽식 인사다. 제임스는 대부분의 여성들이 '완벽남'이라고 부를 만한 조건을 모두 갖춘 남자였다. 키가 크고 머리색은 어두운 갈색이며, 잘생기고 능력도 뛰어났다. 그렇지만 개인적으로는 그를 '능글능글하고 하찮은 자식'이라고 부르고 싶다. 뭐, 취향은 사람마다 다르니까.

로런은 테이블에 앉아서 기다리다가 우리가 다가오는 것을 보고 인사를 건넸다. 제임스와 내가 인사했던 방식 그대로 로런과 크리스도 인사를 나누었다. 전형적인 중산층의 허세다.

"안녕, 언니."

로런이 팔을 살짝 벌렸다. 나를 안아주기라도 하려는 것 같았다. 그렇지만 먼저 화해를 제안하는 사람이 자기라는 것을 인정하고 싶지는 않아 보였다. '기왕이면 제대로 해보자.' 나도 나를 다독이면서 로런의 포옹을 받아들였다. 짧고 어색한 포옹이었다. 누가 먼저 팔을 풀었는지는 기억나지 않는다. 그렇지만 결국 해냈다. 우리의 신체 접촉이 이루어졌다.

내가 아는 내 동생이라면, 아마 지금쯤 만사가 다 자기 뜻대로 되어간다고 의기양양해져 있을 것이다. 나와 포옹을 했으니 모든 문제가 다 해결된 셈이라고 생각하겠지. 그렇지만 사실 한 번의 포옹과 점심 식사로 해결될 문제는 아니었다.

"에비는 엄마가 봐주고 계신 거야?"

로런이 물었다. 나는 에비 이야기를 먼저 꺼내지는 않겠다고 다짐

했었다. 로런이 에비 이야기를 꺼내는 데 얼마나 걸릴지 지켜보기로 마음먹고 온 참이었다.

"어, 그게 낫겠다 싶어서."

외출하기 한 시간 전에 갑자기 엄마에게 도움을 요청했다는 사실은 굳이 덧붙이지 않았다. 원래는 에비를 데려오려고 했지만 안 되겠다 싶었다. 에비가 정신을 분산시키는 것을 원치 않았다. 그리고 나는 로런이 에비가 궁금한 게 아니라 정말 나를 만나고 싶어 하는 건지 확인하고 싶었다.

"어른들끼리 즐겁게 노는 거지. 좋잖아."

"물론이지. 테일러랑 시오는 제임스의 여동생이 봐주고 있어. 걔들은 여기 와봤자 심심해하기만 할 테니까."

'그래서 항상 아이들에게 아이패드를 쥐여주는구나'라고 대꾸해주고 싶었지만 그렇게 하지는 않았다. 나와 크리스는 신혼일 때부터 약속한 게 있었다. 레스토랑에 아이들을 데려오면서 제대로 통제할 능력이 없어 전자기기를 보여주면서 조용히 시키는 그런 부모는 되지 말자고.

중산층의 허세가 흘러넘치는 대화가 몇 마디 오간 다음, 메뉴판을 보면서 음식을 주문했다.

"주문은 위층의 바에서 해야 하나 본데. 내가 갔다 올게."

제임스가 나섰다. 그리고 크리스에게 함께 가자고 했다. 크리스는 천천히 그의 뒤를 따랐다. 나와 로런이 단둘이 남아 있는 게 낫겠다고 생각해서 그러는 건지, 아니면 이 숨 막히는 분위기를 벗어나고 싶어서 그런 건지는 모르겠다.

"여기 괜찮다."

잠깐의 침묵을 깨고 로런이 먼저 입을 열었다.

"응, 한 번도 와본 적이 없어. 인테리어를 바꾼 다음에는."

"우리도 마찬가지야. 근데 평이 괜찮더라고."

"음."

나는 어정쩡하게 대답했다.

"있잖아, 남자들이 돌아오기 전에 할 얘기가 있어. 난 정말 우리가 다시 잘 지낼 수 있었으면 좋겠어. 부끄러운 과거는 지워버리자. 우린 다시 잘 지낼 수 있을 거야. 내 두 아들도 있고 에비도 있잖아. 사촌들끼리 서로 얼굴도 모르고 살게 한다는 건 말도 안 돼."

"그건 그래."

'그게 다 누구 탓인데?'라고 쏘아붙이고 싶었지만 꾹 참으면서 대답했다.

"아이를 가질 수 없다고 생각했을 때 언니, 너무 괴로웠을 거야. 내가 멍청한 말을 했어. 언니가 얼마나 화가 났을지 알아."

"네가 안다고?"

정말로 궁금해서 물어보았다. 로런은 공감이라는 걸 모르는 인간이다.

"물론이야. 우리가 운이 좋았던 거지. 제임스랑 나 말이야. 우리만큼 행복하지 않은 사람들도 있더라고."

'그럼 그렇지.'

내 생각이 맞았다.

"들어봐, 언니. 그때 언니를 화나게 하려던 게 아니었어. 나, 가끔씩 아무 생각 없이 말하잖아. 엄청난 고집쟁이에다가 남에게 잘못했다고 하느니 차라리 죽는 게 낫겠다고 생각하는 사람이기도 하고. 미안하지 않았다는 게 아니야. 내가 한 말이 무슨 뜻인지도 제대로 몰랐다는 말을 하고 싶은 거야."

"그래, 네가 미안하지 않다고 말하려는 게 아니라면…."

그 순간 로런이 나를 바라보았다. 로런이 내게 사과를 하려는 건지 아니면 자신을 궁지에 몰아넣었다고 욕을 퍼부어대려는 건지 판단할 수가 없었다.

"미안하다고. 미안하다고 말하고 싶은 거야."

"이제 신경 쓰지 마"라고 말했다. '고마워'라고 말할까도 생각했지만 그건 너무 비굴하게 들렸다. 이 분위기를 망칠 이유가 전혀 없다. 로런이 태어나서 처음으로 자기 잘못을 인정하는 걸 보기까지 너무 오랜 시간이 걸렸다.

이야기가 더 심각해지기 전에 제임스와 크리스가 주문한 음식을 가지고 돌아왔다.

"식사 마치고 자기 집에 와보면 어떻겠냐고 제임스가 물어보는데. 우리가 좋아할 만한 최신 보드게임도 몇 개 있다고 하네."

"그래, 가자!"

로런이 소리쳤다. 흥분한 게 틀림없었다.

"'진실게임'이라는 보드게임도 있어. 왜 TV 프로그램 중에서 유명인들이 자기 비밀을 말하면 그게 진짜인지 아닌지 맞히는 거 있잖아? 이 게임도 비슷해. 근데 훨씬 나아. 훨씬 재미있어."

"재밌겠네."

내 남편의 얼굴을 쳐다보지 않으려고 애쓰면서 대답했다.

32장

–

메건

엄마의 말이 맞았다. 로런과 제임스가 새로 이사한 집은 근사했다. 모든 방이 적당한 크기였고, 정원도 널찍했다. 그런 집에서 산다면 정말 행복할 것 같았다. 아마 대부분의 사람들이 나와 비슷한 느낌을 받을 것이다. 그렇지만 이 집을 갖기 위해서 받았을 대출금을 생각하면 정신이 확 든다. 나는 그냥 침실 세 개짜리 우리 집이나 잘 간수하고 싶다.

아직 오후 4시인데 벌써 로런과 나는 레스토랑에서 와인 한두 잔을 마셨고, 크리스와 제임스도 각각 맥주 한 잔씩을 마신 상태였다. 로런은 와인을 한 병 더 마시자고 제안했다.

"고맙지만 전 됐어요. 운전을 해야 해서요."

크리스는 로런이 잔에 따라준 와인을 거절했다.

"뭐 어때요. 차는 그냥 여기 뒀다가 내일 가지러 와도 되잖아요."

크리스가 나를 바라보았다.

"정말 괜찮아요. 집에 가서 할 일이 있어서요. 와인은 다음에 하지요."

로런은 큰 잔에 와인을 따라서 내게 주었고, 제임스에게도 건네준 다음 자기도 마셨다. 그렇게 하니까 와인 한 병이 금세 없어졌다. 로런은 두 번째 와인병을 열어서 향을 맡을 수 있게끔 해두었다.

"이 게임 정말 재미있어."

로런은 거실 한편에 놓인 상자에서 게임 도구를 꺼내 탁자 위에 펼쳤다.

"친구가 파티를 열어서 갔더니 이 게임을 하더라고. 사람들에 대해서 몰랐던 얘기들을 들을 수 있어서 얼마나 재미있는지 몰라. 평소에 잘 안다고 생각했던 사람인데도 그렇다니까."

"사람들이 자기 이야기를 전부 털어놓는 건 아니니까. 대화를 통해서 드러나지 않는 일들이 더 많고. 이 게임은 정말 교묘하게 만든 것 같아."

제임스가 말했다.

게임판의 크기는 작았다. 점수판과 비슷한 크기? 그리고 다른 게임 도구라고는 카드와 종이 몇 장이 전부였다.

"좋아. 우선 세 판만 해보자고."

로런이 게임 규칙을 설명했다.

"첫 번째 판에서는 질문 몇 개와 진실과 거짓 카드 각각 한 장씩을 각자 준비하면 돼. 순서대로 카드에 적힌 질문을 읽는 거야. 대답하는 사람은 진실을 말해도 되고 거짓말을 해도 돼. 자기가 뽑은 카드에 맞게 대답하면 되는 거지. 질문을 읽은 사람은 사람들이 진실을 말했는지 거짓을 말했는지 알아내야 해. 질문은 여러 가지인데 '처음으로 키운 강아지의 이름은?'이나 '첫 키스는 언제 했어?' 같은 거야. 처음 입사한 직장에서 만났던 상사의 이름을 물어볼 수도 있고."

우선 제임스가 카드를 뽑았다.

"제가 먼저 질문 카드를 뽑겠습니다. '처음으로 좋아했던 연예인은 누구? 왜 좋아했습니까?'네요. 이제 여러분 모두 진실 혹은 거짓 카드를 뽑은 다음 아무한테도 보여주지 말고 혼자만 알고 계세요. 그리고 자기가 뽑은 카드에 맞게 진실 혹은 거짓을 말씀하시면 됩니다."

로런은 킬킬대며 나를 쳐다보았다.

"언니하고 나는 서로 진실을 말하는지 거짓을 말하는지 알 텐데."

그리고 우리는 거의 동시에 "데이비드 솔!"이라고 외쳤고, 우리의 입에서는 발작적인 웃음이 터져 나왔다.

"데이비드 솔?"

제임스가 진지하게 물었다. 우리가 왜 웃는지 이해하지 못한 것 같았다. 내가 설명해주는 게 낫겠다 싶었다.

"어릴 때 아빠가 영화 〈스타스키와 허치〉 테이프를 몇 번이고 반복해서 보셨어요. 그 시리즈의 열렬한 팬이셨거든요. 그래서 우린 아빠와 함께 그 영화를 봐야만 했고, 재미있는 척을 해야 했어요. 그리고 시간이 흘러서 로런과 나는 서로에게 고백했어요. 허치 역할을 맡았던 데이비드 솔이 너무 멋있어서 그 영화를 참고 볼 수 있었다고."

"맙소사, 그때 난 겨우 아홉 살이었을 텐데!"

"그럼 이 질문은 안 되겠네요."

제임스가 경기를 이어나갔다.

"이제 게임을 어떻게 하는지는 아시겠지요. 두 번째 판도 비슷합니다. 이번에는 질문에 대한 대답을 다른 사람에게 말하지 않고 종이에 적었다가 제출하면, 질문을 읽은 사람이 그걸 쓴 사람을 알아내는 게임입니다. 하다 보면 금방 익숙해지실 거예요. 그리고 세 번째 판이 정말 재미있는데요, 제가 왜 이러는지 금방 아실 겁니다."

게임을 하면서 큰 소리로 웃고 낄낄댔다. 제임스가 학생 때 기숙사가 더러운 것을 견디지 못해서 일주일에 두 번씩 청소 도우미를 부르기 위해 학자금 대출을 받은 것이 자기 인생에서 최고의 사치라고 고백했을 때가 특히 압권이었다. 나도 내 동생과 남편을 속이고 거짓말을 하고 있다는 사실이 몹시 즐거웠다. 두 사람은 내가 유방암 자선 모금 행사를 위해서 머리카락을 밝은 분홍색으로 물들였다는 말을 곧이곧대로 믿었다.

"맞아, 기억나는 것 같아!"

로런이 소리쳤다. 로런이 주변 사람에게 얼마나 무신경한지 다시 한번 알 수 있었다.

게임이 계속되자 나는 더욱 재미를 느꼈다. 그리고 비록 로런이 이기적이고 생각이 짧고 거만하기는 해도, 다른 사람에게 일부러 해를 입힐 사람은 결코 아니라고 믿게 되었다. 그동안 그렇게 으르렁대면서 지냈던 게 꽤나 안타까웠지만, 어쨌거나 이제 우리의 다툼은 끝났다.

"좋아, 세 번째 라운드."

로런이 카드를 섞어서 모두에게 나눠주었다.

"이번에는 모두 대답을 공개하고, 질문을 읽었던 사람이 가장 충격적인 대답을 뽑는 거야. 언니, 먼저 해."

내 앞에 놓인 카드에서 질문 카드를 뽑아서 그 위에 적힌 글귀를 확인했다. 그 순간 심장이 쿵쾅거리고 숨이 턱 막혔다.

'당신의 가장 큰 비밀은 무엇입니까?'

우선 와인 두 모금을 마시고 겨우 질문을 낭독했다.

"우와, 좋았어! 그래, 이런 질문이 재미있지."

로런이 말했다.

"당신도 이 질문에 답해야 하니까 너무 짓궂게 하면 곤란해질걸."

"어머, 무서워라. 내가 제일 먼저 해야겠네."

로런은 몸을 앞으로 내밀며 제임스의 코끝을 톡톡 두드렸다. 그리고 와인 한 모금을 더 마셨다.

"시작할게. 나 스물한 살 무렵에 조엘이라는 남자친구를 사귀었었어. 언니, 기억나지?"

게임의 정식 질문은 아니지만 나도 고개를 끄덕여주었다.

"그해 여름에 엄마랑 아빠, 우리랑 조엘까지 다 같이 휴가를 갔었잖아. 어느 날인가 밤을 꼬박 새우고 수영장에 있는 바에서 놀다가 우연히 뉴캐슬에서 온 남자애들 두 명을 만났어. 조엘은 몸이 안 좋다고 하면서 금방 들어가 버렸고. 뭐 어쨌든, 간단하게 말하자면 결국 나는 두 시간 삼십 분 정도 후에 그 애들 손에 이끌려서 방으로 올라갔어."

충격적이기도 하고 우습기도 한 이야기에 나는 그만 소리를 지르고 말았다.

"그럼 셋이서 함께 밤을 보낸 거야?"

"그렇지."

"조엘이 있었는데도?"

"바보 같기는. 조엘은 별장 반대편에서 자고 있었어!"

로런의 얼굴에서는 웃음이 가시질 않았다.

제임스는 자신이 이 상황에서 놀라야 하는지, 당황해야 하는지, 화를 내야 하는지 갈피를 못 잡고 있었다.

"이런 맙소사! 아무리 내 동생 일이라도 알고 싶지 않은 게 있어. 머리가 띵해진다, 야."

"조엘은 뭐 하고 있었을까?"

본인이 더 잘 아는 일일 텐데 로런은 우리에게 질문을 던졌다.

"숙취에 찌든 채로 방구석에 처박혀서 잠만 잤겠지!"

내가 웃으며 대답했다. 로런의 이야기에 너무 놀라고 몰두한 나머지 아까 카드에서 읽었던 질문조차 잊어버릴 지경이었다. 그렇지만 다시 카드에 눈길을 주자마자 피가 거꾸로 솟기 시작했다.

"언니, 괜찮아?"

로런이 물었다.

"어, 물론이지. 미안."

"그럼 계속하자. 크리스 차례예요."

로런은 장난스럽게 크리스를 쿡쿡 찔렀다.

"인생에서 가장 큰 비밀은 무엇인가요?"

크리스는 나를 바라보았다. 우리 두 사람은 그렇게 서로를 영원히 바라보고 있을 것만 같았다. 물론 실제로는 일이 초에 불과한 시간이었겠지만.

"전 그런 거 없어요."

"비밀 없는 사람은 없는 걸로 아는데. 로런만 해도 그렇잖습니까."

제임스도 옆에서 부추겼다.

로런이 또 웃음을 터뜨렸다. 사실 제임스는 그다지 기분이 좋아 보이지는 않았다.

"말해주세요. 듣고 싶어서 미치겠어요."

로런이 보챘다.

크리스는 숨을 크게 들이마셨다.

"어… 어릴 때 동네 상점에서 사탕 몇 개를 훔쳤어요. 여섯 살 때쯤인가."

이번에는 로런과 제임스 모두 박장대소했지만 나는 웃지 못했다. 크리스 본인도 인정하겠지만 나는 크리스의 지금 그 말이 거짓말임을 잘 알고 있다.

"그런 시시한 거 말고요! 교황님도 그것보다는 근사한 비밀을 갖고 있을걸요?"

"그렇겠지. 당신이 신문 기사를 믿는다면 말이지."

제임스가 중얼거렸다.

"진짜 심각한 비밀 말이에요."

로런이 몸을 앞으로 내밀었다.

"아무에게도 말하기 싫은 비밀을 말해주세요. 여기에 있는 우리만 알고 있을게요."

"아무래도 편두통이 너무 심해서 가봐야 할 것 같네요. 운전도 해야 하고."

"말도 안 돼. 이런 식으로 도망가는 건 비겁하잖아요. 게임인데 뭐 어때요. 어서 비밀을 털어놔 보세요. 아무에게도 말하지 못했던 깊고 은밀한 비밀. 인생에서 가장 큰 비밀. 자, 시작!"

크리스는 이를 앙다물고 침을 꿀꺽 삼켰다.

"컨디션이 너무 안 좋다고요. 메건, 가자. 이런 멍청한 게임 따위 시간 낭비야."

나는 내 남편을 바라보았다. 내 인생에서 처음으로, 그가 내게 무언가를 숨기고 있음을 완벽하게 확신하는 순간이었다.

33장

–

크리스

"내가 너무 무례하게 군 거면 어쩐다. 찜찜하네."

로런과 제임스의 집에서 나와 길을 걸으며 말했다. 최대한 평정심을 유지하면서 분노를 터뜨리지 않으려고 애썼지만 너무 힘들었다. 도저히 감당할 자신이 없었다. 내가 지난주에 뺨을 때린 걸 메건이 용서해주리라는 보장도 없는데 여기서 또 한 번 나의 운을 시험해보고 싶지는 않았다.

진실게임에서 오간 모든 대화가 내게는 버거웠다. 그냥 재미로 하는 게임이라는 걸 머리로는 이해하지만, 결정적인 순간에 날리는 치명타는 견뎌낼 재간이 없었다.

"너무 신경 쓰지 마. 내가 내일 로런한테 전화해서 미안하다고 말할게."

그 말을 들으니 다시 한번 화가 치밀어 올라서 억지로 꾹 참아야 했다. 내 아내가 나를 위해서 다른 사람에게 사과하게 만들다니. 메건이 얼마나 속상할까?

"고마워."

하지만 이 말밖에 할 수 없었다.

오늘처럼 이상한 만남은 난생처음이다. 모든 게 로런의 계획이었겠지. 레스토랑에서 주문을 하기 위해 위층으로 올라갔을 때 제임스가 내게 이야기해주었다. 로런이 메건과 다시 만나 화해하고 예전 일은 잊어버리는 게 좋을 거라 생각한다고 했다. 나는 겉으로는 동의하는 척했지만, 속으로는 제임스의 아둔함에 혀를 차고 있었다.

제임스는 내게 메건과 잘 지내고 있냐고 물었다.

"아기가 생기면 부부만의 시간을 갖기가 힘들어지더라고요."

제임스가 말했다. 그리고 자신은 아이들이 결혼 생활을 방해하는 것 같은 기분을 느끼기도 한다고 덧붙였다.

"아이가 생활의 모든 걸 바꿔버리더군요."

제임스는 마치 자기 혼자만 그 사실을 알고 있는 것처럼 말했다.

나는 우리의 결혼 생활에 아무 문제가 없다고 말했다. '제임스 메이슨의 결혼 상담소'에 도움을 청할 필요는 없으니까. 제임스는 침실 다섯 개와 600평의 마당이 딸린 근사한 집에서 그의 빌어먹을 완벽한 가족과 함께 살고 있다. 하지만 그런 걸로는 멀어지는 부부 사이를 대충이라도 붙여놓지 못한다는 사실을 제임스는 모른다. 아니, 멀어지는 게 아니지. 메울 수 없는 구멍이 생기는 거다.

제임스는 하루 종일 로런에게 거의 눈길을 주지 않았다. 로런도 제임스에게 말을 거의 하지 않다가 와인을 몇 잔 마시고 나서부터는 그를 마구 놀리고 얼간이처럼 보이게 하려고 필사적이었다. 그런 게 완벽한 결혼 생활이라고 생각하는 제임스는 진짜 애송이다.

사람들은 인생에서 가장 중요한 것을 놓치고서 그 빈자리를 물질로 채울 수 있다고 믿는다. 나는 언제나 그것이 놀라웠다. 그런 생각을 하는 사람들이 안쓰럽다. 부자 동네에 산다는 사실을 나타내는 독특한 우편번호나 고급 세단 따위가 그들에게는 인생에서 가장 소중하다는 말인가? 그런 비뚤어진 가치관을 갖다니. 어쩌면 어차피 진짜로 행복해지기는 틀렸으니까 그나마 상대적으로 얻기 쉬운 몇백만 원짜리 가방이나 크루즈 세계 일주에 집착하는 것일 수도 있다.

수치스럽다. 나는 화를 내지 않는 사람이었다. 그런 일로는 더욱 그랬다. 그런데 요즘 몇 달 동안은 사람들에게 너무 자주 화를 내고 있다. 내 주변에서 일어나는 사건에, 내가 처한 상황에 분노가 치밀어오른다. 심리학자라면 나의 이런 심정을 죄책감이라고 말할 것 같다. 그게 맞을 것이다. 하지만 여전히 혼란스럽다. 그런 식으로 흥분하는 나 자신을 보며 내 안의 또 다른 목소리가 지금 대체 뭐 하는 거냐고 다그쳐 묻는다. 다만 그 즉시 제동을 걸지 못하고 이미 잔뜩 폭발해버린 다음에야 후회해서 문제다. 그 순간에는 내 눈앞에 붉은 안개가 피어오르듯 분노가 치솟고, 쿵쾅대는 내 맥박 소리만 귓가에

울려 퍼진다. 그러다가 터널 시야 현상처럼 시야가 점점 좁아져 결국에는 한 가지만 보인다. 가슴속에서 화가 끓어오른다. 지쳐버릴 때까지 그 상태가 계속된다.

때로는 이 모든 것으로부터 스스로 멀어지는 것을 상상해보곤 한다. 모든 게 블록이 어느 정도 쌓이면 사라지는 게임 같다면 어떨까. 사람들은 이런 생각이 어느 정도 낭만적이라고 하겠지만, 이따금씩 나는 이런 유혹을 뿌리치기가 어렵다. 하지만 에비를 생각하면 그럴 수 없다. 그건 옳지 않다.

사람들은 누구나 자기만의 인생을 꾸려야 한다고 말한다. 불행한 결혼 생활에 얽매여서 자신을 우울한 상태로 내버려 둬선 안 된다고 말이다. 그것은 아이들에게도 좋지 않다고 말한다. 그런 균열을 자기 갑옷 속에 숨기지 않고는 하루를 살아내지 못할 만큼 약해져 있는 경우라면, 맞는 말이다. 그렇지만 할 수만 있다면 자기만의 세상과 가족의 세상이 가지고 있는 최고의 것을 모두 취하는 편이 나을 것이다. 모든 일이 다 잘 풀리고 있는 것처럼 행동하자. 이런 감정들은 꼭꼭 숨기자. 아이가 생겼다면 자기를 위해 사는 것은 멈춰야 한다. 더 이상 이기적으로 굴 여유가 없다.

긴장한 탓인지 머리가 아프다. 단순한 두통 같다가도 누군가 내 머리를 기계에 넣고 천천히 조이는 느낌도 든다.

"집에 도착하면 바로 누워야겠어. 아침에는 좀 낫겠지, 뭐."

메건에게 말했다.

“수업 준비는 해놓고 잘 거야?”

“응, 그게 낫겠어. 개학까지 일주일밖에 안 남았는데 할 일이 너무 많아.”

메건이 고개를 끄덕였다.

“내가 도와줄 일은 없어?”

“됐어, 난 괜찮아. 어쨌든 고마워.”

“둘이 하면 더 빨리 하지 않겠어?.”

“솔직히 말하자면, 아닐 거야. 난 요령이 있으니까. 혼자 하는 게 더 빨라.”

나는 메건을 보며 미소 지었다. ‘비꼬려는 거 아니야’라고 말하는 듯이. 계속 비밀을 지키려면 정말로 조심해서 성질을 억누르고 억양을 조절해야겠다. 말 한마디 잘못했다가, 뜬금없이 엉뚱한 말을 했다가 모든 것을 잃으면 곤란하니까.

그래서 나는 끝까지 혼자서 비밀을 간직할 것이다. 또 그래서 더 이상의 비밀은 만들지 않을 것이다. 비밀을 과거에 묻어둘수록 발견될 가능성은 점점 낮아진다. 하루하루가 지날수록 진실도 그만큼 멀어진다. 그러니까 지금은 얼른 집에 가서 잠을 청하고 싶다. 아무에게도 들키지 않고 또 다른 밤을 맞이하고 싶다. 또 다른 아침을 맞이하고 싶다. 도저히 세상에 알려지게 내버려 둘 수 없는 진실로부터 또 한 걸음 멀어지는 하루를 맞이하고 싶다.

34장

메건

새벽 2시 30분인데 아직 잠이 올 기미가 보이지 않는다. 잘 수가 없다. 크리스는 베개에 머리를 대자마자 잠들어버렸다. 우습게도 그래서 난 더 잠들지 못하고 있다.

한 시간 정도는 뒤척였더라면, 아니면 죄의식에 괴로워하는 모습이라도 보였더라면 좀 나았을 것이다. 이야기해볼 수 있으니까. 내가 크리스에게 툭 터놓고 물어보면 되니까. 하지만 크리스는 집에 도착하자마자 위층으로 올라가서 옷을 갈아입더니 그대로 침대에 누워 곯아떨어졌다. 천하태평이었다. 아무런 문제도 없어 보였다. 로런이 가장 큰 비밀이 뭐냐고 물어봤을 때 내가 보았던 크리스의 눈빛은 처음부터 존재하지 않았던 것만 같았다.

하지만 내가 잘못 본 게 아니다. 평생을 알아 온 사람이 그런 이상한 낌새를 보이는데 알아차리지 못할 리가 없다. 미묘하다는 느낌조차 들지 않았다. 번쩍이는 커다란 신호등처럼 너무나도 분명했다. 크리스를 잘 알지 못하는 사람들은 눈치채지 못했을지도 모른다. 그렇지만 난 알 수 있었다. 게임의 두 번째 판을 할 때부터 크리스는 완전히 다른 사람이 된 것 같았다. 그는 가능한 한 빨리 그곳에서 도망치고 싶어 했고, 곤란한 주제를 피하고 싶어 했다.

그 순간 알았다. 크리스가 두 명의 소년을 죽인 범인임을 확신했다. 그날의 기억이 그의 눈동자에 비치는 것만 같았다. 라일리 마컴과 카이 볼턴이 갑자기 끔찍한 죽음을 맞았던 그 날씨 좋은 오후, 개울가의 모습이.

가장 끔찍한 것은 그 눈빛에 후회가 보이지 않았다는 것이다. 슬픔이나 회한도 없었다. 내 눈에 보인 것은 혹시나 들킬까 봐 걱정하고 있는 사람이었다. 전형적인 사이코패스의 행동이다. 아니, 소시오패스인가? 정확한 차이는 모르겠다. 크리스는 그동안 대체 어떻게 나를 속인 걸까? 어떻게 내게 거짓말을 하고 그 끔찍한 비밀을 감춰온 걸까?

사이코패스는 연기에 뛰어난 재능을 보인다. 필요에 따라서 자기 감정을 손바닥 뒤집듯이 바꿀 수도 있다. '진짜 사이코패스는 아무런 감정도 느끼지 못한다'라는 내용을 언젠가 읽은 적이 있는 것 같다. 사이코패스는 다른 사람들을 관찰하면서 '이런 상황에서 남들은 이렇게 행동한다'라고 학습할 뿐이라는 것이다. 관찰이 끝나면 학습한 감정으로 정교한 가면을 만들어서 착용한다. 다른 사람들 눈에 띄고 싶지 않으니까.

이제 앞뒤가 좀 맞는다. 학창 시절부터 크리스를 알고 지냈는데도 그런 사람이라는 것을 전혀 눈치채지 못했던 이유를 설명할 수 있다. 크리스는 남에게 싫은 소리를 못 했다. 신혼 초에도 내 뜻에 반대하거나 나와 논쟁을 벌이는 일이 없었다. 그저 군소리 없이 내 뜻에 따라주든지 아예 아무 말도 하지 않았다. 아마 그 시기가 크리스 입장에서는 상황에 대처하는 법을 배우는 기간이었던 것 같다. 정상적인 사람처럼 보이는 방법을 몸에 익혔을 것이다. 감정과 공감대를 지닌 정상적인 사람.

나는 그동안 완전히 잊고 지냈던 과거의 일들까지 떠올려서 곱씹어보았다. 크리스와 내가 나누었던 대화. 우리가 함께 찾아갔던 장소. 크리스의 행동이 조금 이상하다고 느꼈을 때. 하지만 그건 크리스에게 이상한 게 아니었다. 그는 남들과 잡담도 거의 하지 않는 수줍은 사람이었을 뿐이다. 그건 심각한 문제가 아니었다. 많은 사람들이 화려한 사교계 모임이나 낯선 사람과의 대화를 두려워한다. 그렇다고 그들이 사이코패스는 아니다. 게다가 크리스가 그렇게 뛰어난 연기력을 가졌다면, 어째서 자신만만한 척하지 않았을까?

갑자기 크리스의 아버지가 돌아가셨을 때가 생각난다. 그는 거의 아무런 감정도 드러내지 않았다. 금욕적이고 공허한 표정으로 장례식에 참석했다. 다른 사람들이 슬퍼하는 모습을 흉내 내는 게 어렵진 않았을 텐데. 다른 사람들은 모두 울고 있었으니까. 가장 가까이에서 그를 지켜보는 내 입장에서는 참 이상했다. 크리스에게 심장이 없는 것처럼 보였다.

그럼 그게 크리스가 라일리 마컴과 카이 볼턴을 죽인 범인이라는 단서가 될까? 죄책감이나 후회를 느끼지 않으니까? 그런 감정을 느낀다면 두 명의 천진난만한 소년을 쉽게 죽이지 못할 테니까?

아무래도 크리스의 범행 동기에 대해서는 내가 잘못짚은 것 같다. 만약 크리스가 감정이 없는 사이코패스라면 아들을 갖지 못했다는 사실 때문에 절망에 휩싸이지도 않았을 것이다. 그런 식의 절망이야말로 깊은 감정이다. 내가 정신과 의사는 아니지만 사이코패스와 아들을 갖지 못해 상심하는 사람이 동일 인물은 아닐 것 같다.

크리스는 사이코패스가 아닐 것이다. 그에 관해서는 다른 정의를 내려야 할 것 같다. 어쨌든 나는 이제 불편한 진실을 받아들여야만 한다. 나는 내 남편이 어떤 사람인지 모른다. 그는 내가 생각했던 사람이 아니다. 내 남편은 어린아이들을 죽였다.

침대에서 벌떡 일어나 크리스를 보았다. 입을 살짝 벌리고 아무 생각 없이 잠들어 있다. 그가 내쉬는 얕은 숨 때문에 이불이 위아래로 움직이고 있다. 이게 살인자의 모습일까? 아니라면 살인자는 어떻게 생겼을까?

남편은 아내에게 비밀을 만들어선 안 된다. 우리 두 사람은 언제나 서로에게 모든 것을 솔직하게 말하려고 노력해왔다. 사실 크리스는 전혀 그렇지 않았던 것 같지만. 그럼 나는 정말로 진실을 알고 싶어 하는 걸까? 알아야만 한다. 진실은 밝혀져야 한다. 라일리와 카이의 부모님, 그리고 친척들을 위해서라도 그래야 한다. 그들은 지금 너무나도 끔찍한 고통을 겪고 있을 테니까.

하지만 신중해야 한다. 만약 크리스가 살인을 저질렀다면, 다른 어떤 끔찍한 짓도 저지를 수 있다. 이제부터는 나와 에비가 위험하다.

베이비 모니터로 살펴보니 에비는 침대에서 잘 자고 있다. 나는 물을 마시러 아래층 주방으로 내려가는 척 물컵을 손에 쥐고 침대를 빠져나왔다.

주방에 들어서자마자 조리대에 놓아두고 충전 중이던 핸드폰을 들어서 숫자 101을 눌렀다. 아주 긴급하지 않은 사건을 경찰에 신고하는 번호다.

엄지손가락이 잠시 통화 버튼 주위를 맴돌았다.

나는 숨을 크게 들이쉬고 마침내 버튼을 눌렀다.

35장

메건

전화가 연결되는 시간이 마치 영겁의 세월처럼 느껴졌다. 일이 초가 몇 분처럼 느껴지더니 마침내 통화 연결음이 들리고 전화가 연결되었다.

'101에 전화 주셔서 감사합니다'라는 메시지가 흘러나왔다. 이 지역 경찰서에 전화가 연결될 예정이며 다른 지역의 경찰서와 통화하고 싶다면 # 버튼을 누르라고 했다. 빨리 넘어가고 싶었다. 어서 진짜 사람과 통화하고 싶었다.

마침내 어떤 사람이 전화를 받았다. 그리고 그 순간 무슨 말을 해야 할지 말문이 막혔다.

"아, 안녕하세요."

간신히 말을 꺼냈다.

"제가 왜 전화를 걸었냐면… 제 남편이 범죄에 연관되어 있는 것 같아서요. 지금 조사하고 계신 사건이요."

"그렇군요. 지금 남편분과 같이 계신가요?"

"위층에 있어요. 몰래 전화한 거예요."

"그렇군요. 그런데 남편분이 어떤 범죄에 연관된 것 같다는 말씀이신가요?"

깊은숨을 들이쉬었다. 지금이 아니면 평생 밝힐 기회가 없다. 지금 이 순간부터 내 인생은 돌이킬 수 없이 달라질 것이다.

"라일리 마컴과 카이 볼턴 살인 사건이요."

전화기 너머로 잠시 침묵이 흘렀다.

"크랩트리 작전 관련 사건 말씀이신가요?"

"그런 것 같아요."

그 작전명을 뉴스에서 들은 적이 있다.

그리고 또 한 번 침묵이 흘렀다. 경찰관이 손을 들고 상관을 불러 지금의 통화 내용에 관해서 의논하는 모습이 그려졌다. 이 지역 경찰서가 생긴 이래로 가장 끔찍한 살인 사건인데 마침내 그 범인을 알고 있다는 전화가 왔으니까.

"성함을 말씀해주실 수 있나요?"

"아, 메건 밀러입니다."

"자택 주소는요?"

우리 집 주소도 알려주었다.

"이 번호로 연락드리면 바로 받으실 수 있나요?"

그렇다고 대답했다.

"알겠습니다. 남편께서 이 사건과 관계가 있다고 생각하시는 이유는 뭔가요?"

내가 아는 것, 아니 내가 안다고 생각하는 모든 것을 최선을 다해서 설명했다. 피 묻은 모자 이야기를 꺼냈다. 라일리 마컴과의 추억이 담겨 있는 크리스의 신발 상자도 언급했다. 두 번의 살인 사건이 발생할 당시 크리스의 행적이 의심스럽고 갑자기 성격도 달라졌다고 설명했다. 그는 제정신이 아니었고 내게 물리적 폭력도 가했다. 세면대에서 핏자국을 발견했다는 말도 덧붙였다. 말하다 보니 내가 듣기에도 너무 이상했다.

경찰관은 크리스의 구체적인 신상 정보를 물었다. 이름과 생년월일 같은 것이었다. 대답하는 내내 심장이 쿵쾅대고 터질 것만 같았다. 내가 지금 이런 행동을 하고 있다는 사실이 겁나긴 했지만 라일리와 카이의 가족들이 살인범이 누군지도 끝내 모른 채 절망에 빠질 거라고 생각했을 때 느껴지는 두려움에 비하면 그 반도 안 되는 두려움이었다.

"남편은 위층에서 자는 중이에요. 딸도 있는데 태어난 지 얼마 안 된 아기예요."

경찰관이 내 목소리에서 뭔가 이상한 기운을 감지한 것 같았다.

"혹시 본인과 따님이 위험에 처해 있다고 생각하시나요?"

순간 나는 방어 본능을 느꼈다. 평소에 그렇게 느낀 건 사실이지만 경찰의 질문에 그렇다고 대답하는 건 완전히 다른 문제다.

"모르겠어요. 그런 것 같지는 않아요. 아닐 거예요. 아닌 것 같아요, 아마."

"좋습니다. 지금 말씀하신 내용을 담당 부서에 전달하도록 할게요. 관계자들이 오늘 밤에 이 내용을 검토할 겁니다. 혹시 더 하실 말씀이 있나요? 집에 흉기나 위험한 물건은 없나요?"

"네, 없는 것 같아요. 아, 완전히 그런 건 아니에요."

"자세히 설명해주시겠어요?"

"주방에서 사용하는 칼, 정원 다듬는 도구, 뭐 그런 거 말이에요."

"그런 게 위협적으로 느껴지신다고요?"

"네, 뒤에서 누가 칼로 자기 머리를 훅 찌르길 바라는 사람은 없잖아요?"

나름대로는 이야기가 지나치게 심각하게 흘러가지 않도록 농담한 건데, 경찰관은 조금도 웃지 않았다.

"댁에 총이나 사냥 칼도 있나요?"

"아니요, 남편은 낚시가 취미에요. 낚시 도구가 문제 될 것 같지는 않네요."

통화하면서 주방 창문 너머로 정원을 살펴보았다. 밤에는 가로등 불빛이 우리 집 뒷마당을 오렌지색으로 물들인다. 그 모습을 보면서 지금까지 내가 이 집에 얼마나 큰 애정을 쏟고 있었는지 새삼 깨달왔다. 에비와 나는 도망쳐야 하는 걸까? 어쨌든 이 집에 계속 머무를 수는 없다. 여기에 머무른다면 나는 살인자의 아내로 살아야 한다. 에비와 나는 새로운 인생을 시작해야만 한다. 이름까지 바꿔야 할지도 모른다.

생각에 빠져서 경찰관이 내게 하는 말을 전혀 듣지 못하고 있었다. 경찰관이 나를 부르는 소리에 정신을 차렸다.

"밀러 부인?"

하지만 대답은 끝내 할 수 없었다. 나는 그 자리에 얼어붙었다.

내 뒤에 서 있는 남편의 모습이 창문에 비쳤다.

36장

메건

"뭐해? 누구랑 통화하는데?"

내가 핸드폰을 귀에 대고 있는 모습을 보며 크리스가 말했다.

얼른 전화를 끊고 통화 목록에서 전화번호를 지워버렸다.

"물 한잔 마시려고 나왔다가 보니까 음성 메시지가 와 있어서."

떨리는 목소리가 원망스러웠다.

크리스는 고개를 끄덕였다.

"누가 남긴 건데?

"응, 며칠 전 거야. 병원에서 예약 스케줄 확인하려고 연락한 거. 옛날 거 안 지우고 그냥 두면 새로 메시지 왔다고 뜰 때가 있더라고."

"물을 이렇게 한참 마셔?"

"두통이 있어서 약도 먹었거든. 그러다가 핸드폰도 보고 음성 메시지도 듣고…. 별로 오래 안 있었는데?"

"12분."

크리스의 목소리에서는 아무런 감정이 느껴지지 않았다.

"몰랐어."

"난 알아. 당신이 나갈 때 잠에서 깼거든."

"미안."

크리스는 거의 호기심에 가까운 표정으로 나를 바라보았다.

"메건, 왜 그래?"

"응? 나? 아무것도 아니야. 그냥 머리가 좀 아파서 그래. 말했잖아."

"아니, 난 왜 그러냐고 물었어."

크리스는 내게 한 발짝 다가왔고 나는 본능적으로 한 발짝 뒤로 물러섰다. 주방 조리대의 모서리가 내 등을 찌르는 게 느껴졌다.

"봐. 내가 말하는 게 그거야."

크리스가 말했다.

"뭐가?"

내 목소리는 내 다리만큼이나 떨리고 불안정했다.

"내가 다가가면 뒷걸음질 치고 있잖아. 내가 무슨 짓이라도 했어?"

"글쎄… 모르겠어."

사실대로 대답했다.

"정말이야?"

크리스가 되물었을 때야 나는 그가 정확히 뭘 묻고 있는지 모른다는 사실을 깨달았다. 크리스는 나를 시험하고 있는 걸까? 내가 알고 있다는 걸 아는 걸까, 아니면 알아내려고 하는 걸까? 난 이런 두뇌 게임에 자신이 없다. 내 머릿속 생각을 정리하는 것만으로도 충분히 벅차다.

"무슨 대답을 듣고 싶은 거야?"

잠시라도 시간을 벌어야 한다.

"대체 무슨 일이 일어나고 있는 건지 알고 싶어. 당신 요 며칠간 좀 이상했어. 의사를 만나고 와서 그런 건가? 병원에서 약 처방해줬어?"

"그거랑 전혀 상관없어."

그의 말에 반박했다.

"당신이 지금 먹는 약은 부작용이 좀 있대. 미리 말했으면 내가 좀 더 신경을 썼을 텐데."

'뭐라고? 그래서 날 가스라이팅타인의 심리나 상황을 교묘히 조작해 그 사람이 스스로 의심하게 만듦으로써 타인에 대한 지배력을 강화하는 행위 할 수 있게?'라고 말하고 싶었다.

"아니, 나 약 먹는 거 없어."

"거짓말하지 마. 약을 찾았어."

크리스의 눈동자는 공허했다. 내 남편이 있던 자리에는 이제 빈껍데기만이 남아 있었다.

"내 물건을 뒤진 거야? 개인적인 거라서 안 보이게 넣어둔 건데. 크리스, 남의 물건을 함부로 뒤지다니…."

"거짓말이야."

순간 심장이 쿵 하고 내려앉았다.

"약에 관해선 난 아무것도 몰라. 당신 반응 보려고 그렇게 말한 거야. 당신, 약 먹고 있는 게 맞구나."

"맙소사, 크리스. 당신 대체 무슨 짓을 꾸미는 거야?

"꾸미는 거 없어, 메건."

크리스가 내게 또 한 걸음 다가왔다. 나는 옆으로 살짝 물러서서 도망칠 공간을 만들었다.

"자, 당신이야말로 내게 설명해봐."

"웃기지 마."

내가 말했다. 크리스의 눈빛을 보고 있자니 자신감이 생겼다.

"문제를 나한테 뒤집어씌울 생각 마. 비밀을 숨기는 사람이 나인 것처럼 몰아가려고 하지 말라고. 난 비밀이 없어. 비밀을 숨기는 사람은 당신이잖아."

크리스가 어금니를 꽉 깨물었다. 나는 등 뒤의 칼을 집어 들었다. 이제 진실을 알아낼 때가 왔다. 그의 자백을 받아내야만 한다. 그렇지만 모든 일이 뜻대로 풀리지는 않을 수도 있다는 걸 알고 있다.

"당신이야말로 대체 무슨 말을 하는 거야, 지금?"

크리스는 정말 아무것도 모른다는 듯이 물었다. 하지만 그 순간 그의 눈동자에서 불꽃이 타오르는 것을 나는 보았다. 공포와 깨달음, 혼돈이 그의 눈동자에 담겨 있었다.

"당신은 내가 무슨 말을 하는지 정확히 알고 있어. 오랫동안 낚시하러 나가 있던 날들에 대해 얘기하고 있잖아. 집에 오기가 무섭게 샤워부터 했지. 입었던 옷은 내가 보지 못하게 바로 세탁기에 넣었고. 당신은 그날 분노에 가득 차 있었고 성질을 부렸어. 나 당신이 그날 뭘 했는지 알아, 크리스."

크리스는 다시 나를 바라보았고 그렇게 우리는 한참 서로를 노려보았다. 내가 뭘 알고 있는지 알아내려고 크리스가 머리를 굴리는 소리가 들리는 것 같았다. 그는 체면을 구기지 않으면서 상황을 모면할 방법을 찾으려고 애쓰고 있었다. 하지만 방법을 못 찾는다면? 자기 비밀을 지키는 것 외에 다른 방법은 없다고 판단한다면?

"어디 계속해봐. 내가 그날 뭘 했는지 말해보라고."

크리스의 눈빛이 차갑고 매섭게 변했다. 우리 두 사람 모두 올 것이 왔음을 알았다. 위기다. 이렇게 끝나는 걸까? 나의 결혼 생활과 가정, 그리고 나의 인생 전부가 이렇게.

"당신이 그 아이들에게 무슨 짓을 했는지 안다고."

내 목소리는 주저하듯 속삭였고 눈가에는 눈물이 고여 촉촉해지기 시작했다.

"뭐라고?"

크리스의 얼굴이 일그러졌다.

"라일리랑 카이 말이야. 당신이 두 아이를 어떻게 했는지 나 알고 있어."

크리스는 정말 지긋지긋하고 화가 치밀어오른다는 표정을 지으면서 고개를 뒤로 젖혔다.

"지금 그 말이 무슨 뜻인지 알고 지껄이는 거야?"

"증거도 있어. 세면대에서 핏자국을 봤어. 라일리가 보낸 그림이랑 쪽지, 그리고 그 애가 썼던 모자도 있지. 모자는 어떻게 했어? 당신이 쓰레기통에서 꺼내 간 거지? 태워버린 거야?"

"메건, 지금 그 입 다물지 않으면…."

"난 당신이 무슨 짓을 했는지 알아. 당신이 그 아이들을 죽였잖아."

나는 크리스의 가슴속에 무언가가 솟구치고 있다는 걸 알 수 있었다. 분노인지 현실에 대한 깨달음인지 아니면 또 다른 무엇인지는 모르겠으나 어쨌든 그것은 비웃는 듯한 콧방귀로 표출됐다. 크리스가 내 앞으로 한 걸음 더 다가온 순간 나는 칼을 들이밀었다. 날카로운 칼끝이 크리스를 향했다.

"가까이 오기만 해봐. 나 당신 따위 무섭지 않아, 크리스. 내 몸 하난 지킬 수 있다고."

"메건, 제발 그 칼 좀 내려놔. 내려놓고 이야기하자고."

"싫어."

나는 칼을 그에게 더 가까이 들이밀었다.

"아무것도 내려놓지 않을 거야. 당신이 떨어져."

"메건, 당신은 지금 제정신이 아니야. 당신이 먹고 있는 약이 당신을…."

"물러서라고!"

나는 소리를 질렀다. 칼을 앞쪽으로 찔렀다. 크리스의 어깨를 아슬아슬하게 스쳤다.

"메건, 칼 내려놔."

크리스의 목소리가 차분하고 단호하게 변했다. 나는 그게 정말 무서웠다.

"싫어!"

목소리가 떨려왔다.

"좋아."

그 대답이 무슨 뜻인지 미처 알아차리기도 전에 그의 손이 번개같이 빠른 속도로 내 팔을 붙잡아 비틀었고 칼이 바닥으로 떨어졌다. 나는 칼을 주우려고 했다. 하지만 내 손이 칼에 닿기 전에 크리스가 나를 벽 쪽으로 밀어붙였다.

크리스는 내 눈을 응시했다. 나도 크리스의 눈을 보았다. 그의 눈에는 살인자의 분노만이 가득했다.

그리고 그때 누군가가 현관문을 두드리는 소리가 들렸다.

37장

크리스

짐작건대 메건이 경찰에 신고한 것 같다. 아마 내가 아래층으로 내려왔을 때 통화하던 중이었을 것이다. 경찰이 내 권리를 읊는 동안 그중 한 명이 메건에게 하는 말을 들었다. 메건과 통화한 여자가 목소리에서 공포심을 감지했다고 한다. 그리고 내 목소리가 들리자마자 메건이 전화를 끊어버렸기 때문에 근처에 있는 경찰관에게 알리기로 했다고 한다. 그리고 몇 분도 지나지 않아서 경찰관 두 명이 우리 집으로 출동했다.

나는 그들에게 이 모든 상황이 말도 안 된다고 해명했다. 메건이 항우울제를 복용하고 있는 상태라고 설명했지만 받아들여지지 않았다. 경찰은 나를 구속 수사하겠다고 말했다.

경찰이 내게 변호사를 제공하겠다고 했지만 거절했다. 숨길 게 없었고 말도 안 되는 궤변에 나를 끼워 맞추려는 거드름쟁이 법률가에게 도움을 받고 싶지도 않았다. 나는 두렵지 않다.

메건의 눈빛이 나를 라일리와 카이를 죽인 살인자라고 책망하고 있었다. 진심으로, 의심의 여지 없이, 온전히 그렇게 믿고 있는 모양이었다. 정말로 확신하고 있었다.

내 결혼 생활이 이렇게 끝났음을 깨닫게 되었다. 잠시 고민해보았지만 예전으로 돌아갈 수 있을 리가 없었다. 가능할 리가 없지 않은가? 이 순간, 부부 사이의 모든 신뢰는 무너져버렸다. 한 사람이 다른 사람에게 비밀을 만들었다는 것도 치명적이지만, 상대방이 그 비밀에 대해 의심하고 완전히 잘못 해석하고 있다면 망가진 믿음을 되돌릴 방법은 없다.

경찰서 취조실은 삭막한 교실 같았다. 벽은 밋밋한 연베이지색이었고 바닥에는 파란색 싸구려 카펫타일이 깔려 있었다. 천장에는 폴리카보네이트를 씌운 볼품없는 사각형 전등들이 붙어 있었다. 전반적으로 삭막한 분위기의 공간이었다. 그러려니 했다.

"놀라거나 당황한 것 같지 않군요, 밀러 씨."

형사가 말했다. 전에 집에 와서 나와 이야기를 한 적이 있는 여자 경위 매케너였다.

"왜 놀라야 하죠? 체포된 것에 대해서 말인가요?"

"어떤 일에도 별로 놀라지 않는 것 같아서요."

"제가 무슨 말을 하길 바랍니까? 이 모든 게 말도 안 된다니까요.

조금이라도 사실인 게 있으면 그나마 걱정을 할 텐데 어처구니가 없어서 그냥 웃음만 나네요."

"그럼 당신이 라일리 마컴과 카이 볼턴을 죽인 게 아니라고 말씀하시는 건가요, 밀러 씨?"

"물론이죠."

매케너 형사는 동료와 눈빛을 주고받았다.

"그럼 9일 저녁에는 어디에 계셨나요?"

"낚시를 하고 있었어요."

"다른 알리바이는 없고요?"

"네, 다른 곳엔 가지 않았습니다."

"정말입니까? 지금이라도 솔직하게 말씀하세요."

잠시 고민했지만 그냥 아무 대답도 하지 않기로 했다. 이건 경찰이 사용하는 일종의 수사 기법이다. 뭔가 알고 있는 척하면 내가 그 말에 속아서 모든 걸 털어놓을 거라고 기대하는 것이다. 알기는 개뿔. 내 정신 나간 아내의 이야기에만 의존하고 있으면서.

"우리 한두 번 대화를 나눴었지요, 크리스 씨. 진술이 참 한결같더군요."

"진실만을 말하고 있으니까요."

"한 번 더 대화를 나눠볼까요? 좀 더 나은 결과를 얻을 수도 있으니까요."

고개를 끄덕였다. 마음대로 하라는 뜻이었다. 나는 내가 한 말 전부를 똑똑히 기억하고 있고 이제 와서 바꿀 생각은 조금도 없다.

"라일리 마컴이 죽은 날부터 시작해보겠습니다. 몇 시에 집에서 나오셨습니까?"

"정오가 되자마자 나왔습니다. 점심을 일찍 먹고 바로 밖으로 나왔어요."

"그때 집에는 가족 중에 누가 있었습니까?"

"아내가 있었습니다."

"집에 돌아오셨을 때도 아내분이 계셨습니까?"

"네."

"몇 시에 집에 오셨죠?"

"다섯 시 조금 넘어서 왔습니다."

"그날 낚시를 꽤 오래 하셨네요."

"제가 원래 낚시를 좋아합니다."

매케너 형사의 목소리에는 사람을 짜증 나게 만드는 구석이 있었다.

"낚시를 하신 장소는 어디였습니까?"

"마을에서 3킬로미터 정도 떨어진 곳이고요, 개울 상류 쪽입니다. 거기 조그맣게 낚시할 만한 장소가 있거든요. 이른 아침에는 다른 사람들도 몇 명 그곳에서 낚시를 하는데 점심시간쯤 되면 다들 사라지고 없어요. 거기서 전 햇볕을 쬐면서 평화와 고요를 즐깁니다. 그게 제 낙이에요."

"그때 당신을 본 사람은 없나요?"

"없습니다."

"말도 안 돼. 계속 누구와도 마주치지 않았다는 말입니까? 다섯 시간 동안이나 낚시를 했는데?"

"거긴 원래 인적이 드문 곳이니까요."

"햇볕 좋은 날에 다섯 시간 동안 낚시를 했는데, 게다가 학교도 쉬는 날이었는데 아무도 그곳을 지나가지 않았다고 말씀하시는 건가요, 지금?"

"제가 거기 있을 때까지는 그랬습니다. 그래서 거기로 낚시하러 가는 거고요."

형사는 몸을 뒤로 젖혀 의자 등받이에 기대면서 팔짱을 꼈다.

"알겠습니다. 그럼 낚시터에서 곧장 집으로 가셨나요?"

"네, 날씨가 좋으면 집까지 걸어가곤 합니다."

"그날도 걸어가신 겁니까?"

"그렇습니다."

"어느 길로 걸어가셨습니까?"

"팰커너 도로를 따라 걸어서 개울에 도착했고, 강둑으로 올라갔습니다."

"꽤 먼 거리인데요."

"말씀드렸다시피 3킬로미터 정도 되는 거리고, 운동 삼아서 걸어갔습니다."

형사는 잠시 침묵하더니 나를 빤히 바라보았다.

"그런데 재미있는 사실은 그날 오후에 당신이 라일리 마컴과 이야기하는 모습을 본 사람이 있다는 겁니다. 사체가 발견된 장소에서 몇 백 미터밖에 안 떨어진 곳이었다죠?"

아무 대답도 하지 않았다.

"해명할 게 없으십니까?"

"없습니다."

"좋습니다. 좀 더 알려드리죠. 당신의 기억과 일치하는지 확인해 보세요. 당신은 개울가를 따라 마을로 걸어가는 중이었는데 3시 30분쯤 반대편에서 걸어오는 라일리 마컴과 마주쳤습니다. 두 사람은 가던 길을 멈추고 잠깐 인사를 나눈 뒤 헤어졌지요. 맞습니까?"

깊은 한숨과 함께 눈을 감았다. 이쯤 되니 경찰에게 솔직하게 털어놓는 게 좋겠다 싶었다. 적어도 아주 최소한의 진실만큼은 밝혀야겠다.

"그 아이에게 제가 인사했습니다. 어디 가는 중이냐고 물었더니 집으로 돌아가고 있다고 하더군요. 그때가 3시 33분이었습니다. 시계를 보고 확인한 거니까 정확합니다."

"왜 시계를 보셨습니까?"

시계 얘기를 괜히 꺼냈다 싶었다.

"라일리가 혼자 있었거든요. 사실 집까지 안전하게 데려다주고 싶었어요."

"그런데 그렇게 하지 않으셨군요?"

"네."

"어째서죠? 그저 낚시하러 간 것뿐이었잖습니까. 그리고 그렇게 한참 떨어진 하류에서 뭘 하고 계셨던 거죠? 그 뒤로도 거의 두 시간 동안이나 집에 들어가지 않았잖습니까."

"뭘 좀 찾으러 가느라고요."

"뭐지요?"

"새로 산 릴이요. 차에 두고 와서요."

"주차는 어디다 해놓으셨습니까?"

"집에요."

"낚싯대를 찾으러 가는 동안에도 마주친 사람이 없다고 말씀하실 겁니까?"

"그런 것 같습니다."

형사가 이번에는 몸을 앞으로 기울이며 책상에 두 팔을 걸쳤다.

"그래서 3킬로미터나 되는 거리를 걸어서 집으로 되돌아오셨군요. 새로 산 릴을 가지러요. 그럼 릴을 찾은 다음에 다시 걸어서 돌아오셨나요?"

"음…."

"왜 굳이 다시 나오셨지요? 새 릴은 다른 날에 써볼 수도 있는 것 아닌가요?"

"낚시를 좋아하니까요."

"다 합쳐서 12킬로미터가 넘는 거리를 걸어 다닐 정도란 말씀입니까?"

"그렇습니다."

"지금 하신 얘기는 앞뒤가 맞지 않아요. 왜 지난번 진술에서는 이런 얘기를 안 하셨나요?"

나는 손으로 머리카락을 쓸어 넘기면서 대꾸했다.

"글쎄요. 생각이 안 났어요."

"6킬로미터가 넘는 거리를 왕복해서 걸었던 사실이 기억이 안 났다? 그때 라일리 마컴을 만났고 라일리는 얼마 지나지 않아서 무참히 살해당했는데 말입니다. 이렇게 말씀드려서 죄송한데요, 크리스씨, 그런 중요한 사실을 잊어버릴 정도면 다른 일들도 저희 경찰에게 제대로 말씀하시지 않은 거 아닙니까?"

"어떤 미친놈이 제가 가르치던 학생을 두 명이나 죽였는데 제가 제정신일 거라고 생각하시는 겁니까? 제 기분이 어떤지 짐작이나 할 수 있겠어요? 라일리를 집까지 데려다줄 걸 그랬다고 자책했습니다. 학생을 돌보지 않고 내 취미 생활이나 즐기다니…. 내 이기심 때문에 어떤 대가를 치르고 있는지 아시냐는 말입니다. 아마도 내가 라일리가 살아 있는 모습을 마지막으로 본 사람일 겁니다. 제 속은 지금 타들어 가고 있어요."

형사의 눈빛을 보니 내 말을 믿기 시작하는 것 같았다.

"이보세요, 형사님. 지금까지 제가 그날 라일리를 만났다고 말씀드리지 않은 건 죄책감 때문입니다. 제가 오해를 받게 될 가능성도 있었고요. 그런데 결국 경찰은 저를 범인으로 의심하고 있네요. 사건 현장이나 죽은 아이의 몸에서 제 DNA가 나왔을 리도 없는데 말이죠."

"크리스 씨, 우린 아직 당신의 DNA를 채취하지도 않았습니다."

"그럼 채취하시지요. 어서요. 지금 바로 해주십시오."

내 이런 허세가 먹혀야 할 텐데. 그런데 경찰이 라일리의 시체에서 내 DNA를 찾아내기라도 하면 어쩐다? 그날 10초에서 15초 정도는 라일리랑 대화한 것 같은데. 내 머리카락 한 가닥 정도는 떨어지고도 남을 시간이다. 내가 라일리의 몸을 만진 적이 있던가? 어깨에 손을 올렸었나? 자신 없다. 기억이 나질 않는다.

"당신은 범행 현장에서 목격됐어요."

"아니요, 범행 현장 근처에서 목격된 거겠지요. 그리고 그 목격자는 라일리가 저와 대화를 나누는 동안 분명히 살아 있었다는 걸 목격한 거고요."

"그럼 당신이 범죄를 저지르러 되돌아가지 않았다는 사실을 증명해줄 증인을 내세워보시지요. 그러지 못하면 당신에게 불리할 테니까요."

나도 모르게 손톱으로 손바닥을 쥐어뜯고 있었다. 숨을 깊이 들이마셨다.

이제는 진실을 밝혀야겠다.

38장

메건

집에 가만히 있을 수가 없었다. 그냥 그럴 수가 없었다. 갑자기 내 집 같지 않다는 기분이 들었다. 내가 약하게 느껴졌고, 무서웠고, 혼자라는 생각이 들었다. 경찰은 그들이 도착하기 직전에 크리스와 나 사이에 어떤 일이 벌어졌는지 진술해달라고 요청했다. 경찰서에 직접 나가서 진술하겠다고 대답했다. 그저 집에서 떨어져 있고 싶은 마음뿐이었다.

내가 칼을 가지고 있었다는 사실은 경찰에게 밝히지 않았다. 말할 이유가 없었다. 경찰은 노크를 한 다음 자신들의 신분을 밝혔기 때문에 크리스와 나는 그들이 누구인지 알 수 있었다. 크리스가 현관문을 열어주는 동안 나는 칼을 제자리에 가져다 두었다. 경찰에게는 크리스가 주방에 들어오길래 핸드폰을 감추려고 했다고 진술했다. 그래서 아무 말도 하지 않은 거라고. 누군가를 보호하려고 이렇게 말한 게 아니다. 내가 한 말은 진실에 가깝다. 남편에게 내가 칼을 휘둘렀다는 사실을 제외했을 뿐이다.

나는 크리스의 의심스러운 행적을 경찰에게 모두 알렸다. 그렇지만 몇 가지 이유로 나의 의심이 단지 추측인지 아닌지 확신하지 못하고 있다고 덧붙였다. 내 머릿속에서는 모든 게 불투명하고 몽롱하기 때문에 진실과 상상을 구분하지 못하는 상태라고 설명했다. 커다란 혼돈 덩어리가 되어버린 지금의 내 머리로는 이런 무서운 일들을 도저히 감당하기 어려웠다. 그들은 내 말을 잘 이해하는 것 같았다. 그럴 수밖에 없지 않을까?

일단 진술을 모두 녹취한 다음에 경찰은 나와 에비를 또 다른 취조실로 데려갔다. 어린아이들이 가지고 노는 장난감이 몇 개 있었다. 에비보다 큰 아이들을 위한 것 같았지만 에비는 장난감을 입에 물고 다른 장난감을 집어 던지면서 즐겁게 놀았다. 우리를 경호하는 젊은 여자 경관은 에비를 정말 사랑스럽다는 듯이 바라보았다. 내가 생각할 수 있는 거라곤 한밤중에 자고 있는 에비를 깨운 데다 이미 두 번이나 낮잠 시간을 놓쳤다는 사실뿐이었다. 마침내 에비가 꾸벅꾸벅 졸기 시작하길래 취조실 한쪽에 개어둔 담요 위에 눕혔다.

조지아라는 젊은 경관과 나는 즐겁게 이야기를 나누었다. 조지아는 자기 조카들 이야기를 들려주면서 자신은 네 형제 중에서 막내고 언니, 오빠들은 모두 아이를 키우고 있다고 말했다. 우리는 아이들 때문에 벌어진 웃긴 해프닝에 대해 이야기했다. 나는 조지아의 이야기를 들으며 고개를 끄덕이고 미소를 짓고 있다가 가끔씩 '당신이 무슨 말을 하는지 모두 이해하고 있어요'라는 눈빛을 보낼 뿐이었다. 그리고 조지아의 이야기를 들으면서 나는 내가 되고자 했던 엄마와는 아주 다른 엄마가 되었음을 깨달았다. 이번 사건으로 하나 얻은 게 있다면 내 인생에서 중요한 게 무엇인지 깨닫게 됐다는 것이다.

잠시 후 조지아가 나를 바라보며 말했다.

"메건, 제 말 너무 기분 나쁘게 듣지는 마세요. 메건은 이번 일에 정말 잘 대처하고 있는 것 같아요. 만약 제가 당신 입장이라면 그렇게 못 했을 것 같은데."

"딱히 내가 할 수 있는 게 없으니까요. 게다가 나는 내가 이번 일을 받아들이려고 예전부터 애써온 것 같아요. 솔직히 말해서 이런 의심을 품은 지 좀 오래됐거든요."

조지아가 미소 지었다.

"그렇군요. 우리 이제 다른 얘기 해요."

좋은 생각이다. 나는 이미 공식 진술을 끝마쳤고 '오프 더 레코드' 할 얘기를 자꾸 꺼내는 건 아무런 도움이 안 된다.

하루의 대부분을 취조실에 머물러 있었다. 크리스에게 어떤 조치가 취해졌는지 확실해지기 전까지는 다른 곳으로 움직일 수 없다. 그런 지시를 받은 게 아니라 이 불확실한 상태가 싫었기 때문이다.

저녁 8시가 되자 취조실의 문이 열리고 조지아보다 나이 많은 여자 형사가 들어왔다.

"여기 있기 괜찮아요?"

"죽을 만큼 심심하긴 한데 그래도 훨씬 안전하니까요."

형사는 한쪽 입술을 올리며 미소를 지었다.

"남편분과 할 수 있는 한 많은 이야기를 나눠보았습니다. 각 분야의 전문가와 함께 모든 진술을 검토해보았고요. 결국 남편분에게는 혐의를 적용할 수 없다는 결론을 내렸습니다."

한순간에 나의 모든 노력이 물거품이 되어버렸다.

"혐의를 적용할 수 없다는 말이 무슨 뜻인가요?"

"우리는 라일리 마컴과 카이 볼턴 살인 혐의로 크리스 씨를 기소하지 않기로 했습니다. 크리스 씨는 여기서 나가셔도 됩니다."

"도대체… 이해가 안 되네요. 어째서죠?"

"범행 시각에 남편께서 다른 곳에 있었다는 증거가 나왔거든요. 크리스 씨가 사건과 연관되어 있다는 증거는 나오지 않았습니다."

"뭐라고요? 말도 안 돼…."

순식간에 머리가 핑 돌았다.

"남편이 낚시를 했다고 하지만 목격한 사람은 아무도 없어요. 근데 증거라니요?"

"더 알고 싶으시면 남편분과 직접 얘기해보시는 게 나을 것 같습니다, 밀러 부인. 현재 조사 중인 살인 사건에 대해서는 말씀드릴 수 없습니다. "

몸에 힘이 풀려 의자에서 떨어질 것 같았지만 간신히 자세를 고쳐 앉았다.

“크리스는 지금 어디에 있나요?”

“본인 소지품을 돌려받고 있습니다. 몇 가지 서류만 작성하고 나면 나가시게 됩니다.”

“뭐라고요? 집으로 온다는 말인가요?”

형사가 조지아를 쳐다보더니 다시 나에게 시선을 돌렸다.

“아니요, 어머니와 양부에게 연락해서 데리러 와달라고 하던데요. 아마 그분들과 함께 움직이겠지요.”

“그럼 전 이제 어디로 가야 하나요?”

“어디든 자유롭게 가실 수 있습니다. 집으로 돌아가시는 게 어떨까 하는데요.”

현실을 받아들이기 위해서는 시간이 필요했다. 이 모든 걸 한꺼번에 받아들이기 위해서는 시간이 필요했다. 틀림없이 뭔가 착오가 있다. 크리스가 결백하다니? 그가 범죄 현장이 아닌 다른 곳에 있었다는 증거가 대체 어디 있단 말인가? 도무지 말이 안 된다. 게다가 이제 그는 집으로 돌아오지도 않을 거라고 한다. 어머니와 양부와 함께 지내다니 평소의 크리스라면 있을 수도 없는 일이다. 크리스는 양부 조지를 싫어하고, 친아버지가 돌아가신 후에 너무 빨리 재혼해버린 어머니를 아직까지도 용서하지 못하고 있다.

“그럼 이제 어떻게 되는 거죠?”

"안타깝지만 이제 경찰에서 할 수 있는 일은 거의 없을 것 같습니다. 저희가 조사한 바에 따르면 남편께서는 살인을 저지르지 않았으니까요. 제 생각에 남편분과 얘기를 좀 나눠보시는 게 좋을 것 같네요."

나는 형사에게 인사를 하고 에비와 내 물건들을 챙겼다. 그리고 조지아의 안내를 받아 취조실을 나왔다.

39장

메건

과거에도 크리스가 집을 비운 적은 많았다. 학교 수련회나 총각파티 같은 모임 때문이었다. 그렇지만 그때는 어젯밤처럼 집이 텅 비어버린 느낌은 아니었다. 남편만 없어진 게 아니었다. 나의 결혼 생활, 나의 가정, 나의 희망과 꿈이 모두 한꺼번에 사라진 듯한 기분이 들었다.

우리 두 사람이 노력해서 일군 모든 것들이 돌이킬 수 없이 망가져 버렸다. 나는 예전처럼 크리스의 눈을 바라볼 수 있을까? 그는 나를 두 번 다시 용서하지 않을 것이고 나도 그를 완전히 믿을 수 없다. 가끔 경찰이 실수를 한다지만 이번 건은 엄청나다. 크리스가 정말로 라일리와 카이를 죽인 거라면? 만약 다른 아이를 또 죽인다면?

과거에 어떤 일이 있었든, 지금 어떤 일이 벌어지고 있든, 나는 크리스와의 결혼 생활이 끝났음을 받아들여야 한다. 이건 그가 실제로 살인을 저질렀는지 여부와는 더 이상 상관이 없다. 경찰에 전화해 남편이 아이들을 죽인 살인범이라고 신고하면서 예전처럼 결혼 생활을 유지하기를 기대하는 아내가 몇이나 되겠는가?

크리스가 체포되었다는 소문도 동네에 쫙 퍼졌다. 그가 풀려나든, 구속되든, 잘난 교황님이 나서서 크리스의 결백을 선포하든, 이제 누군가는 그를 의심할 것이다. 크리스는 두 번 다시 교사로 일할 수 없을 것이다. 적어도 초등학교 교사로 복귀하는 것은 불가능해졌다. 그것은 확실하다. 어떻게 된 일인지 신문에는 이 일이 보도되지 않았다. 얼마 동안이나 언론이 가만히 있을지는 모르겠지만, 최대한 이 상황이 지속됐으면 한다. 사람들의 반발은 이 지역 내에서만 일어났으면 하니까. 꼭 일어나야 한다면 말이다. 영국 언론들은 끔찍한 살인마의 구속에 대해서는 대문짝만하게 기사를 실어놓고 정작 그 사람이 결백을 인정받아 풀려났을 때는 시큰둥하다. 그 사람은 잘난 영국 언론의 대서특필 때문에 평생 지우지 못할 낙인이 찍힌 채로 살아간다. 크리스가 그런 취급을 받는 건 불공평하다. 그건 내가 원하는 바도 아니다.

9시 30분쯤 됐을 때 초인종이 울렸다. 주차된 차를 확인하려고 위층 창문을 통해서 밖을 내다보았다. 아는 사람이 아니면 문을 열어줄 마음은 없다. 도로에 주차된 차는 확실히 낯이 익었다. 자주 본 차는 아니지만 워낙 눈에 띄어서 누구 것인지 금방 알아볼 수 있었다.

아래층으로 내려가 현관문을 열었더니 제임스가 안으로 들어왔다. 제부는 항상 즐겁고 자신만만해 보였는데, 지금은 의기소침한 모습이었다.

"불쑥 들어와서 죄송해요. 기자들이 있을지도 모르는데 밖에 있고 싶지 않아서요."

"괜찮아요. 무슨 일 있어요?"

제임스의 발걸음이 무거워 보였다.

"크리스 소식 들었습니다. 차 한잔 마실 수 있을까요?"

나는 고개를 끄덕인 뒤 제임스를 주방으로 안내했다. 로런이나 제임스가 우리 집을 방문한 건 몇 년 만에 처음이었다. 제임스가 우리 집 주소를 기억하고 있다니 놀라웠다.

차를 준비해서 주방 식탁에 그와 마주 앉았다.

"누가 말해줬나요? 크리스 얘기 말이에요."

제임스는 숨을 깊게 들이마시더니 다시 크게 내쉬었다.

"어제 오후에 경찰이 우리 집에 왔었거든요."

"제임스네 집에요?"

"네."

"대체 왜요?"

"흠, 초인종이 울려서 대답했더니 말해주는 거라곤 '사건 조사 때문에 왔다'뿐이더군요. 경찰은 로런과 이야기하고 싶어 했어요."

나는 눈을 감고 상황을 이해해보려고 노력했다.

"도대체 로런이랑 무슨 할 얘기가 있다는 걸까요?"

"저도 그게 궁금했어요. 그렇지만 제 앞에서는 로런의 동의 없이 사건에 관해서 얘기하려고 하지 않았어요. 로런이 일단 혼자서 경찰과 이야기하고 싶다고 해서 전 밖으로 나왔어요. 경찰이 떠난 것 같아서 돌아와 보니 로런이 엉엉 울고 있더군요. 화장은 엉망진창이 되어 있고 제정신이 아닌 것 같아 보였어요."

제임스가 잠시 말을 멈췄고 나는 그가 마음을 추스를 때까지 기다려주었지만 그는 더 이상 입을 열지 않았다. 그에게서 더 많은 이야기를 끌어내야 했다.

"왜요? 경찰이 무슨 말을 했는데요?"

"저도 그렇게 물어봤습니다. 처음에는 아는 사람한테 큰일이라도 난 줄 알았거든요. 그런데 그런 게 아니라고 했어요. 로런이 입을 떼는 데만도 한참이 걸렸습니다. 하지만 결국 모든 이야기를 들려줬어요."

제임스는 또다시 거친 숨을 몰아쉬었다. 눈에 눈물이 고인 것 같기도 했다.

"그래서 무슨 얘기였는데요?"

"경찰이 크리스를 체포해서 최근 두 소년이 살해된 사건의 범인이 아닌지 조사하고 있다고 했어요. 크리스가 경찰에게 범행 당시 자신의 알리바이를 제시했는데 그걸 검증할 필요가 있어서 로런을 찾아왔다고 하더군요."

"무슨 알리바이요?"

"크리스는 두 번 다 로런과 함께 있었다고 진술했어요."

나는 고개를 저으며 손톱으로 손등을 꽉 눌렀다.

"미안한데 이해가 안 가요. 크리스가 로런과 함께 있었다니 무슨 말이에요?"

제임스는 눈물을 참으려고 천장을 보았다. 그리고 똑같은 말을 반복했는데 이번에는 좀 더 느리게 말했다.

"두 번 다 크리스는 로런과 함께 있었어요. 두 번 다. 그 둘은 함께 있었습니다. 섹스를 하면서요."

속이 확 뒤집어졌다.

"크리스가 그렇게 말했나요?"

"그렇다고 합니다."

"로런이 경찰한테 크리스의 말이 잘못되었다고 부인했겠죠. 틀림없이 그랬을 거예요."

이 질문에 대한 제임스의 대답을 이미 예측하고 있었지만 그가 그렇게 말하지 않기를 바라면서 물었다.

제임스는 고개를 저었다.

"아니요. 로런도 경찰 앞에서 크리스의 말이 사실이라고 인정했어요."

순식간에 내 삶의 모든 것이 무너져버렸다. 숨을 쉬기가 힘들었다. 다리가 너무 떨려 의자에서 떨어질 것 같았다.

"로런이 내게 모든 걸 털어놨어요, 메건. 크리스도 당신에게 사실대로 고백해야 해요. 나한테서 모든 이야기를 듣는 건 경우가 아닌 것 같습니다. 크리스에게 직접 들으셔야 해요. 당신을 위해서라도."

제임스를 바라보았다. 그도 나처럼 완전히 망가진 모습이었다. 앞으로 도대체 얼마나 더 끔찍한 일들이 벌어지는 걸까.

40장

-

메건

제임스가 떠나고 얼마 지나지 않아서 크리스에게 문자를 보냈다.

'집으로 와. 할 얘기가 있어.'

모든 게 다 그의 탓이다. 이제 내가 모든 사실을 알고 있다는 걸 크리스도 알았을 것이다. 경찰이 로런을 찾아왔고, 로런은 제임스에게 사실대로 고백했을 테니, 로런과 제임스 둘 중 한 사람은 내게 털어놓았을 거라고 짐작했겠지. 로런이 경찰에게 모든 사실을 밝히고 크리스의 알리바이를 입증하지 않았다면 크리스는 풀려나지 못했을 것이다. 크리스는 자신의 불륜은 공개되겠지만 라일리와 카이의 살인자로 기소되지는 않을 것을 알고 있었으리라.

나는 크리스가 오기 전에 엄마가 에비를 데리고 갈 수 있게 먼저 부탁해두었다. 자세한 설명은 생략하고 그저 며칠 동안 너무 많은 일이 일어나서 혼자 있을 시간이 필요하다고만 말해두었다. 다행히 엄마는 더 캐묻지 않았다. 마침내 크리스가 문에 열쇠를 꽂고 돌리는 소리가 들린 순간, 심장이 미친 듯이 쿵쾅댔다. 이상하게도 열쇠부터 새로 맞춰야겠다는 생각을 가장 먼저 했다. 그러려면 뭐부터 해야 할지, 비용은 얼마나 들지 모르겠지만 크리스가 아무 때고 자기 마음대로 집에 들어오게 할 수는 없다.

크리스가 신발을 벗어 던지고 주방으로 걸어오는 소리가 났다. 나는 두 잔의 차를 준비해놓고 주방 식탁에 앉아 기다렸다.

"우유랑 설탕 두 스푼 넣었어."

크리스가 고개를 끄덕이며 내 맞은편에 앉았다.

1분가량 둘 다 아무 말이 없었고 마침내 내가 침묵을 깼다.

"아 정말, 크리스. 당신 바보 아니잖아. 이게 지금 무슨 상황인지 알잖아. 그러니까 성인답게 나한테 말해봐."

크리스가 모든 걸 잃은 표정을 지었지만 불쌍하지는 않았다. 뿌린 대로 거두는 거지. 모든 게 다. 그가 만든 비밀과 거짓말이 이런 결과를 초래한 거다.

크리스는 숨을 깊이 들이마시더니 머그잔 속을 들여다보면서 이야기를 꺼냈다.

"라일리가 죽던 날, 난 낚시를 하고 있었어. 그렇지만 낚시터에는 두 시간 정도만 있었고 곧 마을로 돌아왔어. 3시 30분에 주차장에서 로런과 만나기로 약속했었거든."

"왜?"

"왜 그랬겠어."

크리스의 말은 설명이라기보다 질문처럼 들렸다.

"주차장으로 가는 길에 라일리를 만났어. 개울을 지나 집으로 가고 있더군. 안전하게 집으로 돌아갈 수 있게 내가 데려다주면 어떻겠냐고 라일리에게 물어볼까 했지만, 그때도 이미 로런과의 약속에 몇 분 늦은 상황이었거든. 그래서 물어보지 않았어. 신이시여, 사건 소식을 듣고 그때 상황이 몇백 번이고 머릿속에 떠올랐어. 내가 왜 라일리를 데려다주겠다고 하지 않았을까? 고작 몇 분 더 늦는 건데. 로런도 그 정도는 더 기다려줬을 텐데. 그렇지만 그 순간에는 즐기고 싶다는 생각뿐이었어. 그리고 결국 라일리가 죽었지. 그래서 라일리의 부모님을 뵈러 갔어. 라일리의 죽음에 죄책감을 느꼈으니까. 죄책감보다 더 안 좋은 마음이었지. 나한테 책임이 있다고 생각했어. 근데 라일리의 부모님을 만나지도 못했어. 밖에다 차를 세워놓고 그 안에서 라일리네 현관문만 바라보고 있었다고. 고백할 수가 없었어. 차마 라일리네 집 안으로 들어갈 수가 없었어. 그런 것조차 행동에 옮기지 못하는 못나빠진 놈이야, 난."

눈물이 크리스의 뺨을 따라 흘러내렸다. 그렇지만 나는 한때 남편이었던 이 남자에게 일말의 동정심도 느낄 수가 없었다.

"그때 한 번뿐이었어?"

크리스에게 또 한 번 질문을 던졌다. 그가 뭐라고 답할지 너무 잘 알고 있었지만.

크리스는 고개를 저었다.

"아니, 카이가 죽었을 때도 로런이랑 같이 있었어."

"카이도 마주쳤어?"

"아니, 방과 후에는 못 봤어."

고개를 끄덕였다. 자, 이제 크리스가 진실을 공개할 차례다. 마침내 진실과 거짓을 구분할 수 있는 순간이 왔다.

"로런이랑 얼마나 자주 그랬어?"

크리스가 손가락으로 자기 머리카락을 쓸어 넘겼다.

"모르겠어, 정말 모르겠어. 일주일에 서너 번 정도 만난 것 같아. 제임스는 출장을 자주 갔고, 당신은… 음, 우리는 에비가 태어나고 나서부터 사이가 예전 같지 않았잖아."

"그걸 지금 변명이라고 하는 거야?"

"아니, 내 행동의 이유를 설명하는 거야. 분명히 다르잖아."

"어디서 했어?"

크리스는 한숨을 쉬면서 대답했다.

"여기저기서 했어. 하지만 서로의 집에서는 절대 하지 않았어."

그는 여기까지 말하고 나서 나를 바라보았다. 마치 그 한마디로 모든 게 다 괜찮아질 거라고 믿는 듯이.

"산책로 바로 옆에 오래된 공장부지가 있어. 경매 물품 창고였는데 몇 년 전에 문을 닫았거든. 그 주변에는 주차 공간 몇 군데 말고는 아무것도 없어서 로런이 그곳에 차를 주차해두고… 그리고 우리는… 당신도 이미 알고 있잖아."

"아니, 난 아는 게 없어. 당신이 말해봐."

크리스가 침을 꿀꺽 삼켰다.

"로런과 나는 섹스를 했어."

"일주일에 서너 번을?"

크리스가 고개를 끄덕였다.

"나한테 낚시하러 간다고 하고 외출했을 때마다?"

"낚시하러 갔었어. 낚시하러 간 김에 로런을 만난 거지."

"세상에, 로맨틱하기도 하셔라."

나는 좀 더 자신 있게 말하기 시작했다.

"더 자세히 말해봐. 대체 어쩌다 그렇게 된 거야? 몇 년 동안이나 로런하고는 말도 안 하고 지냈는데."

"어느 날 로런이 나한테 문자를 보냈어. 장모님께 내 번호를 물어봤겠지. 과거는 다 잊고 가족끼리 잘 지냈으면 좋겠다고 말하더군. 그래서 만났어. 하루는 학교 끝나고 로런의 집에 들러서 당신 속을 좀 떠보겠다고 말했어. 하지만 당신은 그럴 마음이 전혀 없었지. 로런 이야기를 꺼낼 때마다 독약이라도 마신 것 같은 표정을 지었어."

"수업 마치고 들렀었다고?"

"회의가 늦게 잡혔다고 몇 번 얘기한 적 있잖아. 완전히 거짓말인 건 아닌 거지. 그리고 아무 일도 없었고. 서로의 집에서는 아무 짓도 하지 않았어. 어쨌든 로런의 집에는 제임스도 있었고 장모님도 있었으니까."

"엄마가 집에 있었다고?"

숨이 목에 탁 걸려 밖으로 나오지 않았다. 엄마도 알고 있었단 말인가?

"그래, 장모님은 딸들이 화해했으면 좋겠다고 항상 생각하셨으니까. 그렇지만 나와 로런 사이의 일은 전혀 모르셔. 아셨다면 나를 찢어 죽이려고 하셨겠지. 로런과 이 얘기를 했을 때 나는 에비도 아직 어리고 우리 모두 당장 해야 할 일도 많으니까 당분간은 그냥 그대로 지내는 게 낫겠다고 말했어. 당신을 화나게 하고 싶지 않았거든. 하지만 로런과 나는 계속 만나기로 했지."

"만나기로 했다."

첫음절에 힘을 줘서 크리스의 말을 따라 했다.

"그래, 뭐. 당신도 어차피 알잖아."

"자기로 했다는 거겠지."

크리스는 이 말에는 대꾸하지 않았다.

"얼마 후부터 로런은 당신에게 직접 연락해보겠다고 말했어. 전화를 걸어서 자기도 후회하고 있다는 식으로 말하면 당신이 좀 누그러질 거라고. 정말 그렇던데. 잠깐이지만."

"식사 약속을 그렇게 잡은 거구나. 그럼 그때까지 얼마나 오랫동안 로런을 만났던 거야?"

"세 달 정도."

입을 다물 수가 없었다.

"그런데도 둘이 그날 레스토랑에서 그렇게 한마디도 안 했던 거야? 세상에, 제임스랑 둘이서 술 사러 가고 나랑 로런만 남겨뒀잖아. 그날 로런은 웃고 떠들고 장난 아니었는데, 세 달 동안이나 내 남편이랑 놀아났다는 사실을 숨기고 있었다는 말이지."

"그런 거 아니야. 그럼 우리가 뭘 할 수 있었겠어? 당신과 제임스를 앉혀놓고 거기서 모든 사실을 털어놨어야 한다는 거야?"

"이 사실을 무덤까지 가지고 갈 생각이었나 봐."

"아니야, 당연히 아니야. 그때부터 로런과 만나는 것도 그만뒀어. 로런한테도 더 이상 이런 식으로 만날 수는 없다고 말했고. 그날 하루 종일 로런이 나한테 한마디도 안 했고 겨우 말을 꺼냈을 때는 거의 괴롭히다시피 짓궂게 굴었던 거, 기억나?"

벽돌로 머리를 얻어맞은 기분이었다.

"진실게임에서 로런이 가장 큰 비밀을 물었고 당신은 갑자기 집에 가고 싶다고 했지."

"그래, 그때 로런은 취해서 제정신이 아니었어. 주방에 단둘이 있었을 때 나를 유혹하려고 하더군. 진실게임 카드도 바꿔치기한 것 같은데, 놀랍지도 않아."

나는 크리스의 말을 이해해보려고 애썼다. 우리 두 사람은 한동안 아무 말이 없었다. 내 남편과 내 여동생이 작당하고 나를 배신했다. 나는 모든 걸 잃었다. 그렇지만 내 머리는 지금 이 순간에도 모든 걸 논리적으로 생각하려고 애쓰고 있다. 아마 이것도 대응 기제의 일종일 것이다.

“잠깐만. 경찰이 지금 이 이야기를 그대로 믿었어? 처제가 증명하는 알리바이를 곧이곧대로 믿어주진 않았을 텐데. 당신이 로런에게 돈을 쥐여주거나 협박하지 않았다고 어떻게 보장해?”

그런 게 아니라는 건 알고 있고, 크리스가 나에게 로런과의 관계에 대해 사실대로 말하고 있다는 것도 알고 있지만, 경찰이 취한 조치는 말이 되지 않는다.

크리스는 눈을 감더니 고개를 절레절레 흔들었다.

“젠장, 빌어먹을. 왜 그딴 걸 묻는 거야, 당신?”

“진실을 알아야 하니까.”

사실은 그 잘난 진실 따위 알고 싶지 않다.

크리스는 또 한 번 한숨을 쉬었다.

“사진이 있었거든. 로런은 우리가 섹스하는 모습을 사진으로 간직하고 싶어 했어. 왜 그랬는지는 모르겠지만, 아무튼 그랬어.”

“그래서 그 사진을 경찰에 제출한 거야?”

크리스가 고개를 끄덕였다.

“그걸 그냥 찍게 내버려 뒀어? 나중에 로런이 그걸로 당신을 협박할지도 모르는데?”

“처음에는 너무 흥분해서 로런이 〈선데이 타임스Sunday Times〉에 광

고를 한다고 해도 내버려 뒀을 거야. 그 후로는 안 된다고 해서 뭐 하겠어? 어차피 처음 찍은 사진을 가지고 있는데."

"전형적인 남자네."

내가 말했다. 이 말에 조금의 후회도 없었다.

"그게 다야? 이제 다 털어놓은 거냐고."

또 한 번의 한숨.

"그래, 몽땅 다."

"그럼 이제 속이 좀 후련해?"

"아니, 전혀."

"좋아, 잘됐네."

일어나서 식어버린 차를 싱크대로 가져가 쏟아버렸다.

"그럼 이제 그만 내 집에서 나가."

크리스는 나를 한 번 쳐다보더니 일어나서 현관문으로 향했다.

41장

–

메건

나는 크리스가 나가자마자 와인 보관실로 향했다. 술이 정답은 아니지만 달리 대안도 없었고, 술을 마셔서라도 복잡한 머릿속을 가라앉히고 싶었다.

이상하게 들릴지 모르지만, 나는 크리스가 정말로 후회하고 있는지도 잘 모르겠다. 물론 그는 확실히 후회하고 있는 것처럼 보이려고 노력했지만, 그저 연기를 하고 있었던 건지도 모른다. 이미 최근에 그는 자신의 연기력을 보여준 적이 있으니까.

더 중요한 건 내가 지금 내 기분을 잘 모르겠다는 것이다. 부서지고 망가졌다. 할 수 있는 표현이라곤 이것뿐인데 지금은 이런 표현들이 다 의미 없다고 느껴진다. 세상이 의미와 존재 가치를 잃어버렸다.

주방 서랍장을 마구 뒤져서 와인 오프너를 찾아봤지만 없었다. 손에 집히는 포크 따위를 바닥에 거칠게 집어 던지다 보니 구석에 처박혀 있던 오프너가 나타났다. 그걸로 마개를 딴 다음 와인을 내 손에 들이부었다. 혀로 핥았다. 찬장에서 잔을 꺼내 와인을 가득 채웠다. 한 번에 들이켜고 다시 잔을 채웠다.

머리가 금세 덜 혼란스러워졌다. 술이 이렇게 빨리 효과를 낼 줄은 몰랐는데, 큰 와인잔 가득한 술을 한입에 털어 넣으니 다르긴 달랐다. 더 자주 이래야겠다.

생각할수록 화가 치밀어 오른다. 내가 무슨 짓을 하고 있는지 미처 깨닫기도 전에 나는 주먹으로 주방 문을 치고 있었다. 얇은 싸구려 합판으로 만들어진 문이 이렇게 쓸모 있게 느껴진 건 처음이었다. 합판에 커다란 구멍을 남기고 주먹을 빼내려다가 손을 긁혔다.

머리가 윙윙 울렸다. 밝은 빛, 그리고 몇 가지 장면이 눈앞에 떠올랐다. 그렇지만 어느 것 하나 분명하지가 않았다.

몇 걸음 뒤로 물러났다. 사실 비틀거린 것이다. 숨을 가다듬으려고 노력했다. 과호흡에 가까운 상태였다는 것도 모르고 있었다. 폭력성을 누그러뜨려야 한다. 이건 내가 아니다. 나는 폭력적인 사람이 아니다.

머리가 또다시 윙윙 울렸다. 와인잔에 손을 뻗었다. 손가락 관절이 유리잔을 스쳤다. 잔이 흔들렸다. 잔을 잡으려다 놓쳤다. 와인잔이 주방 바닥으로 떨어져서 짙은 붉은색을 띤 액체가 온 사방에 튀었다.

그 모습을 보니 머리가 더 심하게 울렸다. 바닥에 흐르는 와인은 그 모양이 조금씩 변했다. 바닥 타일이 점점 작아진다. 물이 보인다. 따스한 햇볕 냄새가 난다.

그리고 갑자기 모든 것이 기억나기 시작했다.

42장

–

메건

그날, 라일리 마컴이 살해당한 그날, 나는 외출을 했다. 이제 기억이 난다. 집에 돌아와서 세탁기를 돌렸다. 세탁기는 한 시간을 돌아갔고 크리스가 집에 들어왔을 때 빨래가 다 됐다는 알림음이 삐, 하고 울렸다. 크리스는 5시 조금 넘어서 집에 돌아왔다. 내 예상보다 일찍 들어왔기 때문에 분명히 기억한다. 그날 나는 4시쯤에 집에 돌아온 게 틀림없다.

모든 장면이 엉망진창으로 뒤섞여서 정확하게 분간이 안 간다. 찰나의 영상이 머릿속에 떠오르긴 하는데 어떤 건 진짜고 어떤 건 나의 상상이다. 크리스가 집에 돌아왔다. 경찰차의 사이렌이 울렸다. 라일리의 시체가 있다.

그 당시의 모든 기억이 한 덩어리로 뭉쳐져서 다가온다. 산책을 하고 있었다. 산책 장소가 기억이 나면 모든 상황을 좀 더 확실하게 설명할 수 있을 텐데. 개울가를 곧잘 산책하지만 그날은 안 한 것 같다. 만약 했다면 기억이 나겠지. 어쨌든 크리스가 로런의 차로 가기 위해 3시 30분쯤 주차장 쪽으로 걸어가고 있었고 내가 4시에 집에 도착했다면 그때 크리스는 아주 위험한 게임을 한 셈이다. 나한테 충분히 들킬 수 있었다. 하지만 난 두 사람을 보지 못했다. 내가 봤던가?

내 머릿속은 여기저기 하얗게 지워진 상태지만, 그런 장면은 분명 기억이 날 것이다. 나와는 서먹한 여동생과 차 안에서 그런 짓을 하고 있는 남편을 목격하고도 기억이 안 난다니 말도 안 된다.

혹시 일종의 방어 기제 같은 것 때문에 내가 보고서도 잊어버린 건 아닐까? 나 자신을 보호하기 위해서. 크리스가 내게 로런과의 관계를 털어놓았을 때 나는 놀랐다. 놀라는 게 당연했다. 하지만 곧 평정심을 되찾고 크리스에게 궁금한 것을 질문한 나 자신이 더욱 놀라웠다. 지금까지 나는 무덤덤했다. 눈물조차 흘리지 않았다. 이게 정상인가? 그저 내 정신이 상황에 대처하는 방식이 이런 걸까?

말이 안 되는 일은 이것 말고도 많다. 로런과 놀아났다는 사실만으로 크리스가 라일리와 카이를 죽이지 않았다는 것이 입증되지는 않는다. 라일리가 죽은 시간이 정확하게 밝혀지지 않았기 때문이다. 크리스가 라일리를 본 3시 30분과 라일리의 시체가 발견된 4시 30분 사이에 일어난 일이라는 것밖에 알 수 없다. 크리스가 결백하다는 걸 어떻게 믿을 수 있단 말인가? 증인이 잘못 봤을 가능성도 있지 않은가? 크리스는 로런을 자신의 알리바이를 증명하는 데 이용한 것처럼 잘못된 증언도 자기에게 유리하게 활용했을 수도 있다. 물론 자신의 불륜을 고백해서 자기 결혼 생활과 가정이 망가졌지만 살인을 하고도 빠져나갈 수 있다면 누군들 안 그러겠는가? 내 가정은 이미 망가졌다. 물론 크리스와의 결혼 생활도 마찬가지다.

만약 크리스가 그 '증인'에게 돈을 주고 그렇게 증언하도록 사주했다면? 그리고 나는 아직 그 증인이 누구인지도 모른다. 크리스의 친구 아니면 직장 동료일지도 모른다. 충분히 그럴 수 있지 않은가? 크리스의 친구 하나가 증언을 해서 그가 유죄인 것처럼 보이게 하는 것이다. 진실을 말하는 게 아니라면 친구가 그런 짓을 할 이유가 무엇일까? 이유는 한 가지뿐이다. 진실이 훨씬 더 추악하니까.

경찰도 라일리의 정확한 사망 시각을 모른다면 그깟 불륜 사진이 무슨 의미가 있지? 사진에 촬영 시각이 적혀 있다고 해도 크리스가 로런을 만나기 전이나 후에 라일리를 죽이지 않았다고 어떻게 확신할 수 있단 말인가? 어린아이를 죽이는 데는 몇 초면 충분하다.

경찰은 증거라는 것을 입수한 뒤 너무 빨리 크리스가 결백하다고 믿어버렸다. 경찰이 내게 말해주지 않은 뭔가가 있는 것 같다. 크리스가 내게 밝히지 않은 무언가. 그게 도대체 뭘까? 그리고 왜 나에게 털어놓지 않은 걸까? 내 여동생과 그렇게 자주 놀아났다는 사실까지 말했으면서, 사진까지 남겼고 그동안 나를 속여왔다고 다 인정해놓고서, 왜, 뭘 숨긴 거지? 대체 더 숨길 게 뭐가 있다는 거지?

뭔가 엄청난 착오가 있다. 틀림없다.

다시 불안감이 엄습해온다. 모든 게 말이 되지 않는다. 아무것도. 모든 상황을 머릿속에서 또렷이 그려보았다. 믿고 싶지 않지만 살인범이 크리스여야만 앞뒤가 맞았다. 나는 그렇게 믿어야만 했다. 나는 그렇게 믿어야만 했다.

왜? 어째서?

왜냐하면 마음속 깊이, 정말 열심히 들여다본다면, 진정 보고자 한다면, 언제나 진실을 찾을 수 있기 때문이다.

나는 이제 분명히 알았다.

우리 집 쓰레기통에 라일리의 피 묻은 모자가 버려져 있었다. 세면대에 피도 묻어 있었다. 우리 집에 사는 누군가가 살인범인 것이 틀림없었다.

그래서 나는 크리스가 살인자라고 믿어야만 했다.

왜냐하면 그렇지 않다면….

43장

–

첫 번째 기억

강렬한 햇볕이 머리 위로 쏟아져서 정신을 차릴 수가 없다. 마치 약에 취한 것 같은 기분이다. 약에 취하고 싶다. 힘이 날 것 같다. 하지만 약에 취하면 집중을 할 수 없다.

아무 목적 없이 걷는다. 이런 상태에서는 기운이 나질 않는다. 정신이 다른 곳으로 향한다. 그런데 이게 좋다. 마음이 평온하니까. 편안하니까. 내가 내 마음과의 싸움을 멈출 수 있으니까. 아니 이겨낸 척할 수 있으니까. 정상적인 생활을 하려고 억지로 노력하지 않아도 되니까.

지금이 내 모든 감각을 온전히 만끽할 수 있는 유일한 순간이다. 햇볕이 더욱 따갑고 공기는 더욱 신선하게 느껴진다. 길가의 자갈이 샌들 밑창에 밟혀서 내 발바닥을 찌른다.

나는 살아 있다.

마음이 아주 충만한 동시에 진중하고 차분해지는 정말 특이한 느낌이다. 이게 무아지경이구나. 고요한 희열.

이런 기분일 때는 그 어떤 것도 머릿속에 들어오지 않는다. 나는 여기 존재한다. 지금 이 순간, 이 공간에. 지나간 시간은 모두 사라지고 다가올 미래도 그저 아득할 뿐이다. 말로 표현할 수 없는 자유를 느낀다.

단 한 번의 기회.

나의 내면에 숨어 있던 감정을 느낀다. 하지만 콕 집어 설명할 수는 없다. 부정적인 감정이다. 그것만은 분명하다. 아마 분노인 것 같다. 슬픔, 혹은 증오일지도. 그게 무엇이든 나를 이곳으로 오게 했다. 나에게 이렇게 활기차면서도 진정된 상태가 되도록 촉구했다. 그게 지금 내 존재의 중심이다. 이곳의 햇볕과 고요에 가려져 있는 섬세한 불꽃이다. 이게 불타오르면 다른 모든 존재가 사라질 것이다.

우리에겐 단 한 번의 기회가 있었다.

내 감정을 설명하려고 하면 할수록 점점 단순해지는 동시에 복잡해진다. 가끔은 도저히 말로 설명할 수 없는 것도 있는 법이다.

무언가 번쩍하고 머릿속을 스쳐 간다. 어떤 이미지가 마치 스냅숏처럼 지나간다. 희미한 기억이다.

단 한 번의 기회를 내가 망쳐버렸다.

빛이 번쩍하며 한순간 방 안을 밝히는 것 같은 느낌이다. 온몸에

벼락을 맞은 기분이다. 후회, 질투, 몸서리쳐지는 고통의 냄새가 난다. 익숙한 감정이지만 동시에 모르는 감각이기도 하다. 아프다. 나를 고통으로 가득 채운다. 극도의 고통으로 나를 울부짖게 만든다.

나는 그를 실망시켰다.

우리에게 주어진 단 한 번의 기회, 나는 그를 실망시켰다.

더 이상은 햇볕이 따갑지 않다. 발부리에 채는 자갈들이 솜처럼 가볍다. 공기는 유황과 시체의 냄새로 가득 찼다.

나의 죽음이다.

다리를 건넌다. 내가 날아올랐다가 떨어지는 것을 느낀다. 발아래로 흐르는 물에 나의 발소리가 메아리친다. 하지만 발에는 아무런 감각도 없다. 오솔길을 따라서 조금 더 걷다가 그 아이와 마주쳤다. 분명히 동네에서 본 적이 있는 아이다. 즐거워 보인다. 내 아들이 이런 모습이었어야 하는데. 크리스의 아들이.

하지만 나는 그를 실망시켰다.

우리에게 주어진 단 한 번의 기회를 망쳐버렸다.

우리에겐 단 한 번의 기회가 있었다.

단 한 번의 기회.

소년이 내게 말을 걸며 인사했다. 나도 인사해주었다. 그리고 보았다. 소년을 지켜보았다. 사소하고 그다지 중요하지 않지만 한 아이의 부모라면 알아차릴 수 있는 것들을 발견해냈다. 그리고 잠시 소년은 나의 아들이 되었다. 그 소년은 내가 크리스에게 낳아주고 싶었던 아들이었다. 우리가 갖지 못한 아들. 내가 갖지 못한 가족.

나는 그 소년을 안아주고 싶었다.

그렇지만 소년은 나를 이상한 사람 취급하면서 멀어지려 했다. 내 머리가 홱 하고 돌았다. 미처 스스로 깨닫기도 전에 소년의 허리를 한쪽 팔로 감고 다른 쪽 팔로는 소년의 입을 틀어막았다.

본능적이고 동물적이었다.

나는 소년을 수풀 뒤편 바닥까지 끌고 갔다. 팔로 소년의 목을 내리눌렀다. 비명을 지르게 할 수는 없다. 지금은 안 된다.

이제는 돌이킬 수 없다.

돌이킬 수 없다.

44장

메건

정신을 차려보니 주방 한가운데 주저앉아 식은땀을 흘리고 있었다. 기억의 급류가 갑작스레 나를 덮친 것 같은 기분이었다. 어떻게 해야 할지 모르겠다. 무엇을 생각하고 무엇을 믿어야 할지 모르겠다.

꿈에서 깬 것 같기는 한데 뭐가 현실이고 뭐가 아닌지 헷갈렸다. 꿈에서 깨어나면, 꿈이라서 다행이라는 엄청난 안도감에 휩싸이고 머릿속에 떠오른 영상들이 현실이 아니라서 기뻐하기 마련이다. 이건 정반대다. 이건 악몽이다. 내 머릿속에 떠올랐던 모든 영상들은 환상이 아니라는 자각이 매초 또렷해졌다.

영화를 보는 기분이다. 주인공이 나를 연기하고 있다. 여주인공은 라일리 마컴을 땅바닥에 내리꽂았다. 라일리의 얼굴이 빨간색에서 보랏빛이 되었다가 파래진다. 라일리의 숨구멍이 틀어막히고 손가락이

여주인공의 팔을 파고들어 옷을 단단히 붙든다.

여주인공의 눈을 통해 바라본다.

다른 기억들과는 다르다. 과거를 회상하거나 상황이 어땠는지 기억을 더듬어보는 게 아니다. 이것은 수동적인 경험이다. 내 기억이 혼자서 움직이고 나는 그저 바라본다. 아무것도 느낄 수 없다. 그 기억은 어떤 감정이나 느낌도 수반하지 않는다. 그저 그렇게 존재할 뿐이다.

낯설고 멀게 느껴진다. 그렇지만 그 주인공은 나다. 틀림없다. 나는 직감적으로 이것이 실제로 일어난 일이라는 것을 알 수 있다. 그리고 모든 게 이해되기 시작했다.

우리 집 쓰레기통에 버려진 피 묻은 모자. 세면대에 묻은 피. 이런 증거들은 내 가족과 연관된 것이다. 이 집으로 범위를 좁혀준다. 나를 가리킨다.

모자를 쓰레기통 밖으로 꺼낸 순간이 기억났다. 그 모자를 봉지에 싸서 우체국 쓰레기통에 버렸었다.

내가 그 아이를 죽였다.

내 추측이 맞았다. 나는 이런 장면을 보았고, 그게 나의 대응 기제라고 생각했다. 내 뇌가 모든 일들을 이해하는 방식이라고 생각했다. 그렇지만 해답을 찾을 수 없었기 때문이 아니었다. 내가 그 해답을 인정할 수가 없었기 때문이다. 내가 그 사실을 인정하는 걸 용납할 수가 없었다.

차가운 타일 바닥에 얼굴을 묻고 짐승처럼 울부짖었다. 이러려고 한 게 아니야. 난 살인자가 아니라고. 난 아이를 죽이지 않았어.

하지만 내가 죽였다. 두 번이나.

내 몸이 그랬다. 내 육체가 그런 일을 저질렀다. 내가 아니다. 그건 진짜 내가 아니다.

진짜 내 모습이 어떤 건지 더 이상 모르겠다. 내 인생을 받아들일 수가 없다. 모든 게 무너졌다. 진실이라고 믿었던 모든 것이 사라져버렸다. 온전히 나 때문이다.

내가 그 아이를 죽였다.

타일 바닥에 라일리 마컴의 얼굴이 비친다. 파랗게 질린 얼굴이 간절한 눈빛으로 나를 바라본다. 생기가 사라진 눈은 절망으로 가득 차 있다. 뒤틀린 기도에서 거친 숨소리가 들린다. 나를 바라보며 고통스럽고 아픈 목소리로 속삭인다.

엄마.

내 눈에서 떨어진 눈물방울이 소년의 창백한 얼굴 위에서 반짝인다. 소년은 물속에 가라앉은 것처럼 보인다. 점점 더 가라앉고 있는 것처럼 보인다. 눈동자에 마지막 남은 한 줄기 파란빛이 사라질 때까지 소년은 가라앉는다. 나는 그 모습을 지켜본다.

내가 그 아이를 죽였다.

나는 크리스에게 아들을 낳아주겠다고 무언의 약속을 했었다. 크리스는 너무나도 간절히 아들을 원했으니까.

우리에게 주어진 기회는 단 한 번뿐이었다.

내가 그 기회를 날려버렸다. 나는 크리스를 실망시켰다.

그토록 간절히 크리스에게 아들을 안겨주고 싶어 했는데 어떻게 딸아이에게 애정을 쏟을 수가 있을까? 초음파 검사로 우리 아이가 딸인 것을 알았을 때 보았던 크리스의 그 눈동자가 아직도 기억에 선명하다. 나는 꽤 오랜 시간 동안 너무나 간절히 초음파 검사 결과가 잘못되었기를 기도했다. 크리스가 아들을 얼마나 갖고 싶어 했는지 잘 알고 있었으니까. 그리고 에비가 태어났을 때, 나는 크리스의 그 눈동자를 다시 한번 보게 되었다. 크리스와 내 인생에서 가장 행복했어야 할 순간에, 나는 내가 크리스를 실망시켰다는 고통에 몸부림쳤다. 우리에게 주어지지 않으리라고 생각했던 단 한 번의 기회가 찾아왔는데, 내가 한 일이라고는 고작 크리스를 실망시킨 것뿐이었다.

친구들은 모두 아들을 키우고 있다. 어디에나 남자아이들이 보인다. 골목에서 뛰어노는 아이들, 공원에서 공을 차는 아이들, 모두 남자아이들이다. 그 아이들의 부모들이 나를 놀리는 것만 같다. 우리가 갖지 못한 한 가지를 자기들은 가지고 있다며 으스대는 것 같다. 크리스가 원하던 단 한 가지. 내가 그토록 크리스에게 주고 싶었던 단 하나의 선물을.

다른 사람들은 모두 축복을 받았다. 다른 가족들은 모두 완벽하다. 내가 내 가족 안에 만든 커다란 빈자리는 다른 가족들에게 없다.

크리스는 항상 괜찮다고 말했다. 우리 아이를 조건 없이 사랑할 거라고 했다. 그는 나에게 진실을 말할 필요가 없었다. 말하지 않아도 나는 알 수 있었으니까. 크리스는 착한 사람이다. 이런 일을 겪을 이유가 없다. 나를 참아줄 이유가 없다.

내가 그를 실망시켰다.

나와 크리스였어야 한다. 나였어야 한다. 라일리의 부모는 우리였어야 한다. 분노가 치밀어올라 타일 바닥을 주먹으로 마구 내리쳤다. 내면의 통증이 계속되는 것을 느끼면서, 이번에는 머리를 바닥에 짓찧었다. 찧고 또 찧었다.

눈과 입으로 피가 쏟아질 때까지 머리를 내리찧었다. 찝찔한 쇠맛이 느껴지자 나는 비로소 나의 피와 눈물에 머리를 기대고 쉴 수 있었다.

45장

두 번째 기억

이걸 딱 뭐라고 정의하기는 어렵다. 처음이 잘 기억나지 않기 때문이다. 그저 그 일이 일어났었다는 것을 나의 내면에서는 알고 있다고 설명할 수 있을 뿐이다. 이건 1 더하기 1은 2인 것을 아는 것과 같은 방식으로 받아들이는 것에 가깝다. 그냥 그런 것이다.

하지만 이건 그런 것 이상이다. 내가 항상 자각하고 있던 것이 아니기 때문이다. 내 일부가 되었고, 내가 알아차리지도 못하게 계속되고 있었다. 심장 박동처럼. 숨을 쉬는 것처럼. 의식하지 않아도 계속되지만 일단 의식하게 되면 다른 것에 정신을 빼앗기지 않는 이상 더 이상 의식하지 않을 수 없게 된다. 숨 쉬는 것은 의식하면 제어할 수 있지만 심장 박동은 그렇게 간단하지 않다. 불가능하다고도 말할 수 있다. 이것은 심장 박동과도 같다. 특정 순간에 특정 상황에서 자기 심장 박동을 의식하게 되었다고 생각해보자. 그나마 가장 비슷한 비유지만 제대로 표현하기엔 턱도 없다.

처음 그 순간의 구체적인 상황은 생각나지 않지만, 그때의 감정은 아직 생생하다. 슬픔이 뒤섞인 커다란 분노의 소용돌이, 거기에 후회가 엉켜 있었다. 나를 온통 휘감았던 충동, 다른 선택지는 없다는 그때의 깨달음이 떠오른다. 임박한 죽음을 시로 표현하는 것처럼 아름다운 수용이라고 할 수 있겠다. 영화의 한 장면 같다. 주인공이 자기가 죽어간다는 것을 깨닫고 평화롭고 차분하게 그것을 받아들이는 부분. 이 일이 벌어지고 있다는 사실을 받아들이고 싶지는 않았지만, 나에게는 선택권이 없었다.

나는 받아들이기로 했다.

그리고 이제 그것은 마치 긁어줘야 하는 간지러운 곳처럼 되어버렸다. 그 해방감은 엄청났다. 내가 필요로 한다는 것을 알지도 못했던 해방감이었다. 우리는 마사지사가 엄지손가락으로 눌러보기 전에는 자기 허리가 얼마나 안 좋은지도 깨닫지 못하는 경우가 있다. 일단 알게 되면 그 전으로는 돌아갈 수 없다. 뭉친 근육 하나하나를 다 알게 된다.

나는 마치 오솔길을 따라 떠다니는 듯한 느낌을 받는다. 발에서 아무 감각도 느껴지지 않는다. 소리가 멀어지고 시야에서 모든 색깔이 사라진다. 냄새가 희미해진다. 색이 선명한 단 하나의 장면은 개울 끝자락에 서 있던 소년의 모습이다. 개울물이 조약돌을 씻어내는 것을 기뻐하며 바라보던 그 모습.

소년을 향해 계속 떠간다. 내 귀에 들리진 않지만 어쨌든 소리를 내지 않으려 노력한다. 소년의 바로 뒤에 선다. 아주 가까운 곳에 서 있는데도 소년은 아직도 나의 존재를 모른다.

소년을 바라본다. 여기 홀로 서 있는 소년을. 소년의 부모는 자기가 얼마나 큰 축복을 받았는지도 모르고 아이를 홀로 내버려 두었다.

그 소년은 나와 크리스의 아들이었어야 한다. 나와 크리스였다면 집에서 쉬면서 자기 자신에게만 관심을 쏟느라 아들이 혼자서 여기까지 걸어오도록 내버려 두지 않았을 것이다. 소년의 부모는 그 소년을 키울 자격이 없다. 그들은 어떤 것도 누릴 자격이 없다.

소년이 우리 집 식탁에 앉아서 학교에서 있었던 일을 들려주는 모습을 상상해본다. 소년이 자랑스럽다. 우리 아들이 자랑스럽다.

하지만 소년은 우리 아이가 아니다. 나는 그 사실을 알고 있다. 소년은 자기를 원하지 않는 가정에서 태어났고 사랑받지 못하고 있다. 다른 부모가 소년을 키울 수 있는 행운을 누렸어야만 한다. 우리 같은 부모 말이다.

우리는 정말 행복했을 것이다. 우리는 소년을 아껴주었을 것이다.

우리의 아들이었다면.

소년의 부모는 자기들이 얼마나 행복한지 알지 못한다. 자기들이 상처와 아픔을 주는 가해자라는 사실을 모른다. 그들은 소년을 키울 자격이 없다. 소년은 살아갈 자격이 없다.

물이 흐르듯 유려한 단 한 번의 동작으로 내 팔은 소년의 목을 감아 공중으로 들어 올린다. 나는 팔을 내 가슴 쪽으로 끌어당겼다. 소년의 기도를 틀어막고는 최대한 힘껏 눌렀다.

소년은 몸을 축 늘어뜨리며 배수관으로 물이 흘러 들어가는 듯한 꾸루륵 소리를 냈다. 나도 팔에 힘이 빠져서 더 이상 소년의 목을 조르고 있을 수가 없다. 다른 팔로 덤불 속에 버려진 축축한 밧줄 한 타래를 집어 들었다. 그리고 그것을 소년의 목에 감았다. 매듭을 짓고 밧줄을 힘껏 당기니 소년의 무릎이 땅으로 툭 떨어진다. 밧줄에서 벗어나려고 미친 듯이 몸부림치며 숨이 차서 꺽꺽댄다.

소년의 얼굴이 붉어졌다가 보랏빛이 된다. 하지만 아직 파랗게 질리지는 않았다.

소년의 목 뒤에서 밧줄을 이중으로 매듭짓는다. 뒤로 살짝 물러섰다가 발로 소년의 머리를 걷어찬다.

소년은 소리 없이 개울물 속으로 가라앉는다. 마치 전등이 순식간에 꺼져버리는 것처럼.

46장

–

메건

모든 게 완전히 확실한 동시에 불분명했다.

나는 무슨 일이 일어난 건지 받아들이기로 했다. 나는 이제 그 일이 일어났다는 것을 안다. 흔히 생각하듯이 '당시 상황을 기억해냈다'는 말이 아니다. 모든 궁금증을 완벽하게 설명해줄 해답을 찾아냈을 뿐이다. 나는 살인범이 크리스라고 믿어야만 했다. 나의 투쟁은 오로지 내 마음속에서만 일어난 일이다. 나는 크리스가 라일리와 카이를 죽였다고 믿어야만 했다. 나를 가리키고 있는 증거들을 설명해야만 했으니까. 그렇지 않으면 사실을 인정하고 그 과정에서 자멸해야만 했다.

하지만 이제는 선택의 여지가 없다. 경찰은 크리스를 풀어주었다. 경찰은 크리스가 두 소년을 죽이지 않았다는 것을 알고 있다. 그렇다면 용의자로 지목될 만한 사람은 없다. 적어도 내 생각엔 그렇다. 나는 진실을 인정했어야만 한다. 살인자가 나라고 고백했어야 한다.

'후회'는 웃기는 단어다. 그렇지 않은가? 나는 내가 한 일을 후회하지 않는 것 같다. 사실 아무 감정도 없다. 하지만 옳지 않은 행동이었다는 것은 안다. 그리고 이제 무슨 일이 일어날지도 알고 있다.

경찰이 수사망을 좁혀오는 건 시간문제다. 그러고 나면? 메건 밀러, 아동 살해범. 에비는 엄마 없이 커야 한다. 그리고 애초에 딸을 원하지도 않았던 아빠와 함께 살아갈 것이다. 책임감 있고 가정적인 남자인 척하고 싶어 했지만 사실 처제와 놀아나는 데 더 관심이 많았던 아빠와. 이 상황에서 크리스가 교사 자격을 박탈당하기라도 하면? 아마 그럴 것이다. 더 이상 학교에서 근무할 수는 없을 거다. 적어도 당장은 그렇겠지. 아마 어디에서도 취직을 하기는 힘들 것이다.

'밀러 선생님, 왜 학교를 그만두셨습니까?'

'아, 다름이 아니라 아내가 제 제자 두 명을 죽였기 때문입니다.'

동네 분위기는 이미 엉망진창이다. 나의 가족, 그래, 나는 이번 일의 마무리를 나의 가족인 크리스에게 맡길 수 있다. 내가 이렇게 하는 게 더 좋은 결과를 가져올 것이다.

주방 바닥에 피가 묻어 있다. 핏자국의 가장자리가 타일 위에서 말라붙기 시작했다. 그것을 보자마자 얼룩을 닦아내기가 꽤 어렵겠다는 걱정부터 했다. 그게 다 무슨 상관이라고. 내가 여기 남아서 지워야 하는 것도 아닌데. 나는 더 큰 골칫덩어리를 해결해야만 한다.

내가 모든 걸 망쳤다. 내가 크리스를 떠밀어서 내 여동생의 품에 안겨주었다. 경찰에게 전화를 걸어서 내 남편이 살인자라고 신고했다. 내가 그의 인생을 망쳤다. 모든 것을 그에게 뒤집어씌우고 싶었기 때문이다. 내가 그랬다.

앞으로 50년 이상을 감옥 천장만 바라보며 썩어갈 텐데, 도저히 견딜 수가 없다. 어쩌다 딸아이가 한 번씩 찾아와주기만을 학수고대하면서 버티겠지. 내 딸이 그런 일을 겪으면서 자라게 할 수는 없다. 감옥은 어린 소녀가 올 곳이 아니다.

그리고 그것도 크리스가 에비의 방문을 허락해주는 경우에나 가능한 일이다. 크리스는 자기가 원하는 대로 에비에게 말할 수 있다. 내가 죽었다고 말하거나 다른 곳으로 가버렸다고 말한대도 에비는 진실을 알 수가 없다. 두 사람이 먼 곳으로 이사해서 이름을 바꿀 가능성도 있다. 그럼 에비는 진짜 엄마에 대해서 영원히 모르는 채 살아갈 것이다. 어느 날 우연히 신문에서 이 사건에 대한 기사를 봐도 무심코 지나치겠지. 그럼 난? 여전히 감옥에 갇혀서 하루하루 망가져 갈 게 뻔하다. 아침 식사로 나온 포리지porridge: 곡물을 물이나 우유에 넣고 죽처럼 끓인 음식. 주로 아침 식사로 먹음 속에서 면도칼이나 찾아내고 있겠지.

이건 아니다. 내가 없어야 모두에게 이롭다. 크리스는 에비에게 엄마가 죽었다고 사실대로 말할 수 있을 것이다. 엄마는 몸이 좋지 않았고 아빠와 에비를 위해 최선을 다했지만 뜻대로 되지 않았다고 말해줄 것이다. 에비에게 굳이 추악한 진실을 모두 밝히지 않아도 된다. 중요한 것은 그것뿐이다. 그게 진짜 내가 원하는 단 하나다.

이런 나를 보고 꽁무니를 빼는 비겁한 사람이라 욕해도 좋다. 어떤 사람들은 내가 정의의 심판을 피하고 내 행동에 책임을 지지 않는다고 손가락질할 것이다. 하지만 정의는 이미 구현되었다. 내 삶이 이렇게 망가졌으니까. 내 가족이 너덜너덜해졌으니까. 콘크리트 벽에 둘러싸여 시간을 보내지 않는다고 해서 달라질 것은 없다. 게다가 나는 내 행동에 책임질 수 없다. 내가 나에게 부여한 논리와 타당한 이유가 있을 뿐이다. 물론 아무도 날 이해하지 못하겠지만.

크리스는 아들을 원했다. 간절하게 아들을 갖고 싶어 했다. 그렇지만 딸을 얻었다. 내가 그를 실망시켰다. 에비가 태어난 이후로 크리스가 집에서 떨어져 보낸 시간이 그 사실을 말해주었다. 크리스는 내게 화를 냈다. 난 그저 크리스를 실망시킨 것을 만회하려고 했을 뿐인데 실패하고 말았다. 그 당시에는 그게 정당한 이유였다. 완벽한 이유였다.

이 이야기가 어떤 식으로 끝난다고 해도, 내 결혼 생활은 확실하게 끝났다. 그리고 물론 내 인생도 끝났다. 경찰이 진실을 알아내지 못할 가능성도 있지만 아주 희박하고, 수사망은 점점 좁혀지고 있다. 그래도 가능성은 있다. 만약 내가 자수한다면 에비의 인생은 제대로 꽃을 피우기도 전에 짓밟혀버릴 것이다. 크리스의 인생과 교사로서의 경력도 산산조각이 날 것이다. 이 마을도 발칵 뒤집히겠지.

내가 해결할 것이다. 내 인생을 끝냄으로써 이 고통을 멈출 수 있다. 내가 죽은 다음에 진실이 알려지더라도 경찰이 그것을 공식적으로 발표할까? 그게 무슨 소용이 있을까? 남아 있는 크리스와 에비를 생각해서라도 경찰이 자세한 내용은 그냥 묻어둘 것이다. 쥐구멍에도 솟아날 구멍은 있는 법이다.

나의 죽음은, 의심할 여지 없이, 크리스와 에비 그리고 나의 다른 가족들에게 엄청난 영향을 끼칠 것이다. 그렇지만 그들은 결국 이겨낼 것이다. 그들은 새로운 삶을 살게 될 것이고, 다른 사람들은 더 큰 상처를 받지 않을 것이다.

나의 의료 기록은 내가 최근에 산후 우울증 증세를 보였고, 항정신병약을 처방받았음을 증명해줄 것이다. 산후 우울증을 겪는 상당수의 산모가 자살한다. 나는 그런 기사들을 많이 보았고, 그에 대한 책도 읽었다.

이게 모든 걸 끝낼 수 있는 유일한 방법이다. 다른 모든 사람들에게 조금이라도 희망을 남겨주려면 이렇게 해야만 한다. 설령 내게는 아무런 희망이 남지 않는다고 해도 말이다.

난 내가 무엇을 해야 하는지 알고 있다.

이렇게 해야만 한다.

47장

–

메건

내가 기억하는 한 처음으로 모든 것을 분명하게 생각해볼 수 있게 됐다. 일어나서 주방 반대편으로 갔다. 바닥에 말라붙은 피가 발바닥에 엉겨 붙었다. 산더미처럼 쌓인 고지서와 뜯지도 않은 편지 봉투들 중에서 글씨를 적을 만한 종이를 간신히 찾아냈다. 완전한 백지는 없었다. 결국 편지 봉투 몇 장에 적기로 했다.

펜을 들고 머릿속에 있는 생각들을 끄적거렸다. 앞뒤가 안 맞는 것 같기도 했지만 이제 그런 건 상관없었다. 내 머릿속의 생각들을 끄집어내서 기록하고 다른 사람이 그것을 볼 수 있게 만들어야 한다. 그 사람들에게는 이것을 보고 이해할 수 있는 시간이 충분할 것이다. 그런 사치와 여유는 내 몫이 아니다.

펜을 재빠르게 놀려서 종이를 채워나갔다. 내가 쓴 글을 내가 이해하기 어려울 정도였다. 내용은 앞뒤가 안 맞고 여기저기 틀린 철자가 가득했다. 하지만 그런 건 아무 의미도 없다. 중요한 건 내가 해야 할 말을 하고 있다는 사실이다. 내가 아무 말도 하지 않는다면 그들에게 불공평하다. 그들은 내가 그들을 위해 했던 다른 모든 일들처럼, 이것 또한 자신들을 위해 하는 일이라는 걸 알아야만 한다. 이번에는 어쨌든 효과가 있을 것이다. 결국에는 그들이 혜택을 받게 될 것이다. 그들은 알지 못하겠지만.

위층 욕실로 올라가서 선반에서 통 두 개를 꺼냈다. 그다음에는 침실로 가서 세 번째 통을 찾기 위해 양말 넣는 서랍을 마구 뒤지기 시작했다. 주머니에 있던 핸드폰을 꺼내서 침대 위에 올려놓고 통들을 주머니에 쑤셔 넣었다.

아래층으로 내려가서 신발을 신었다. 집 안에 온통 피 묻은 발자국을 남겨놓고 신발을 신다니 새삼스럽다는 생각이 들었다. 한편으로는 집 안을 깨끗이 정리하고 발자국을 닦아버리고 싶다는 생각도 했다. 그렇지만 마음을 다잡았다. 계획에 없던 일을 하다 보면 마음이 바뀔지도 모른다. 마음을 바꾼다고? 그럴 일은 없다. 하지만 혹시 모를 위험을 감수하고 싶지는 않다. 무슨 일이 있어도 나는 이 모든 것을 끝내야만 한다. 바로 지금, 바로 여기서.

집을 나와서 현관문을 닫고 도로를 따라 내려갔다. 도로를 따라가다 보면 강으로 이어지는 오솔길이 나온다.

개울가에 도착해서 왼쪽을 바라보았다. 상상해보았다. 이삼 킬로미터 정도 더 내려간 곳에서 크리스가 낚시 도구를 가지고 강가에 앉아 허공을 바라보며 여태껏 일어난 모든 일들을 이해해보려고 노력하는 모습을.

에비에게 작별 인사를 할 수 없을 거라는 생각이 떠올랐다. 제대로 된 인사는 꿈도 꿀 수 없겠지. 하지만 마음속 깊은 곳에는 이게 최선이라는 믿음이 있다. 에비의 얼굴을 보면 결심이 무너질 테고 그렇게 되면 누구에게도 좋지 않다. 최소한 에비한테만큼은 그렇다. 길게 보면 이게 최선이다. 내가 고통스럽고 심장이 갈기갈기 찢어지는 만큼 에비는 안전하다.

머지않아 지금의 기억도 희미해질 것이다. 삶은 계속된다. 크리스와 에비는 새로운 삶을 살 것이다. 두 사람은 다시 행복해질 것이다.

오른편에 있는 공원에서 아이들이 뛰어노는 소리가 들린다. 부모와 함께 즐거운 시간을 보내고 있다. 아이들은 틀림없이 살인마에 대한 공포를 마음에 품고 있을 것이다. 그렇지만 삶은 계속된다. 약간의 적응과 부모의 관심만 있으면 아이들은 평소처럼 지낼 수 있다. 아무것도 달라질 필요가 없다. 그들의 삶의 방식이 변해야 할 이유는 없다.

그렇게 생각하니 마음이 좀 편해졌다. 머지않아 모두의 기억은 희미해질 것이다. 부모들은 잠깐씩 아이들로부터 불안한 시선을 거두고 자기들끼리 수다를 떨기도 하겠지. 또 어떤 날은 잠깐 공원 옆 길가로 나가서 아이스크림을 사다가 아이에게 주기도 할 것이다. 몇 분이면 충분하다. 그리고 조금 더 시간이 지나면 아이들을 지켜볼 필요조차 없어질 것이다. 지금 마음속에 자리한 공포는 그저 오래된 기억이 될 것이다.

지금은 알 수 없겠지만 위험은 저 멀리 사라지게 될 것이다.

나는 개울가에 서서 개울물이 조약돌과 좀 더 깊은 물 속에 있는 움푹 파인 곳에 부딪혀 잔잔한 물결을 일으키는 모습을 바라보았다. 개울 밑바닥에서 넘실거리는 모습은 물 그 자체만큼이나 매력적이다. 나는 손에 쥐고 있던 투명한 플라스틱 통 두 개를 열고 한 움큼의 알약을 입에 털어 넣은 다음 개울물을 떠 마셨다. 올란자핀만으로는 충분하지 않다. 내가 먹은 양만으로는 부족하다.

패러시터몰해열 진통제 한 통과 수면제도 먹었다. 산뜻하고 깨끗해 보이던 개울물은 아무 맛도 나지 않았다. 그 많은 약을 넘겼더니 잠깐 속이 울렁거렸다. 하지만 결국 나는 해냈다.

물이 턱을 타고 흘러 다시 개울로 떨어졌다. 똑, 하고 물방울 떨어지는 소리가 들렸다.

신발을 벗어놓고 물속으로 걸어 들어갔다. 발밑의 자갈이, 그리고 개울 깊은 곳의 움직임이 느껴진다. 손을 넣어 물결을 만져본다. 무릎이 잠길 때까지 천천히 걸어가 물속에 앉았다. 차갑고 상쾌했다.

나는 뒤로 누워서 밀려드는 차가운 물을 느꼈다.

48장

사랑하는 크리스와 에비에게

경찰이 내 시체를 발견하기 전에 두 사람이 이 편지를 찾아줬으면 좋겠네. 만약 그렇다면 걱정하지 마. 난 이제 괜찮아. 모두들 이제는 괜찮아.

아마 온갖 궁금증이 머릿속에 가득할 거야. 몇 년 동안은 계속 그럴지도 몰라. 내가 답을 줄 수는 없지만 도와줄 수는 있을 것 같아. '일이 이렇게 되지 않도록 내가 할 수 있는 일이 있지 않았을까'라고 생각한다면 그 답은 '아니'야. 두 사람이 잘못한 건 없어. 크리스 당신이나 에비의 잘못이 아니야. 모든 게 다 나 때문이고 두 사람의 그 어떤 행동 때문도 아니야. 내 마음속의 무언가, 내가 통제할 수 없고 내 뜻대로 되지 않는 그 무언가 때문이야.

나에 대해서 나쁜 말들이 들려도 너무 속상해하지는 말았으면 좋겠어. 아마도 난 그런 말을 들어도 싸겠지. 난 항상 최선을 다했어. 언제나 그랬어. 두 사람을 위해서라면. 내가 한 모든 행동들은 정말 두 사람을 위한 것이었다는 걸 믿어줬으면 좋겠어. 가끔은 내가 잘못 판단해서 일을 망쳐버리기도 했지. 하지만 내 의도는 항상 좋았어. 내 모든 행동은 두 사람을 위한 거였어.

크리스, 당신에게 한 짓에 대해 사과할게. 변명의 여지가 없네. 제대로 설명하지도 못하겠고. 그렇지만 내가 미안해하고 있다는 것만은 믿어줘. 당신이 다시 평화로운 일상을 누릴 수 있길 바랄게. 처음에는 괴롭고 죄책감이 느껴질 수도 있겠지만 제발 그러지 마. 이렇게 될 수밖에 없었어. 우리가 어떻게 했어도 말이야. 언젠가는 당신도 이 사실을 받아들이겠지. 안개가 걷히고 다른 각도로 바라볼 수 있게 될 때까지는 시간이 좀 필요하겠지만. 그래도 시간이 약이야. 시간이 지나면 당신도 편한 마음으로 진실을 받아들일 수 있을 거야. 에비는 당신에게 부탁할게.

에비, 네가 이 편지를 읽고 나를 떠올리지는 말았으면 좋겠어. 내 사진이야 남아 있겠지만 넌 내 목소리도 기억하지 못할 거고, 내가 쓰던 향수 냄새도 모르겠지. 네가 스스로 간직한 기억은 하나도 없고 다른 사람들이 엄마에 대해서 들려주는 이야기만 기억하게 될 거야. 그래서 정말 미안하단다. 그렇지만 길게 놓고 보면 오히려 그게 너한테 좋을 거야. 넌 나에 대한 추억이 없으니까 내가 별로 그립지 않겠지만 나는 네가 생각하는 것보다 훨씬 더 많이 너를 보고 싶어 할 거야. 언젠가 아이를 낳아보면 지금 이 말을 너도 이해하겠지. 네가 날 용서해줬으면 좋겠다. 이렇게 끝내고 싶지 않지만 다른 방법이 없네.

내가 나쁜 사람은 아니었다는 걸 알아줬으면 좋겠어. 마음의 병이 생기기 전까지는 나도 완전히 다른 사람이었어. 모든 건 어느 누구도 아닌 내 잘못이야. 엄마가 누군가에게 도움을 받았다면 나아졌을까, 일이 이렇게 되지 않도록 뭔가 할 수 있지 않았을까, 넌 궁금해할지도 몰라. 이 두 가지 질문에 대한 답은 전부 '아니'란다.

이제 모든 게 분명해졌어. 이 편지는 절망의 외침이나 도와달라는 울부짖음이 아니야.

나는 혼란에 빠져 있던 거야. 정말 오랜만에 나는 내 앞에 있는 것들의 진짜 모습을 볼 수 있었어. 지금 내 마음은 아주 편안하고, 모든 것을 분명하게 판단해서 내 의지대로 행동하고 있다는 점을 믿어줬으면 좋겠어. 난 내가 원해서 이러는 거야.

이제 내가 하고 싶은 말은 모든 게 다 미안하다는 것뿐이야. 그동안 일어난 나쁜 일들을 모두 잊어버릴 수 없다면 나를 용서하고 다정한 사람으로 기억해주면 안 될까? 이런 일이 벌어지게 하려던 건 정말 아니었어. 내가 사라지고 나면 두 사람은 각자의 인생을 살아가길. 난 이제 괜찮아. 모두들 이제는 괜찮아.

항상 두 사람을 지켜보고 있을게. 두 사람을 보호하고 내 도움이 필요할 때면 언제든지 도울게. 이제는 고통스럽지 않아. 이제 나에게는 두 사람을 사랑하는 일 말고는 아무런 의무도, 아무런 책임도 없으니까. 난 항상 두 사람 곁에 있을 거야. 두 사람이 생각하는 것보다 훨씬 더 많이 두 사람을 사랑해.

사랑하는 아내, 엄마가

49장

메건, 이틀 뒤

제일 먼저 들린 건 내 숨소리였다. 얕고 가쁜 숨소리. 온몸이 얼얼하고 눈앞이 빙글빙글 돌았다. 두통 때문에 머리가 둘로 쪼개지는 느낌이었다. 턱도 아팠지만 움직일 수가 없었다. 입에 뭔가 물려 있어 입을 다물 수 없었다. 입을 좀 더 벌려보았다. 조금밖에 벌어지지 않았다. 오랜만에 움직이는 건지 턱에서 딱딱 소리가 났다.

천천히 눈을 떠보았다. 처음에는 불빛 때문에 눈이 너무 부셨다. 뜨거운 불꽃으로 안구 뒤편을 지지는 느낌이었다. 삡, 소리가 났고 병실 반대편에서는 TV 소리가 들렸다. 내가 지금 어디에 있고 무슨 일이 벌어진 건지 미처 알아차리기도 전에, TV에서 나오는 프로그램이 〈바겐 헌트Bargain Hunt〉임을 깨달았다.

오른손을 옆으로 뻗어보니 침대 옆으로 올라와 있는 금속 프레임이 나를 가로막았다. 고개를 왼쪽으로 돌리자 목에서 뚜두둑 소리가 났다. 누군가 일어나서 문밖으로 뛰쳐나가는 소리가 들렸다. 덕분에 찬바람이 안으로 들어와 내 가슴과 얼굴을 쓸고 갔다.

잠시 후 문이 다시 열렸다.

"언제 깨어난 겁니까?"

남자가 물었다.

"방금이요. 바로 말씀드린 거예요."

내가 아는 여자의 목소리였다.

남자가 내게 말했다.

"좋아요, 메건. 등을 대고 누워서 편하게 있으세요. 제가 지금 몇 가지 확인을 해보고, 저희가 계속해서 상태를 지켜볼 거예요."

남자는 내 옆에 있는 버튼을 눌렀다.

"괜찮은 거죠?"

여자가 물었다.

"그런 것 같습니다. 메건, 제 목소리 들리나요?"

그렇다고 대답하고 싶었지만 입에 물려 있는 것 때문에 목소리를 낼 수가 없었다. 고개를 끄덕이긴 했는데 보이긴 한 건지 모르겠다. 두개골을 콘크리트로 가득 채운 것처럼 머리가 너무 무거웠다.

"여긴 병원이에요, 메건. 걱정할 거 없어요. 우리가 당신을 잘 돌봐드릴 거예요. 저는 전문의 그릴비 박사입니다. 어디 아픈 곳 있나요? 있으면 어딘지 가리켜보시겠어요?"

천천히 머리와 턱을 가리켰다.

“두통은 있을 수 있어요. 턱이 아픈 건 산소 호흡기 때문인가요?”

그거였구나. 나는 조심스럽게 고개를 끄덕였다.

“알겠습니다. 이번에는 호흡이 잘되고 있는지 숨소리를 좀 확인해 볼게요. 청진기가 조금 차갑습니다.”

의사가 몇 초 후 내 가슴에 청진기를 갖다 댔다.

“호흡은 아주 좋은 것 같네요. 자, 그럼 이제 천천히 일어나 앉아서 이 도시가 제공하는 최고급 자연산 공기를 마셔볼까요?”

나는 ‘네, 좋아요’처럼 들리는 쉿소리를 그르렁거렸다. 그 순간 내가 누워 있는 침대 윗부분이 윙, 소리를 내면서 접혀 올라갔다.

“아프면 말씀하셔야 합니다, 메건. 좀 아플 수 있어요.”

좀이라니. 참 겸손한 표현이었다.

“잘했어요. 이제 입에 물고 있던 호흡기를 빼낼 차례입니다. 기침이 좀 날 수는 있는데 아무 문제 없습니다. 제가 손을 잡고 있을 테니까 숨쉬기 어려우시면 살짝 꼬집으세요. 얼른 호흡기를 다시 드릴게요. 알겠죠?”

고개를 끄덕였다. 의사가 내 입에서 플라스틱 조각을 빼냈다.

의사의 말대로였다. 기침이 시작되었다. 폐가 타들어 가는 것만 같았다. 불타서 완전히 없어지는 것 같았지만 나는 이겨내려 노력했다. 의사의 손을 꼬집지 않으려고 필사적이었다. 몇 초 후에 진정이 되자 의사를 마주 보고 고개를 끄덕일 수 있었다.

"훌륭합니다, 멋져요. 좀 멍해도 그냥 졸린 거니까 그건 너무 걱정하지 마세요. 제 14년 의사 경력을 걸고 보증하지요. 너무 불안해하지 마세요. 팔에 꽂혀 있는 삽입관 몇 개가 당신이 잘 때도 영양분과 수분을 공급해줄 겁니다. 요리하는 것보단 훨씬 낫지 않나요?"

그 말에 맞장구칠 힘은 없었지만 분위기를 밝게 하려는 그의 노력이 가상했다.

"좋습니다. 간호사가 와서 당신을 돌봐줄 거고 '오랜만에 눈뜬 사람을 위한 검사'를 몇 가지 해줄 겁니다. 잠시만 기다리고 계세요. 혹시 뭔가 필요한 게 있으면 소리치시고요."

마지막 말은 내게 한 것이 아니었다.

의사가 나가고 문이 닫히자 병실에는 우리 둘만 남았다.

고개를 돌려 로런을 바라보았다. 로런의 표정이 무엇을 의미하는지 종잡을 수가 없었다. 세상의 모든 감정을 하나로 뭉쳐놓은 것 같은 표정이었다. 로런은 원체 감정을 잘 드러내지 않는 인간이라서 좀 놀라웠다.

"여기서 뭐 하는 거야?"

내 목소리는 칠판 위에 사포를 문지르는 소리처럼 쩍쩍 갈라졌다.

"언니 간호하고 있잖아. 크리스가 아까까지 있었고, 지금은 내 차례야. 저녁때 엄마도 오시기로 했어."

"얼마나 오래?"

최대한 말을 짧게 하려고 노력했다.

"여기 입원해 있었냐고? 이틀 좀 넘었어. 다른 검사들도 좀 더 받아야 할 거야. 상담도 받아야 할 거고."

로런이 무슨 말을 하는 건지는 확실했다. 의사는 내가 카운슬러나 심리학자 같은 사람에게 상담을 받기를 원할 것이다.

로런이 다시 입을 열기 전까지 30초 이상이 흐른 것 같다. 복부에 찌르는 듯한 통증이 느껴졌다. 위가 뒤집히는 것 같았다.

"언제 에비를 데려갈지 물어보려고 엄마가 언니한테 전화했는데, 받지를 않는 거야. 크리스한테 전화했더니 전화기가 꺼져 있어서, 엄마랑 내가 언니 집으로 가서 엄마 열쇠로 문을 열고 들어갔어. 난 바로 부엌으로 갔고."

피.

"걱정하지 마. 엄마는 아무것도 못 봤어. 우리가 도착하자마자 경찰이 찾아왔어. 동네 사람이 개를 데리고 산책하다가 개울에서 언니를 발견하고 신고했대. 언니가 누군지 알아봤다고 하더라고. 언니는 의식은 없지만 살아 있다고 했어. 편지는 내가 챙겼어. 엄마도 못 봤고 아무도 못 읽었어."

그럼 너는 읽은 거냐고 눈빛으로 물었다. 로런은 내 눈빛을 피했고 그걸로 답이 되었다.

"언니가 그 편지로 얼마나 어려운 수수께끼를 내고 싶었는지는 모르겠지만, 난 거기 숨겨진 의미를 알 수 있었어."

로런은 계속 나와 눈을 마주치지 않았다.

"그리고 이미 그 편지는 우리 집 벽난로에서 태워버렸어."

뭐라고 대답해야 할지 모르겠다. 숨겨진 의미를 알 수 있었다는 게 무슨 말이지? 알고 싶지도 않다는 마음이 컸다.

"편지 얘기, 아무한테도 하지 않았어."

로런의 목소리가 낮아졌다.

"내 생각엔 아무도 알 필요가 없는 것 같아서. 크리스랑은 완전히 끝났어. 다시는 그런 일 없을 거야. 그런다고 이미 벌어진 일을 되돌릴 수는 없겠지만, 그래도 언니는 알고 있어야 할 것 같아서."

도대체 무슨 말을 하는 거지? 일종의 권력 게임인가? '아무도 모르는 너의 비밀을 나만은 알고 있다.' 뭐 이런 거? 로런이라면 그러고도 남지. 나는 끝까지 아무 대답도 하지 않았다.

"저기, 언니. 미안해. 그동안 있었던 일들. 내가 다 잘못했어."

로런의 목소리가 떨리는 게 느껴졌다. 그 순간만큼은 로런이 진심이라는 것을 믿을 수 있었다.

"정말 이러려고 한 게 아니야. 우리는 그저 너무… 멀어져 있던 거잖아. 삶이 그렇게 흘러가는 걸 우리는 받아들인 거고. 이미 저지른 일을 돌이킬 수도 없고, 언니가 날 용서하지 않으리라는 것도 알아. 그렇지만 미안하다는 말을 꼭 하고 싶었어."

뭐라고 대답하기도 전에 위장에 엄청난 통증이 밀려왔다. 이번에는 고통이 최고조에 다다랐다. 숨을 쉴 수가 없었다. 눈앞에 검은 점이 보이고 별들이 돌아다녔다. 데굴데굴 구르며 고통을 참아보려고 했지만 참을 수가 없었다.

고통은 사라지지 않을 것이다.

사라지지 않을 것이다.

50장

–

크리스, 1년 후

전자레인지 옆을 지나 잠시 멈춰서서 시계를 보았다. 4시 42분. 정확히 1년이 지났다. 시간까지 딱 맞다.

작년은 감정이 롤러코스터와도 같이 급변하는 한 해였다. 나는 내 예상보다 빨리 커가는 에비를 지켜보았다. 그 성장은 엄마의 부재 속에서 이루어졌다. 가끔 에비가 잠들어 있는 모습을 보고 있다 보면 도대체 어떻게 이 자그마한 머리로 무슨 일이 일어났는지 이해할 수 있을지 궁금해진다. 에비는 다행히도 무슨 일이 일어난 건지 거의 모르는 것 같다. 제발 그러길 바란다.

잠시 멍하니 있다가 정신을 차려야겠다는 생각이 들어서 식탁에 앉아 오늘 아침에 온 우편물을 정리했다. 나와 에비가 지내는 새집의 지붕 수리비 청구서였다. 원래 지붕은 나무 소재였는데 곰팡이가 생겨서 교체할 수밖에 없었다. 새집은 전에 살던 집보다 규모가 작기 때문에 이사 비용을 쓰고도 수리에 약간의 돈을 투자할 수 있었다. 내가 오랫동안 기다렸던 우편물도 있었다. 그 내용이 축복이든 치욕이든 간에 오늘 꼭 받았어야만 하는 우편물이었다.

봉투를 열고 살펴보니 'NHS'라는 로고가 상단에 큼지막하게 박혀 있는 것이 보였다. 내용보다도 로고가 먼저 눈에 띄었다.

간단히 말하자면 그것은 진심 어린 사과였다. 그들은 1년 전 자신들이 저질렀던 실수를 인정하고 있었다. 막대한 보상금이 지급되겠지만 나는 한 푼도 쓰지 않고 모조리 에비 명의의 신탁 자금으로 돌려놓을 것이다. 에비가 커서 쓸 수 있는 비상금. 엄마의 유산.

그렇지만 왜 그런 일이 일어났는지에 대한 설명은 어디에도 없었다. 어떻게 약을 그렇게나 과다 복용한 환자에게 위장관 천공이 나타날 가능성을 전혀 예상하지 못했는지, 어떻게 복막염이 심해지고 있었다는 사실을 조금도 눈치채지 못했는지에 관한 내용은 일언반구도 없었다. 메건의 사망 증명서에는 '복합적 장기 손상'이라는 병명과 함께 '복막염'이라는 쓸쓸하고 공허한 단어가 적혀 있었다.

아무 의미도 없는 말이었다. 메건의 인생이 고작 사전을 뒤적여야만 이해할 수 있는 망할 놈의 단어 하나로 끝나다니. 마지막 순간까지 메건이 감당해야 했던 고통은, 혈액을 통한 박테리아 감염이나 장기 파열로 인한 복막의 염증 따위로는 도저히 설명할 수 없는 것이었다.

과연 이게 메건이 원했던 결말이었는지 알 수가 없다는 게 가장 마음 아프다. 임종 이틀 전에 메건은 스스로 생을 마감하려고 했다. 병원 침대에서 의식을 되찾았던 순간, 메건은 다행이라고 생각했을까 아니면 자신의 노력이 실패로 돌아갔다는 사실에 실망했을까? 마침내 자기가 죽어가고 있다는 사실을 깨달았을 때는 행복했을까? 메건은 엄청나게 고통스러워했다. 우리 모두 그 고통의 상당 부분을 지켜보았다. 그래서 더 안타깝다. 자신의 의지대로 편안하게 죽음을 맞이하기라도 했다면 받아들이기가 조금은 더 쉬웠을지도 모른다.

에비에겐 뭐라고 설명해줘야 할까? 언젠가는 물어볼 텐데. 어떻게 된 건지 알고 싶어 할 텐데. 에비한테 도대체 무슨 말을 해줘야 할지 정말로 모르겠다.

죄책감을 느낀다는 말은 해줘야 할 것이다. 내가 죄책감을 느끼는 것은 당연하다. 내가 불륜을 저지르지 않았다면 메건은 자신의 생을 끝내려고 하지 않았을 것이다. 내 잘못이 가정을 망쳐버릴 수도 있다는 걸 알고 있었다. 하지만 이런 식의 결말은 꿈에도 생각지 못했다. 도대체 에비에게 이 모든 걸 어떻게 설명할 수 있을까?

머지않아 이 모든 일들을 머릿속에 정리해두어야 할 것이다. 에비는 어느새 호기심 많은 아이가 되었고 당분간 끊임없이 질문을 해댈 것이다. 조금만 있으면 어려운 질문을 하기 시작할 테고, 나 대신 그 질문에 답해달라고 부탁할 사람도 없다.

메건의 가족들은 든든한 버팀목이 되어주고 있다. 이번 일로 로런조차도 성격이 변한 것 같다. 로런도 나처럼 죄책감을 느끼고 있는지 한편으로는 궁금하기도 하다. 마음의 짐을 지고 있는 것은 틀림없다. 하지만 언젠가는 그런 부담에서 자유로워지겠지.

메건의 죽음 때문인지는 모르겠지만 로런과 제임스는 모든 일을 잊고 화해하기로 결정했다. 나는 그들이 잘 지냈으면 좋겠다. 제임스는 나에게 거의 말을 하지 않는다. 이해할 수 있다. 언젠가 우리 모두 지금보다 한 발짝 더 나아갈 수 있을 것이다. 우리를 멀어지게 만드는 일들보다는 가까워지게 만드는 일들이 많다. 1년 전 바로 그 사건이 일어난 뒤부터 특히 그렇다. 에비는 하루가 다르게 커가고 있고 그런 에비를 돌보기 위해 우리 모두 힘을 합치게 되어 기쁘다. 가엾은 내 어린 딸은 자기가 무엇을 잃었는지도 모른 채 너무 큰 것을 잃었다. 남은 우리 중 어느 누구도 그만큼 큰 사랑을 에비에게 줄 수는 없다.

최근 마을에서는 라일리와 카이의 1주기를 맞아 추도식이 열렸다. 경찰은 두 아이의 살인 사건이 여전히 해결되지 않았다는 성명서를 발표했다. 간신히 진정되고 있던 마을 사람들의 분노만 다시 들끓게 하는 아무짝에도 쓸모없는 조치였다. 내 생각에는 경찰이 마을 사람들에게 경찰의 필요성을 다시 한번 일깨우고자 그런 일을 벌인 것 같지만 마을 사람들은 그런 생각을 버린 지 오래다.

메건이 죽고 나서 일주일쯤 지났을 때, 이웃 마을에서 오랫동안 살았던 주민이 죽었다는 소식이 들려왔다. 알고 보니 그 사람은 여러

건의 아동 성범죄를 저지른 전과자였다고 한다. 물론 카이와 라일리 사건과는 연관이 없었다. 경찰은 이 점을 최대한 강조해 설명했다. 그런데 원래 그 사람은 우리 동네에 살게 해달라고 요청했었다고 한다. 아동 성범죄자는 초등학교에서 몇백 미터 이상 떨어진 장소에서 거주해야 하기 때문에 관계 당국에서는 그 요청을 거절했고, 그는 이웃 마을에서 살게 되었다. 아마 이것은 단순한 우연일 것이다. 하지만 마을 사람들 생각에 그는 가장 유력한 용의자였다. 어쨌거나 그는 이미 죽어서 땅에 묻혔고, 진실은 아무도 알 길이 없다.

에비가 주방으로 아장아장 걸어오는 모습을 보면서 찻주전자에 물을 끓이기 시작했다. 에비는 장난감 토끼의 길고 축 늘어진 귀를 손에 꼭 쥐고 있었다.

"아빠, 고장 났어."

정말 오랜만에 입을 뾰로통하게 내미는 에비를 보았다.

"뭐가 고장 났는데? TV?"

에비가 고개를 끄덕였다.

"걱정하지 마, 우리 딸. 아빠가 금방 가서 고쳐줄게. 차만 좀 타고."

"싫어, 지금."

에비는 인상을 찌푸리고는 눈에 힘을 주어 눈물이 뺨을 타고 흘러내리게 했다.

에비를 품에 안고 등을 어루만져주었다. 에비는 내 어깨에 얼굴을 묻고 울었다.

"졸리니?"

"아냐."

그렇게 대답하면서 에비는 눈을 비비고 하품을 했다.

"그럼 우리 같이 앉아서 TV 볼까?"

고개를 끄덕이는 에비를 안은 채 차를 타서 거실로 나갔다.

TV를 고쳐서 시끄러운 소리와 번쩍이는 화면들을 다시 불러왔다. 그동안 에비는 내 무릎에 앉아 가슴에 기댄 채로 엄지손가락을 빨고 있었다. 따뜻한 온기가 느껴졌다.

내가 행복을 느끼는 순간이다. 단 일이 분이라도 모든 것을 잊어버릴 수 있는 순간. 안개가 잠시 걷히고 멀리까지 시야가 트였다. 지평선이 밝게 빛난다. 그리고 그때 나는 확신한다.

우리는 괜찮을 거야.

나의 완벽한 가족

초판 1쇄 발행 2019년 10월 24일

지은이 애덤 크로프트
옮긴이 서윤정
발행인 박영규
총괄 한상훈
편집장 김기운
기획편집 김혜영 정혜림 조화연 **디자인** 이선미 **마케팅** 신대섭

발행처 주식회사 교보문고
등록 제406-2008-000090호(2008년 12월 5일)
주소 경기도 파주시 문발로 249
전화 대표전화 1544-1900 **주문** 02)3156-3681 **팩스** 0502)987-5725

ISBN 979-11-5909-976-2 03840
책값은 표지에 있습니다.

• 이 도서의 국립중앙도서관 출판예정도서목록(CIP)은 서지정보유통지원시스템 홈페이지(http://seoji.nl.go.kr)와 국가자료공동목록시스템 (http://www.nl.go.kr/kolisnet)에서 이용하실 수 있습니다. (CIP제어번호: CIP2019040061)